「パシアン姫、私が連中を引きつけるので、逃げてください！」
「うむ。リーダーとしては、仲間を守らねばな」
「お前は俺の話を聞いてたのかよッ!?」
やんちゃ姫さまの大冒険
うちの第三王女、冒険者になるってよ
YANCHAHIME SAMA NO DAIBOUKEN
サエトミユウ illust. きんし

アルジャン
第三王女付きの
護衛騎士兼お守り役
パシアン姫
勇者の血を引く王家の
第三王女
「この紋章が目に入らぬか」
「ちょ、それ、どっから……!?」
「パパからもらった!」

プリエ
婚約破棄に巻き込まれた令嬢
イディオ
パシアンの元婚約者
「私は一人で姫さまのもとに向かうから」
「お、お前を守ってやろう。私とともに……」
「いらない！うざい！ついてくるな！」
「……ヒドイ！」

「姫さまはがんばっておられます。それが勇者の判断というのであれば、私は従います」

「……うむ」

「でも、わからないことがあれば大人に聞いてもいいのですよ？」

「……そっか。わからなくなったら聞いてみる」

かわいく言った姫さまの頭をポンポンと叩くと、姫さまはくすぐったそうな顔をして笑った。

サエトミユウ

illust. きんし

口絵・本文イラスト：きんし
デザイン：ＡＦＴＥＲＧＬＯＷ

CONTENTS

YANCHAHIME SAMA
NO DAIBOUKEN

YANCHAHIME
SAMA

1　姫《ひめ》さま、婚約破棄《こんやくはき》されたってよ

「王女パシアン！　貴様にはいいかげん愛想《あいそ》が尽《つ》きた！　婚約を破棄する！」

……と、公爵《こうしやく》家令息のイディオ・グラン様が、パーティ会場で怒鳴《どな》った。

姫さまは首をかしげている。

言っている意味がわからないのかもしれない。

姫さまだけでなく、他の招待客も意味がわからないだろう。たかが貴族風情《ふぜい》が王家の者に「愛想が尽きた」「婚約破棄だ」などと怒鳴りつけているのだから。

イディオ様はさらに凶行《きようこう》に及《およ》んだ。

そばに立っていた令嬢《れいじよう》の腰《こし》を引き寄せ、こう叫《さけ》んだのだ。

「私だけでなく、ここにいるプリエにまで数々の嫌《いや》がらせをしてきただろう！　もう我慢《がまん》がならん！　貴様とは婚約破棄をして、この可憐《かれん》なプリエと、新たに婚約を結ぶことに決定する！」

姫さまは、首をかしげたまま口を開けて呆《ほう》けた。

気持ちはわかるけど、もう少し取り繕《つくろ》ってください姫さま……いや、それが出来るなら婚約破棄などされないか。

俺《おれ》はアルジャン。第三王女パシアン姫の護衛騎士《きし》だ。

なので、護衛……もはやお守《も》りと言っていいかもしれないが……としてパシアン姫の後ろに控《ひか》えていて、この騒動《そうどう》の一部始終を見ている。

今、俺の目の前で婚約破棄されたパシアン姫は、王家の末っ子として生まれた方だ。上に王子が三人、王女が二人いる。

ひょっこりと生まれた、という表現しか出来ないパシアン姫は、上の兄姉《きょうだい》とは歳《とし》が離《はな》れている。

容姿も微妙《びみょう》に異なっていた。パシアン姫以外は輝《かがや》く金髪《きんぱつ》と夏の空の瞳《ひとみ》を持っているが、パシアン姫は金髪……とは言い難《がた》い、むしろ灰色のほうが近いくすんだ色だった。瞳も、ところどころ青いが金色がベースだ。顔立ちはかわいらしいが、親兄姉に比べると、王族らしい落ち着いた気品が完全に抜《ぬ》け落ちている。

そして、なかなかに放置されていた。

甘《あま》やかされている……と表現したいのだが、放置されているとしか言えない。

まずは、上の兄姉を育て上げた乳母《うば》が高齢《こうれい》で代理を頼《たの》んだそうだが、そうしたらかなり大ざっぱな乳母がやってきて姫さまを雑に育てた。

次に、普通《ふつう》なら幼い頃《ころ》から教師がついて王女として教育されるはずなのに、されなかった（姉たちについた教師は亡《な》くなっていたが、行き違《ちが》いで次を探さなかったらしい）。

さらに、まともな侍女《じじょ》がつかなかった（姉たちは周辺国の王子に嫁《とつ》ぐため、めぼしい侍女はそちらにすべて行き、残ったのはさすが選ばれなかっただけあるな、という性格の持ち主だった）。

とどめに、護衛騎士は俺一人で、しかも俺は平民上がりだ（他の兄姉は貴族出身の護衛騎士が複数人ついている)。

こんな環境《かんきよう》で育てられた王女が、どうなったかというとだな……。

蛙《かえる》や虫を素手《すで》でつかんで見せに来たり、蛇《へび》を捕《つか》まえて嚙《か》みつかれそうになったり、棒きれを振《ふ》り回して剣術《けんじゆつ》の真似事《まねごと》をしたり、野草や木の実をもいで、その場で食べたりするようになったんだよな。

俺も小さい頃はこうだったなぁ、と在りし日に思いを馳《は》せるほど、パシアン姫はわんぱくに育っていった。

いかにも王女用、と言わんばかりのきらびやかなドレスを着て暴れ回るので、毎日ドレスは泥《どろ》だらけになるし、どこかしら破く。

ドレスの有様を見た侍女がヒステリーを起こし、キーキーわめいて大変だったので、しかたなく知人に頼んで、姫さまのサイズの平民服を取り寄せたよ！　俺の用意した服を着せたら姫さまは大喜びして、ますます元気に離宮《りきゆう》を走り回っていた。

それを見た俺は、失敗したと思ったね。ドレスって動きにくいから、姫さまの行動を抑制《よくせい》する効果があったらしいよ。

わんぱくすぎて擦《す》り傷切り傷をどこかに作るが、侍女は手当てをしようとしないので、上とかけあって、王族が使用する塗《ぬ》り薬を手に入れ、俺が治療《ちりよう》した。

……王女の腕《うで》が傷だらけって、さすがにまずいだろう。場合によっては護衛である俺の首が飛ぶ案件だ。

万が一そうなったら俺は事情を話して、なんもしない侍女を突《つ》き出すつもりだけどな！

俺がパシアン姫の護衛になったのが姫さまが三歳《さい》のときで、五歳のときに姫さまの婚約者が決まった。

それが、今怒鳴っているグラン公爵家子息、イディオ様だ。当時のイディオ様は姫さまより六つ年上の十一歳。見合いの席に同席したが……最初から二人の相性《あいしょう》は最悪で、イディオ様はマナー知らずの姫さまを見下し怒鳴りつけ、見事返り討ちに遭《あ》っていた。

俺から見たイディオ様は、チヤホヤされたがっている典型的に甘やかされたお子さまで、周りから世辞ばかり聞かされ、それを真に受けているからか、姫さまをあからさまにバカにし、自分はすごい人間なのだから敬い従うように、と常に言っていた。

対して姫さまは、イディオ様の言うことを半分以上聞いておらず、また、言葉の理解はまったくしていなかった。

イディオ様のことは俺への認識《にんしき》と一緒《いっしょ》で、自分の子分だと思っていたのだろう。とにかく遊びたがり、嫌がらせを超《こ》えてイジメの域に達するほどにイディオ様を泣かせていた。

何しろ、イディオ様は貴族のお坊《ぼっ》ちゃま。姫さまの遊びにまるでついていけない。

捕まえた虫や蛇、蛙を姫さまに見せに来られては泣きわめき、剣術ごっこでは負けては泣きわめき、を繰《く》り返していた。

そんな二人だったが、当初は微笑《ほほえ》ましく見ていた。

姫さまがかなりやり過ぎの気はしなくもないが、生意気な小僧《こぞう》……失礼少々お高くとまりすぎているイディオ様が普通の子どものように泣いていて、懲《こ》りずに姫さまにいばりちらして、また姫さまに泣かされているのを「仲が良いなぁ」と、ちょっと遠い目をしながら思っていたのだった。

恐《おそ》らく、王家も公爵夫妻も、自分の子どもを問題児だと思っているだろう。というか、問題児なんだが。

もしかしたら、姫さまとイディオ様が互《たが》いに良い刺激《しげき》になり、互いに態度を改めてくれればと願っていたのではなかろうか、そんなふうに考えた。

けっきょくそれは儚《はかな》い夢……いや危険物をまとめて放置してどうにかなったらいいな、という楽観的な問題先送りでしかなかった。イディオ様は姫さまとは対極の、あからさまにヨイショしてくる令嬢にコロッとだまされ、今ココに至っている。

ただし、『姫さまが令嬢へ嫌がらせしていた』という件については事実だ。

イディオ様がプリエ男爵令嬢を連れ回し姫さまの前に現れたとき、『子分がさらに子分を連れてきた』と思った姫さまが、いつものようにイディオ様に、そしてそのまた家来であるプリエ様にカブトムシを見せ、さらにプリエ様の服に装身具のようにしがみつかせた（姫さまとしては、家来認定の証《あか》しとしてくっつけた）ことが最初にあり、それから幾度《いくど》となく二人に同じようなことをしでかしている。

俺としては、イディオ様は一人で姫さまのイジメを受け続けるのが苦痛すぎたので代わりの生贄《いけにえ》として彼女《かのじょ》を用意したのかな、と勘《かん》ぐったりもした。

だが、姫さまには悪気がないのでどうしようもない。そして俺を含《ふく》めた周りは誰《だれ》も姫さまを止めない。

正直、どっちもどっちだという感想だ。

……と、過去を回想して現実逃避《とうひ》している間も会場は静まり返り、このあとどうなるのかとパシアン姫の行動を皆《みな》が固唾《かたず》をのんで見守っていた。

「……しかたがない。お前は根性なしだからな。ここまで音を上げなかったのを、ほめてやる」

姫さまは、嘆《なげ》かわしいと言わんばかりに腰に手を当て首を横に振った。

（あ、やっぱりあれらは嫌がらせだったのかな？）

と、姫さまのセリフを聞いた俺は思った。

ま、互いに納得《なっとく》するのなら婚約破棄もいいだろうと考えていたのだが、イディオ様は納得していなかったらしい。姫さまの言葉を聞くと、見る間に真っ赤になってぶるぶると震《ふる》えながら怒《おこ》った。

「ふざけるな！　わ、私がお前を振るのだ！　私が上だ！」

（いや、姫さまは王族なので上ですけどね。結婚したらどうなるかわかりませんでしたけど）

俺は内心でツッコむ。だが、姫さまは聞いていない。

「か弱いお前を許してやるぞ！　私は寛容《かんよう》だからな！」

そう言って、なぜか胸を張る姫さま。会話がかみ合っていないが、それもいつものことだ。

……だけど、意外と単語を知っているな。『寛容』って言葉をどこで覚えたんだろう？

姫さまとのやり取りで、緊張《きんちよう》感の漂《ただよ》っていた周囲がなごんだ。

他愛《たわい》ない子どもの喧嘩《けんか》と受け取ったのだろう。実際、七歳と十三歳の言い合いだ。

なおもギャーギャー騒《さわ》ぐイディオ様を、公爵家の従者がやってきて回収した。

子どもの喧嘩とはいえ、言ったセリフはかなりまずい。どこか放心したような顔でついていこうとしたプリエ様は、男爵家夫妻が回収した。

で、その後どうなったかというと。

「私は冒険者《ぼうけんしゃ》になるぞ！」

とか、姫さまが寝言《ねごと》を言い出した。

「……どうしてそうなるんです？」

俺が尋《たず》ねると、姫さまが一冊の本を取り出し、私に突き出した。

『姫さまの大冒険』と、その本には書いてあった。

「姫さまは大冒険をしなければならぬのだ！　私は冒険者になるぞ！」

と、姫さまが宣言する。

姫さま、いつの間にか文字を読めるようになっていたらしい。そして、片《かた》っ端《ぱし》から本を読んだらしい。そしてそして、お気に入りの童話を見つけてしまったらしい……。誰に習ったんだ？

まぁいい、それは脇《わき》に置いておこう。お気に入りの本を見つけるのもいいことだ。ただ、それはあくまでも童話で、真似をしようと思わないでほしかった……。

どうやってなだめようかと考えていると、姫さまが厳《おごそ》かに言った。

「イディオとその子分も連れていってやろうかと思っていたのだが、軟弱《なんじゃく》なのでやめた」

「それはやめたほうがいいですね。向こうは全然望んでいないと思いますし」

姫さまに即《そく》ツッコむと、むぅ、と頬《ほお》をふくらませた。

「――しかたがないからお前だけで我慢しよう」

その流れか。だけど、陛下も周りも許さないと思いますよ。

……と、思っていた時期も俺にはありました。

許可が出た。出てしまった。たぶん、姫さまをおとなしくさせるのを諦《あきら》めたのだろう。冒険者の真似事で苦労させれば、飽《あ》きて帰るか泣いて帰るかするだろう、とでも思っているのだろうが……付き合わされる俺の身にもなれよ‼

あンの猪突猛進《ちょとつもうしん》暴れ姫が、冒険者の真似なんかしてみろ、モンスターに突撃《とつげき》して死ぬぞ！　俺が元冒険者だからって、モノには限度ってのがあるんだよ‼

そう、俺は元冒険者だ。

冒険者時代、騎士団と冒険者ギルドとの合同で大がかりな盗賊《とうぞく》の討伐《とうばつ》を行ったとき、騎士団長の目に留まり、声をかけられて騎士団へ入団した。

下《した》っ端《ぱ》でこき使われることになろうとも、定額収入に惹《ひ》かれて入団したのだが……まさか、護衛騎士に任命されるとは思わなかった。普通は礼儀作法《れいぎさほう》の完璧《かんぺき》な高位貴族が就《つ》くからね。

どうして俺みたいな作法を知らない平民が王族の護衛騎士に任命されたのかと不思議だったが、離宮の庭で泥団子を作って遊んでいる姫さまを見て、瞬時《しゅんじ》に理解した。礼儀作法、いらない環境にいる子だからか、ってね。

有名な話だが、王族には勇者の血が入っている。そのせいか、たまーぁに姫さまのような突然変異の傍若無人《ぼうじゃくぶじん》が一族に現れるらしい。今さら聞いたのだが、実際過去にも出奔《しゅっぽん》したり冒険者になったりする者がいたそうだ。

俺が期待されているのは、それについていって場合によっては押《お》さえつける役目だろう。なまじ高位の護衛騎士だと「恐れ多い」って放置プレイになるんだろうな。もっと言うと、平民なら簡単に無礼討ち出来るからだろうな。そう自嘲《じちょう》した。

……ま、姫さまは、あれだけ言ってのけたイディオ様ですら寛容に許す心を持っているので、押さえつけた俺をどうこうする気はないだろう。第一、俺をどうこうしたら姫さまは唯一《ゆいいつ》の子分をなくすことになるし。

しかたがない、と諦めた俺はさっそく上と交渉《こうしょう》を始めた。

何はともあれ、とにかく準備だ。俺用の最高級武器と防具、そして頑丈《がんじょう》かつ上等の馬車、最高級品質の野営道具を用意してもらった。

本来、新米冒険者がこんなもんを持っているのはおかしいし、初日で飽きて帰るかもしれない遊びに金と準備をかけすぎなのだが、そんなこと言ってはいられない。

確かに姫さまは王族の中では最底辺の暮らしをしているが、平民と比べればどれだけ恵《めぐ》まれていることか。離宮で放置プレイだろうが平民……特に冒険者の暮らしはこんなもんじゃないってのがわかっていないのだ。

初日で泣いて帰ることになるのは大歓迎《だいかんげい》だが腐《くさ》っても王族、さすがに冒険者と同じ生活をさせることは出来ない。というか、これをもってしても今までの暮らしとは雲泥《うんでい》の差になる。

用意してもらう品はすべて最高級品で、という注文をつけた。もちろん俺の武器も、討伐隊用の最高級品を頼んだ。魔物《まもの》が出たら姫さまを守らないといけないのに、破落戸《ごろつき》討伐用の下っ端護衛騎士用武具じゃ俺も姫さまもやられる。ダメなら姫さまを止めてくれ、とそっと付け加えておいた。

姫さまは姫さまで、何やら用意すると息巻いているが、放っておいた。好きにしなさい。

それから数週間が経《た》ち、俺は冒険者の準備に追われていた。

どこへ行くか、安全なルートはどう通れば良いか。支給された物品武器防具のチェック、足りない物品の請求《せいきゅう》。それらを調査し、手配し、調達し……と、ここまでは順調に進んだ。

問題は、人手だ。

護衛騎士を増やしてほしい要望、却下《きゃっか》。再度要望、却下。以下繰り返し。せめて武術の心得のある侍女をつけてくれ、という要望すら却下になった。

――いやマジで増やせって！　第一、王族なら護衛と侍女が最低二人はつくはずなのに、なっんで姫さまには俺だけなんだよ！　俺一人で守り切れるわけねーだろうが！　ずっと不寝《ねず》の番をしろってか!?　無理に決まってんだろうが！

何度も何度もかけあったが、どうあっても却下され続けた。

ここまでくると、これを機に姫さまを暗殺しようとしているのか、と勘ぐってしまうほどだ。最後のほうには、頼みの綱《つな》の騎士団長にすら連絡《れんらく》が取れなくなってしまった。

それでも粘《ねば》った。冒険者をナメんなという気持ちも込《こ》めてな！

さんざん粘った結果、馬車を特注の、これ一台しかないという、王族がお忍《しの》びで使う用の馬車が提供されることになった。違う、そうじゃない。

俺が支度《したく》に東奔西走している間、姫さまは王宮に行ってもらっていた。護衛をしながら支度が出来なかったので今回の件に許可を出した連中に言って王宮勤めの騎士に預けたのだが、姫さまはどこかにこもって姿を現さなかったそうだ。

俺がようやく準備を終えて（諦めたとも言う）姫さまを迎《むか》えに行ったとき、『いきなりひょっこり現れた』とか吐《ぬ》かしやがった。――オイ、護衛の仕事なめてんのか。

　姫さまにも説教をしようとしたら、姫さまが意気揚々《ようよう》と「冒険者になる用意をしたぞ。準備は万端《ばんたん》だ！　いつでも出発出来るぞ！」と言いだしたので、毒気を抜かれてしまった。もう、好きにしてください。

　で……とうとう出立することになってしまった。

　俺は、これから処刑台《しょけいだい》へ進む死刑囚《しけいしゅう》のような気分で、姫さまに連行された。

　くだんの、一台しかないと言われる一見地味だが実は内装と造りに凝《こ》っています、という六頭立ての馬車に乗り込み……。

「姫さまは中に入っていてください」

　御者台《ぎょしゃだい》に乗りやがったぞコイツ。

　俺は邪険《じゃけん》にシッシッと手を振ったが、姫さまには通じない。

「こっちがいい！」

　と、駄々《だだ》をこねたので諦めた。

「飽きたら奥《おく》に入ってくださいね」

　そう言うと、俺は手綱《たづな》を握《にぎ》った。

　馬車を走らせ、王都の関門を出る。

　姫さまは、瞳を輝かせながら、

「すごいぞ！」

　を、繰り返している。

はしゃいで暴れるので落ちそうになるし……何度も支えて座《すわ》らせ直す。

「姫さま！　落ちたら怪我《けが》をして、出発早々離宮へ引き返すことになりますよ！」

と脅《おど》して、ようやくおとなしくさせたよ。……先が思いやられるな。

しばらくすると、姫さまは御者台の背にある窓を開けて、客車に入っていった。

やれやれ、ようやく飽きたか、と思ったらすぐ戻《もど》ってきた。

「ホラ、ケツが痛くなるだろうから、持ってきてやったぞ」

姫さまが分厚いクッションを抱《かか》えてきた。そして自分もクッションを置いてぼふっと座る。

……まだ居座るのか。俺はため息をつくと受け取ったクッションを尻《しり》に敷《し》いた。

姫さまは飽きもせず、終始ご機嫌《きげん》のままだった。初めて外に出たので、うれしいのだろう。何かを見つけては、あれはなんだこれはなんだと尋ねてきた。

王都を出ても、隣町《となりまち》辺りまでは道も整備されているし、直轄《ちょっかつ》の衛兵や役人が見回っているので、安全に移動することが出来る。なので、姫さまに景色を堪能《たんのう》させるよう、ゆっくりと馬車を走らせ、王都近くの町までやってきた。

王都で姫さまが冒険者の真似事をしているなんて知られたら、確実に笑いものだからな。この道中で飽きてくれたらいいのだが……と願っていたけどダメだったので、しかたなく続行することになった。

馬車置き場に停《と》めて、さてどうするか……と考える。

いや、冒険者ギルドに行かなきゃいけないんだけど、姫さまをどうするかって話だ。俺としては諸々《もろもろ》の事情込みで姫さまには馬車の中で待っていてほしかったが、予測のとおり「一緒に行く」と駄々をこねたので、姫さまの手を引いて冒険者ギルドまで連れて行った。

ギルドの扉《とびら》を開け中に入ったら、当たり前だが中にいた連中が、一斉《いっせい》に注目してきた。

注目された姫さまは、ふんぞり返ってご満悦《まんえつ》だ。はいはい良かったねー。

俺は受付まで歩いて、俺と姫さまを見比べている受付嬢に、

「ギルドマスターを呼んでくれ」

と、頼んだ。

ギルドマスターは、俺が冒険者をやっていたときを知っているし、そこそこ仲が良い。

受付嬢とはあまり会話をしたことがないが、俺の顔は知っているだろう。だからこそ俺と姫さまを見てキョトンとしている。

俺は、いぶかしげな顔をしてやってきたギルドマスターに耳打ちして、相談した。

——とある事情で、やんごとなき身分のお嬢様が「冒険者になりたい」とワガママを言い出し、親も許してしまったので、しかたなく俺が付き添《そ》いをやっていること。しかたがないとはいえ、怪我をさせるとまずい、死なれてもまずいこと。

ギルドマスターは俺の説明を聞くと、わかりやすく渋面《じゅうめん》になった。

「……で？　どうしたいんだ」

「とりあえず、てきとうに冒険者カードを作ってやってくれ。それを渡《わた》して、ちょっと外をぶらついて、なんか草をむしったら気が済むだろ」

ギルドマスターの問いに俺は、雑な回答をした。

もし、姫さまが「魔物を狩《か》りたい」などと言いだしたら、本気で『冒険者とはなんたるか』を長々

と、それこそ日暮れまで説いてやるつもりだ。

ギルドマスターは渋面のまま自ら指示し、姫さまの冒険者カードを用意した。

姫さまに渡したら、案の定姫さまは大喜びだ。ぴょんぴょん跳《は》ねて万歳《ばんざい》している。

そして、俺の服を引っぱって叫んだ。

「パーティを組むぞ！　私がリーダーだからな！」

「はいはい」

お好きにどうぞ。

俺は投げやりに返事をした。姫さまには、まったく届いてないけどな。

興奮した姫さまは、さらに続けた。

「依頼《いらい》を受けるぞ！」

「出たよ」

思わず俺はつぶやいてしまったが、姫さまは気にせず俺の手をつかみ、依頼の貼《は》ってある掲示板《けいじばん》まで引っ張っていった。

「姫さま、冒険者になり立ての者は、最初は薬草集めやゴミ拾いなんかなんですよ。わかっていますか？」

「わかった！」

わかってねーだろ。

俺は再度念押《ねんお》ししようと口を開いたら、姫さまが先に叫んだ。

「薬草は、図鑑《ずかん》を見て覚えたし、図鑑も持ってきたぞ！　薬草集めをしよう！」

意外にも、薬草集めに興味を持ったか。ま、離宮でも似たようなことをやっているからな。

「はいはい」

しかたがないから『薬草集め』の依頼を掲示板からむしり取り、姫さまに渡すと、姫さまは喜んで受付に持っていった。

＊

――で。どうしてこうなった?

俺と姫さまは今、魔物の群に襲《おそ》われている。

姫さまが受注した『薬草集め』という依頼は、草原や森に行くしかない。

町を離れると魔物が出没《しゅつぼつ》するが、王都に近いこの町の周辺は、騎士団やギルドに依頼された冒険者が定期的に見回っているため、そこまでの危険はない。出るのはスライム《粘魔体》、せいぜいゴブリン《醜妖精》で、俺一人が猪突猛進な姫さまを抱えて戦っても、余裕《よゆう》で倒《たお》せるレベルだった。

俺は、遠くまで見渡せる草原へ行くことを選び、姫さまを連れていった。

もちろん索敵《さくてき》しやすいのはあるが、スライムはもちろんゴブリンも足が遅《おそ》い。遠くに見えたときに俺が姫さまを抱えて走ったとしても、絶対に追いつかれない自信がある。とにかく逃《に》げやすいことを第一としたら、草原になるからだ。

草原に到着《とうちゃく》した姫さまは野原を走り回り、薬草を見つけては喜んでいた。

姫さまのむしった草を確認《かくにん》したら、意外にも合っていたので驚《おどろ》いた。

「それは、この袋《ふくろ》に入れて鞄《かばん》にしまってください」

「わかった！」

姫さまは、俺が手渡した袋に大切そうに薬草を入れると、それを鞄に入れ、また薬草を見つけるべく走り出した。

それを眺《なが》めながら、姫さまって実は頭脳明晰《めいせき》なのか？　と考える。

家庭教師に教わらずとも独学で文字が読めるようになり、誰かにアドバイスをもらっているわけでもないのに図鑑を持ってくる用意周到《しゅうとう》さがあり、さらには図鑑を開かなくとも薬草を覚えていて見分けをつけているというのだから、たいしたものだ。姫さまくらいの年齢《ねんれい》の子どもが冒険者になっても、こううまくはいかないだろう。

ちゃんと育てられていたならば、もしかしたら立派な王女になれたのかもしれない――そう感心していたら姫さまが立ち止まり、いぶかしむような顔をした。

「どうしました？」

と、声をかけた途端《とたん》に、悪寒《おかん》がして周りを見渡した。

あっという間に、ここにはいないはずの魔物――ワーグ《魔狼》に周りを囲まれた。しかも、一匹《ぴき》だけじゃない、ざっと数えても三十匹はいそうだ。

ワーグは狼型の魔物で、単体でもそこそこ脅威《きょうい》だが群れを成したらその数だけやっかいさが倍増していく。姫さまを連れてだと一匹でもやっかいなのに、それが三十匹以上だ。

俺はしくじった、と思ったがこの期《ご》に及んではもうどうしようもない。見通しが甘かったというよりも、想定外の出来事すぎた。

道を歩いていたらワイバーン《翼竜》に遭遇《そうぐう》しました、のほうが、よほど運が悪かったと納得出来る。夜間、岩場や山林を縄張《なわば》りとするワーグがこんな日の高いうちから見通しのいい場所に出るなんて、マジであり得ない事態なんだよな……。

ワーグ三十匹、もし俺一人だったらなんとかなった。

冒険者時代にもしょっちゅうあったことだ。

脅威ではあるが、どうにかなるというレベルなのだが……現在は姫さまと一緒。そうなると、窮《きゅう》地《ち》と言っても過言ではない。

姫さまも、本物の魔物に囲まれてすくんでいるようだ。

さすがに命の危機がわかったか。これに懲りて、二度と冒険者になろうなんて言い出すなよ！　生き残れたらの話だけどな！

気を落ち着けるため俺は息を吐《は》くと、剣《けん》を抜く。

「――パシアン姫。私が連中を引きつけます。その隙《すき》に走って町まで向かってください。そして、ギルドにワーグの群れが襲ってきたことを、伝えてください」

正直、状況《じょうきょう》はかなり厳しい。俺がワーグを引きつけ損《そこ》なったら、姫さまの足じゃなくても追いつかれるだろうし、ましてや幼い少女のかけ足では、かなりの長時間引きつけておくか全部倒さなければ、姫さまに向かっていってしまうだろう。

だが、それしか手はない。

姫さまは俺を見て、うなずいた。

さすがにこんなときなら聞き分けがいい──と一瞬《いっしゅん》思ったのに、すぐ撤回《てっかい》することになった。

「リーダーとしては、仲間を守らねばな」

「お前は俺の話を聞いてたのかよッ⁉」

つい怒鳴った。

遊びじゃねーんだよ！　命がかかってんだよ！

再び怒鳴ろうとしたとき、姫さまは両脇《りょうわき》に手を突っ込むと、何かを取り出した。

俺は舌打ちすると、遊び気分の姫さまに構わず、ワーグに向かって走り出す。

最速で、なるべく派手に倒せば、仲間意識の強いワーグは俺を倒すべく向かってくるだろう。

飛びかかってきたワーグを一閃《いっせん》。

……さすが、最高級の剣だな。斬《き》れ味が全然違うぜ。

さらに剣を振るい、三匹ほど始末したらワーグの群れは案の定俺を標的にしたようだ。

次々に襲いかかってくるワーグを、次々と斬り捨てる。

だが、数が多すぎる。囮《おとり》をやりながらの派手な戦い方じゃ、そのうち押し切られるだろう。

クソッ！　恨《うら》むぞ上の連中！　護衛を増やさなかったから窮地に陥《おちい》ったんだからな！　死んだらレイス《死霊》になって寝台《しんだい》の上から文句を言い続けてやる！

「姫さまッ！　死にたくなけりゃ、今のうちに逃げろ！　遊びじゃねーのはわかっただろ！　二度と冒険者になりたいなんて言うんじゃねーぞ！　じゃなけりゃ、またお供が死ぬことになるんだからな！」

姫さまに向かって怒鳴りつけ、今度はワーグに向かって怒鳴る。

「来いよワンちゃんども！　全部まとめてかかってきやがれ！」

ワーグに言葉がわかるか知らないが、煽《あお》られたのはきっちり把握《はあく》したようで、全部のワーグが俺を唸《うな》りながら睨《にら》んできた。

俺は息を整える。

瞬間、ワーグが一斉に襲ってきた。

ワーグが得意とする波状攻撃《こうげき》だ。俺は懸命《けんめい》に剣を振るうが、数の暴力に押し負けそうになる。

とうとう剣をかいくぐった数匹に噛みつかれようとしたそのとき。

ワーグが何かに当たってバタバタ倒れた。

え？

俺は驚いて油断してしまう。

その隙に何匹も襲いかかってきたが――ソイツらもバタバタ倒れた。

俺は素早《すばや》く辺りを見回して状況を確認すると、姫さまが変わった形状の何かを片手に一つずつ持っていて、こちらに向けているのがわかった。それを操り魔術を撃《う》ちだして、次々とワーグを倒していっている。

…………え？

見間違いかと思ったが……目をこすり何度かまたたきしても変わらなかったので、自失しそうになった。

いや、呆けている場合じゃない。ワーグが姫さまを敵と認識しそちらに向かおうとしたので慌《あわ》てて追いすがり、剣を振るって斬り捨てていった。

ほどなくして、三十匹ほどいたワーグを一匹も逃がさず、すべて殺すことが出来た。

普通、ワーグに限らず魔物は戦況が不利になると逃げ出すものなのだが、姫さまの武器が特殊《とくしゅ》だったせいか、ワーグは不利かどうかの判断が出来なかったようだ。

いや正直なところ、姫さまが参戦してくれたおかげでだいぶ楽に片づいたな。

俺は安堵《あんど》の息を吐くと、剣を収めて姫さまに歩み寄った。

「助かりました姫さま。――ところで、それはいったいなんですか？」

姫さまが両手に持つ、持ち手の付いている板のような武器を指さした。

俺を見た姫さまは武器を構え、得意そうに胸を反らせる。

「だから、ここを出る前に『準備は万端だ』と言っただろう。これは、勇者の使っていた〝魔法銃《じゅう》〟という武器だ！」

俺は、しばらく絶句した。

「……ちょ、おま、それ、どっから……」

途切《とぎ》れ途切れにいくぶん失礼な言葉で尋ねると、一番聞きたくない回答が返ってきた。

「宝物庫」

「ああああ～～～～」

俺は頭を抱えた。

この姫、宝物庫からよりにもよって勇者の武器を持ち出しちゃったよ！

「…………姫さま、帰りますよ。そしてそれは見つからないようにそっと返しましょう」

ようやく立ち直ってきた俺は、低い声で姫さまを促《うなが》したが、

「いやだ！」

と、駄々をこね始めた。

「いやだじゃねーよ！　ナニ宝物庫から勝手に持ち出してんだよ！　バレたら怒られるじゃすまねーぞ！」

とうとうキレた俺が怒鳴る。

巻き添《ぞ》えに俺が弁償《べんしょう》させられることになったらどーすんだ！　つーか弁償で済めばいいけどな！　下手したら処刑だぞ！

姫さまがキョトンとして俺を見た。

「怒られるわけがないだろう。私は宝物庫に入ることが出来るのだぞ？」

「はい？」

と俺が聞き返したら、姫さまがキッパリと言った。

「勇者の持ち物は、勇者の末裔《まつえい》の、選ばれた者だけが封印《ふういん》を解けるのだ。そして私は封印を解けたので、勇者の持ち物を使うのだ！」

ええ……。なんかすごい話になってきたな。

そういえば、こんなポンコツ姫でも勇者の末裔だった。なら別にいいのか。

……いや待てよ、封印が解けたからって勝手に持ちだしていいってワケでもないんじゃねーか？

悩《なや》み始めた俺に、姫さまが斜《なな》めにかけた鞄から何かを取り出し、宣《のたま》った。

「ホラ、お供のお前にもこの、なんでも入る〝魔法鞄〟を貸してやろう。あと、この剣はおっきいからお前に使わせてやってもいいぞ？」

「何、宝物庫なんてそうそう立ち入るワケがないでしょうし、勇者の持ち物も、飾《かざ》ってあるだけでは宝の持ち腐《ぐさ》れ。勇者の末裔たる姫さまが封印を解かれたのは、恐らく道具が姫さまを選んだのでしょう」

俺は口上を述べると、うやうやしく勇者の魔法鞄と剣を受け取った。

勇者の剣かぁ……。かなり豪奢《ごうしゃ》な装飾《そうしょく》がされていて、柄《え》の部分に獅子《しし》らしき顔がついている。

……獅子の顔、なぜか寝顔《ねがお》なので迫力《はくりょく》不足もいいところだが、そこはどうでもいい、問題は刃《は》だ！

スラリと抜き放つと、刀身が見事な輝きを見せた。これはすごいぞ！

「いやぁ、今の剣もそうとういいものですが、これは別格に素晴《すば》らしいな！」

そう浮《う》かれていると、姫さまが満足そうにうなずいた。

「うむ！　気に入ったようだな。ならばもう『冒険者をやめろ』などと言うのではないぞ？」

姫さまの言葉に俺は固まる。

………嵌《は》められた。

ワケではないのだろうが、逃げ場を失った。

確かにここまで喜んでおいて、冒険者をやめろとは言いづらい。俺も、せっかくだから勇者の剣を使ってみたいし……。

「…………。飽きたら帰ってくださいよ？」

「うむ！」

俺は、そう言う他になかった。なかったのだが……困った。

姫さまは、そりゃあ他の令嬢よりは強いだろう。もしかしたら、軟弱な令息にも勝てるかもしれない。

だが、基準はそんなもんで、ある程度経験を積んだ冒険者には負ける弱さだ。今回はなんとかなったが、冒険者をやっていればこんなふうなイレギュラーなエンカウントはしょっちゅう起きる。

勇者の武器は強いらしいが、それを持つ姫さまは幼くて弱い。武器の強さを己《おのれ》の強さだと過信し失敗して命を落とす前に、どうにか冒険者をやめさせなければいけない。

冒険に浮かれている今は無理だろうけどな……。時期を見て説得していくしかない。

俺は軽く頭を振った。説得については後回しで、まずはここの後始末を考えよう。

思考を切り替《か》え、姫さまに向き直った。

「ワーグを何匹か持ち帰って、ギルドに説明します」

ワーグが現れた説明をしないとだからな。

なぜこの場所に、これだけの群れが出たのかわからない。

この周辺で何か予期せぬ事態が起きている可能性があるのでギルドに報告しないといけないが、そのまま言っても信じてもらえないかもしれない。

普通なら、まずは生きて帰れなかった事態だし。証拠《しょうこ》のワーグを見せたら信じるだろう。

俺の言葉を聞いた姫さまが、顔を輝かせて叫んだ。

「それならいいのがあるぞ！」

え。まだ勇者グッズを盗《ぬす》んできてるの？

姫さまがゴソゴソと魔法鞄を探《さぐ》り、帯状のモノを取り出した。

その帯を地面に置いて広げ、さらに帯を縦に開いた。

「〝無限収納〟だ。この輪の中に、獲物《えもの》を入れるのだ！」

俺の瞳孔《どうこう》が開く。

な……なんて便利なモンを持ってんだよ、勇者様！　そしてなんつーモンを持ち出してきたんだよ、姫さま！　グッジョブ！

俺は大喜びで、その中にワーグを放《ほう》り込んでいった。

ワーグの毛皮って、ものすごい高値がつくんだよ。俺が切り刻んじまったのもあるが、姫さまが倒した、ほとんど傷のないワーグもたくさんあるからな。これだけありゃ、そうとう儲《もう》かるぞ！

浮かれた俺が全部放り込むと、姫さまは帯を閉じ、丸めて鞄にしまった。

「すげー便利なモンばっかりだな」

俺が思わずつぶやくと、姫さまがドヤ顔をかましてきた。

「だから、私は『冒険者になる用意した』と言っただろう？」

……たぶん、宝物庫の勇者グッズを全部持ちだしてきたんだろうと察したが、ま、いっか！　と開き直った。

正直、こんなに便利なのがあるんだったら、かなり冒険者稼業《かぎょう》が楽になる。

護衛の不足も補え……るかは、他の勇者グッズによるな。剣と魔法銃と無限収納だけじゃまだ不足だ。

「他には何を持ち出したんです？」

と、俺が聞くと、姫さまが意地悪そうな顔で言った。

「ヒミツだ。最初から全部教えたら面白《おもしろ》くないだろう？　ちょっとずつ教えてやる！」

俺は肩《かた》をすくめる。だが、それも面白そうかな、と考えてしまった。

そして、差し出してきた姫さまの手をとって、ギルドに向かった。

＊

ギルドマスターにワーグが出没したことを報告した。

やはり、あの辺りには出没したことなどないし、そもそも昼間の草原に群れが徘徊《はいかい》するなんて信じていないようなので、査定兼《けん》解体用の倉庫に行きワーグを取り出して見せた。

無限収納にまず驚いていたな。

ま、そうだろう。魔法鞄は超《ちょう》難関ダンジョンで稀《まれ》に手に入るが、無限収納に関しては伝説クラスの魔道具だ。勇者が使っていたという話は聞いたことがあるが……それってコレのことだよな？

ギルドマスターは積み上げられていくワーグを見て信じてくれたが、心当たりはないらしい。

いろいろ話した結果、『どこからか移動してきたワーグの群れに運悪くぶち当たってしまった』ということになった。

常識的な話だが、魔物は魔物しか襲わない。魔物のそばにウサギがいても、魔物は無視をする。

例外が人間だ。魔物は人間を襲う。

だから、ワーグの群れはもともといた場所に魔物がいなくなり、食料である魔物もしくは人間を求めてあの草原まで移動してきたのではないか、という推論だった。

「ついてねーな……」

だが、そういうことはある。

俺はワーグの売却代《ばいきやくだい》を受け取り姫さまを捜《さが》すと、姫さまは依頼の薬草を意気揚々と受付嬢に渡し、代金を受け取ってはしゃいでいた。

「お嬢様はまだ飽きそうにねーのか？」

そうギルドマスターに問われ、俺は首を横に振った。

「あの様子を見て、飽きたって思うか？」

と、俺が返したらギルドマスターは肩をすくめて答えた。


そのままギルドを出ようとしたら受付嬢に呼び止められ、『俺宛《あ》ての手紙を預かっている』と渡された。

俺が差出人を確かめると、出立するギリギリまで連絡がつかなかった騎士団長からだった。

姫さまに断り、その場で手紙を読む。

手紙には、姫さまの護衛を押しつけた詫《わ》びと、けっきょくまた冒険者に戻るような羽目になった詫び、そして、困ったら頼《たよ》ってくれという言葉と、パーティの後日談が綴《つづ》られていた。

困ったことか……めっちゃたくさんあるけどね。姫さまが勇者道具を持ち出してしまった現在、もはや騎士団長にどうにか出来る案件じゃなくなったので、言葉だけありがたく受け取っておくとしよう。

さて、問題は最後の後日談だ。

手紙によると、イディオ様は無事、男爵令嬢プリエ様と婚約出来たようだった。ただし、男爵家へ婿《むこ》入《い》りすることになった。

イディオ様は公爵家の一人息子だったが、先の事件でそれでも継《つ》がせるのは無理だと悟《さと》った公爵家夫妻はイディオ様を廃嫡《はいちゃく》、五年以内に子が生まれたらその子を跡取《あとと》りに、出来なかったら養子をとることに決めた。

イディオ様は、プリエ様との婚約を許され大喜びしたのもつかの間、男爵家へ婿入りと宣告されてたいそう暴れたそうな。

男爵家側は、『お前の娘《むすめ》のやらかした責任をとれ』と、イディオ様を押しつけられたのだが、男爵家はその前に、『娘に責任を取らせ男爵家から勘当《かんどう》した』と、公爵家に伝えた。

その結果、二人は平民になった、ということだった。

……と、ここまで読んだ俺は思わず「大丈夫《だいじょうぶ》なのか？」とつぶやいてしまった。たぶん大丈夫じゃない気がする。

さらに続きを読む。

泡《あわ》を食ったイディオ様は、姫さまが自分に従順になるのであれば婚約を再考する、などとほざいて離宮に押しかけてきたらしい。

だが、姫さまは王宮にて雲隠《くもがく》れ中（恐らく宝物庫に忍び込んでいた）で、俺も準備で東奔西走していて双方《そうほう》捕まらず。

タイムアップで姫さまとイディオ様の再婚約は阻止《そし》されたのだった。

……危なかった、と俺は息を吐いた。

イディオ様が再度婚約したいと言ったら、姫さまは受け入れるだろうと俺は推測している。

ただしその場合、イディオ様も冒険者をやらなくてはならないな！

なぜなら、姫さまは婚約者のことを『子分』だと認識しているからだ。

婚約破棄は、子分が姫さまのシゴキに音を上げただけ。再婚約は『もう一度子分にして鍛《きた》えてくれ』って解釈《かいしゃく》すると思う。

冒険者として引っ張り回されるのだったら、平民として普通に暮らしたほうが楽だ。いくら姫さまが勇者グッズを持っているからといって危ないのは確かだし、虫におびえるような軟弱なイディオ様が魔物とエンカウントしたら、上から下からいろいろなものを垂れ流す騒ぎになるだろう。あの弱虫っぷりじゃ、下手をしなくても死ぬだろうし。

別に俺はイディオ様が死んでもかまわないのだが、迷惑《めいわく》をかけられることは確実、姫さまだけでも手一杯《ていいっぱい》なのにイディオ様の面倒《めんどう》まで見きれない。ゆえに、再婚約は絶対反対だ。

よし、見なかった！　ということにして、手紙を魔法鞄に放り込んだ。


俺と姫さまは、そのまま王都には戻らず、違う町に旅立つことにした。

理由はあの手紙だ。

正確には、手紙にあった『イディオ様とプリエ様が平民になった』という内容だ。

王都付近にいたら、絶対に出くわす。そうしたらトラブルになる未来しか見えない。面倒に巻き込まれる前に面倒ごとを起こさないよう、姫さまが飽きるまでは王都から離れることにした。

姫さまに、イディオ様の件は伏《ふ》せつつ提案したら、すぐにうなずいた。

むしろ喜んでいるかも。ま、大冒険がしたいらしいしな。

絵本を手に喜ぶ姫さまを見つめていたら、俺はふと疑問が浮かんできたので姫さまに尋ねた。

「それにしても、なぜその本なんです？　童話は他にもあったでしょう」

姫さまはキョトンとして俺を見た後、自分の手に持つ絵本に視線を落とし、俺に向かって絵本をかざした。

「この本は、私の教本であり師匠《ししょう》なのだ」

姫さまがまた小難しい言葉を使った。……やっぱり姫さまは頭がいいんじゃないか？

姫さまは、いたずらっ子がいたずらに成功したような顔を俺に向けてきた。

「いつか終わりは来るが、今はお前と冒険を楽しむ。お前だって、退屈《たいくつ》な護衛より冒険者に戻りたいって思っていただろう？」

「いや、思ったこともないです」

俺、退屈な護衛でも定額収入があるほうがいいです。

俺から感謝されると勘違《かんちが》いしていた姫さまがショックを受けているが、普通はそうなんですよ。

そもそも『護衛が退屈』なんて、貴族や王族の守られている側じゃなければ言わないだろう。

ただ、貴族や王族になりたいか？　と問われれば答えはノーだ！

貴族の小難しいマナーや勉強を延々とするくらいなら、平民でいいよ。騎士になったときだってマナーや最低限の勉強を物理的に叩《たた》き込まれたし、護衛だって付け焼き刃にしろかなりの作法を覚えさせられた。もう、あんなのはごめんだ。

俺はショック顔の姫さまに向かって苦笑《くしょう》した。

「だから、姫さまは冒険者になったと浮かれて、無茶して死なないでくださいよ。俺は、姫さまが生きている限りは、護衛任務で定額収入が得られるんですから」

姫さまはポカンとしたが、なるほど、と合点《がてん》してうなずいた。

「そうか！　それはそうだな。私はお前の定額収入のため、長く冒険者をやろう」

わかっているようでわかってない姫さまの言葉だが、とりあえずこれで無茶はしなくなるようなので、ひとまずは安心した。


――本音を言えば、早く飽きてほしい。

離宮に戻ったら、俺は即騎士団長のもとに向かい、頼みこんで姫さまの教育係を見つけるつもりだ。

このまま変わり者の姫をやっていたら、嫁《よめ》のもらい手がない。いや、一人だけいる。――イディオ様だ。

よけいなお世話だろうが、アレ以外の良縁《りょうえん》を見つけてほしいと切に願うし、アレと姫さまが結婚した未来に俺がいる、と考えると胃が痛い。そんな事態になったら退職したいが、冒険者には戻れない。むしろ、歳をとってからこその定額収入なんだよ。

何しろ護衛騎士に通常の騎士よりも給料が高い。しかも、平民の下っ端騎士の給料となんて比べものにならないほどにだ。だから、なんとしてでも姫さまにはマトモな人と結婚して、のんびりとした暮らしで俺にものんびりとした護衛をさせてほしい。

……なんだけどなぁ……。

俺の隣《となり》、御者台に座ってニコニコしながら景色を眺める姫さまを横目で見た。

――しかたない、次の町で御者台の座席部分を豪華《ごうか》にしよう。姫さまは、ずっとここに座り続ける予感がするから。

2　姫《ひめ》さま、王都には引き返さないってよ

出発して数日。王都からだいぶ離《はな》れてきて、だんだんと強い魔物《まもの》が出るようになってきた。

「やれやれ、さすがにこの辺までは間引きしてないか」

俺《おれ》は、遠くに見えるはぐれワーグを見ながら苦笑《くしょう》した。

ワーグは、俺たちの乗る馬車の気配は感じとっているようで探すようにウロウロしているが、こちらを見ることはない。

これは、姫さまが盗《ぬす》ん……借り受けてきた勇者グッズの一つ、目くらましの札。認識阻害《にんしきそがい》の護符《ごふ》の効果だ。

これを貼《は》ると、認識札を持っていない限りそこに馬車があるとわからなくなる……とは、姫さまの談。ちなみにワーグは視認出来ない距離《きょり》の臭《にお》いでも嗅《か》ぎ分けるというから、目くらましどころか臭気《しゅうき》にまで効果があるようだ。

この目くらましの札、けっこうな枚数があるとのことで、いざとなったら姫さま自身に貼ってくださいと伝えてある。

特に、俺とはぐれたときはすぐに貼り付け、俺が見つけるまでじっと動かないように！　と、何度も繰《く》り返し言い聞かせた。

それにしても助かった……。

この護符の効果で夜に仮眠《かみん》がとれるようになり、かなり楽になったよ。野外で護衛が一人だけ、ってのは、つまり寝《ね》ずの番を夜通ししなけりゃならないってことだからな。

襲撃《しゅうげき》の少ない明け方と昼間に仮眠をとるようにしていたが、その間に姫さまがどっかにフラフラと遊びに行って、何かに襲《おそ》われでもしたら大変だ。護衛を増やさなかった連中の責任にしたいところだが、間違《まちが》いなく俺が全責任を負って処刑《しょけい》されるだろうな。

というわけで、姫さまにその事を説明し、俺が仮眠をとっているときはそばにいて動かないでくれと伝えたら、慌《あわ》てたように護符を出したのだった。

俺が寝ずの番をしているとは夢にも思わなかったらしく、驚《おどろ》いた上に涙目《なみだめ》になって謝《あやま》ってきたので俺も驚いた。

「お前に迷惑《めいわく》をかけるつもりはなかったのだ」

って言われたんだけど。

……えーと、すでに迷惑をかけられまくっているんだけど。

ま、いいけどね。護衛とはそういうもんだ。

＊

はぐれワーグをやりすごし、しばらく馬車を走らせると野営に最適な場所を見つけた。と、よし、今日はここで野営をするか。と、道を外れて馬車を停《と》めた。

馬車から降りて馬を休ませてから、今晩の野営の準備を始める。……初日に、『野営する』と姫さまに伝えたら大興奮されたな。今でも興奮するけど。

「今日は、新しい勇者の持ち物をお披露目《ひろめ》してやろう！　天幕を張ってくれ！」

と、姫さまに言われた。えぇ……夕飯前にソレを言う？

しかたなく言われたとおりにすると、姫さまが『どう見てもホースのついた浴槽《よくそう》』としか思えない物を無限収納からドドンと出してきた。

……ナニソレ？　もしかしてガチで浴槽？　湯張りするの面倒《めんどう》なんですが、って思ったら。

「〝勇者の浴槽〟だ！　ここに魔力を注ぐと湯張りして、このホースからお湯が降り注ぐのだ！」

「勇者って、快適な旅をしすぎてませんかね？」

姫さまの言葉に思わずツッコんでしまった。なんだその生活便利グッズは。

姫さまが湯あみしている間、サクッと夕飯を作った。

騎士《きし》団で遠征《えんせい》経験済みだと大人数の食事作りに長《た》けるんだろうが、俺は未経験。でも冒険者《ぼうけんしゃ》だったから二人分くらいはササッと作れる。

夕飯の支度《したく》が出来上がった頃《ころ》、天幕から出てきた姫さまの頭を吸水布でゴシゴシと拭《ぬぐ》った。

ちなみに姫さまは、やんごとなき身分かつ幼女であるのに一人で入浴出来る。

小さい頃は何もやらない侍女《じじょ》を見かねて俺が手伝っていたが、さすがに幼いとはいえ赤の他人の男がやるのにまずいだろと思い、姫さまに一人で入浴出来るようになってくれと頼《たの》んだのだ。

今じゃほとんど一人で出来て、髪《かみ》を結《ゆ》うのだけ俺がやっている。

髪が乾《かわ》いたのでブラシで梳《と》かすと、姫さまがこちらを見て笑顔《えがお》で言った。

「お前も入ってこい！　あとは任せろ！」

何を任せろと言っているのかわからないが、お言葉に甘《あま》えて入った。

入った感想は——マジかよこの勇者グッズ最高すぎるだろ！　正直、今までの人生で一番いい入浴だった。

俺が湯あみを終え出てきたら、姫さまは皿とかコップとかを並べてソワソワしながら待っていた。

どうやら手伝いたかったらしい。

こういうところはかわいらしいなと思う。ふと、妹の小さい頃を思い出してしまい、姫さまを撫《な》でた。

夕飯は、腸詰《ちょうづ》めと野菜の焼いたものにスープとパンという簡素なメニューだ。冒険者の野営飯としてはちょっと贅沢《ぜいたく》だが、離宮の食事と比べたら、かなり粗末《そまつ》な料理だよな。

それでも、魔法鞄《かばん》や無限収納のおかげで買いだめ出来るし鮮度維持《せんどいじ》も出来るので、粗末ながらも品質は良いんだけどね。

姫さまは不満を洩《も》らすかと思ったが、逆に大喜びしているのが解《げ》せない。うーん、こういった雰《ふん》囲気《いき》が新鮮なのかな。

「うまいー！」

姫さまがほおばって満面の笑みで伝えてくる。

俺はクスリ、と笑うと姫さまの口の周りを拭った。

そうやって野営をしつつ馬車を走らせているうちに、次の町までやってきた。

道中、襲われることはなかったが、なんとなくしっくりこなかった。鮮明《せんめい》に覚えているわけじゃないんだが……以前よりも魔物の出没《しゅつぼつ》が多く、さらには以前は出なかった魔物が出没しているように感じられたのだ。

「うーん……。なんだか不穏《ふおん》な感じですね。冒険者ギルドで聞いてみましょう」

俺は馬車置き場に馬車を停めると、寄り道しそうになる姫さまを捕《つか》まえては誘導《ゆうどう》しつつ、冒険者ギルドまで歩いた。

冒険者ギルドに入るやいなや、姫さまは一目散に受付へ走っていった。受付のカウンターにかじりつくと魔法鞄からむしった薬草を取り出し、受付嬢《うけつけじょう》に納品している。

姫さまには、「薬草の納品はどこのギルドでも常設であるので、前もってむしっておいてギルドに寄ったら納品するといいですよ」と伝えたのだが、その通りにやっているようだ。

姫さまは王族なんだから金貨なんて簡単に手に入れられるはずだが、受付嬢が小さい子をあやすように微笑《ほほえ》みながら銅貨を支払《しはら》ってくれるのがうれしいらしい。ま、確かに自分で稼《かせ》いだ、って気になるよな。

俺はそれを遠目に見ながらギルドマスターに尋《たず》ねた。

「最近、変わったことはないか？」

「大ありだよ」

ギルドマスターが即答《そくとう》した。

ギルドマスターによれば、やはり、魔物の出没地帯が変わってきている、と冒険者たちから聞いているらしい。

強い魔物がポッポッと現れているのも気になるそうだ。

「今までだって、出ないことはないって感じだっただろ？」

俺が冒険者をやっていたときはそうだった。

「だが、それにしても頻繁《ひんぱん》なんだよ。今までは、イレギュラーで強個体が出没したとしても、討伐《とうばつ》されたらもう出なくなるだろ？　でも今回は、討伐されてもまた別の強個体が出るんだ」

確かにそれは変だよな。……というより、魔物の出没が活発になってきているのか？

そういや、準備期間中に騎士団長と連絡《れんらく》がつかなかったのは、遠征に出かけていたせいだったな……。

と、なると、森には絶対に踏《ふ》み込《こ》んじゃいけないな。危険すぎる。もっというと帰りたい。

俺はギルドマスターに教えてくれた礼を言って別れ、姫さまのところへ向かった。

「見ろアルジャン！　すごいだろう⁉」

銅貨を見せびらかしてきた。……よし、ここは、褒《ほ》めておだてて草むしりだけやらせるようにしよう。そうしたらすぐ飽《あ》きるだろ。

「ええ、すごいですね姫さま。ご立派です」

褒めたらご満悦《まんえつ》で腕《うで》を組み腹を突《つ》き出した。よし、うまくおだてられたらしい。

「では、今後も安全かつ確実に薬草集めをしましょうね」

「うむ！」

姫さまは、重々しい……と自分では思ってるであろう、おっさんな返事をした。

返事をした姫さまの手を取りギルドを出たら、出来るだけよそ見をさせないようにして、まっすぐ馬車まで向かった。物の金額をわからせないようにするためだ。

うっかりにも「銅貨で買い物する！」とか言いだしたら、自分の稼ぎでは上質なパンすら買えないと判明してしまうからな。安い魔物肉の串焼《くしや》きは、幼い姫さまにはかみ切れないし。

案の定、

「せっかく稼いだんだ！　買い物したい！」

って言いだしたので、俺は姫さまに笑顔で詰《つ》め寄った。

怯《ひる》む姫さま。

「な、なんだ？」

「せっかく稼いだのに、もう使ってしまうのですか？　もったいないでしょう？　そのお金は、物と交換《こうかん》されるんです。記念に取っておくべきですよ。買い物は、準備したお金で買えばいいんです」

熱く語ったら、面食らった姫さまが目をパチパチさせた。

「……そうか？　なら、そうする」

ワケがわからないまま、姫さまは銅貨を魔法鞄にしまった。やれやれ、誤魔化《ごまか》せたか。

そのまま姫さまを抱《だ》き上げ、御者台《ぎよしやだい》に乗せる。さっさと出発しよう。俺も飛び乗り手綱《たづな》を握《にぎ》った。

＊

またもや草原に来た。

ただしこの草原は、近くに森があるのでやや危険だ。賊《ぞく》に森から隠《かく》れて狙撃《そげき》されたらひとたまりもない。安全のため、姫さまには目くらましの札を貼ってもらっている。

草原を元気に駆《か》け回る姫さま。

俺は、ちょっとだけ離れて周りを観察する。

賊が現れても危険だが、言葉が通じるだけまだマシだ。一番の脅威《きょうい》は群れている魔物。囲まれて数の暴力をふるわれたらかなりヤバい。

だから、前回は本当にヤバかった。今回は絶対に、前回の二の舞《まい》にならないように気をつけようと、俺は心に誓《ちか》っている。

走り回っている姫さまは、最初こそ薬草を見つけては俺に見せにきたりしていたが、途中《とちゅう》から虫を捕まえたりし始めた。

……うん、さっそく飽きたらしい。もう少し暴れさせないと昼寝《ひるね》しないだろうな、と思い見守っていると……。

姫さまがふと、森のほうを見た。

俺もつられて森を見る。……んん？　何かがやってくる気配がするな。俺はすぐさま姫さまに駆け寄った。

「姫さま。じっとしていてください。場合によっては撤退《てったい》します」

「むぅ。魔物だったら戦うべきだぞ？　魔物を間引くのは冒険者の役目だ」

「もっと高ランクになったらそうしましょうね」

姫さまの言葉に俺が返すと、下唇《したくちびる》を突き出してきた。拗《す》ねてもダメですからね。

「魔物を間引くのは王家の役目でもあるぞ！」

唐突《とうとつ》に何を言っているんだろう。俺は呆《あき》れつつ言った。

「その場合、騎士団が同行しますね。俺は騎士団員ですが護衛騎士なので、魔物を間引く任務はいたしておりません」

ムキー！　と、怒《おこ》っている姫さまだが、許しませんよ。

俺は姫さまをかばいつつ森の様子をうかがっていると……。

数人の冒険者が、真っ青になりながら転がるように走ってきた。

「うわー、マジか。嫌《いや》な予感しかしない」

あからさまに、何かから逃《に》げてきた感じじゃん。

俺がつぶやいた後、木がミシミシと音を立て倒《たお》れる。倒れた先から、アルミュールウルス《魔鎧熊》と呼ばれる部分部分を硬《かた》い鱗《うろこ》で覆《おお》われた熊型の魔物が、ヌッと姿を現した。

俺はため息をつく。これはさすがに不可抗力《こうりょく》だからしかたがない。

冒険者たちも必死で逃げてきたんだろうし、こんなところにデカくて凶暴《きょうぼう》な魔物が潜《ひそ》んでいるなんて思ってもみなかっただろう。

悪質ななすりつけ行為《こうい》という可能性は……ないだろうな。明らかに命からがら逃げてきたようにしか見えないし、今も逃げ切っているわけじゃないし。

俺はもう一度ため息をつくと、剣《けん》を抜《ぬ》いた。

「姫さま。このままですと姫さまにまで被害《ひがい》が及《およ》ぶため、しかたなく駆除《くじょ》してまいります」

姫さまがキョトンとした。

「ん？　いいけど、なんでしぶしぶやるんだ？」

「よけいな助勢はしたくないんですよ」

俺一人だったら間違いなく見捨てる。助勢って、やった後にめんどうな事態になることが多いからね。

助けても、謝礼どころか『倒した魔物の分け前をよこせ』と言われるパターンが最も多く、もっとひどくなると、獲物《えもの》を横取りしたとか因縁《いんねん》をつけられて、ギルドの裁判沙汰《さいばんざた》に発展したりする。

助勢する場合は、潔《いさぎよ》くすべて諦《あきら》めてすべての損をかぶる覚悟《かくご》でやるか、いっそ見捨てたほうが良い場合が多い。

今回は情状酌量《じょうじょうしゃくりょう》の余地ありなのと、護衛対象の姫さまに危害が及ぶので、諦めて助けよう。

逃げ惑《まど》う冒険者たちには気づかなかったフリをして、あくまでもアルミユールウルスを倒すためにまっすぐ走った。

アルミユールウルスは冒険者たちに襲いかかろうと走っていたが、途中で俺がめがけてやってきたのに気づいて足を止めた。そして、後ろ足で立ち上がって威嚇《いかく》する。

俺は走りながら身体《からだ》に魔力を循環《じゅんかん》させる。俺は魔術を使えないが、『人には必ず魔力がある、全身に巡《めぐ》らすように循環させていると、それだけでもパワーアップ出来る』と駆け出しの頃に先輩冒険者《アニキ》から教わった。以来ずっと続けていて、これをやると段違いに身体のキレとついでに剣の切れ味が良くなる。……気のせいかもしれないが、思い込みは大事だ。

アルミユールウルスは前足で横なぎにしてくるが、ステップで躱《かわ》す。

この程度でやられはしねーよ！

アルミユールウルスは空振《からぶ》りしてカチンときたらしい。また威嚇してくる。

その隙《すき》に踏み込み胴《どう》を斬《き》りつける。

……チッ、ちょっと浅かったか。

斬られるとは思ってもみなかったのだろう。アルミュールウルスは大げさに驚き、叫《さけ》び声をあげて後退した。

そして前足を地に着けた。

うなり声をあげつつ構えて、次の瞬間《しゅんかん》には突進《とっしん》してきた。

だが、想定していた。予備動作がわかりやすすぎるんだよ！　俺は避《さ》けつつ、すれ違いざまに剣を振《ふ》り抜いた。

ほんの一瞬《いっしゅん》の後、血飛沫《ちしぶき》が噴《ふ》き上げる。

かなり勢いがついたから、スパッと切れただろう。

油断なく振り返ると、アルミュールウルスはたたらを踏んで転ぶように倒れた。

よし！

すぐさまアルミュールウルスに駆けより、とどめをさす。

アルミュールウルスは少し痙攣《けいれん》した後、全身を弛緩《しかん》させた。

俺は息を吐《は》くと、剣についた血を落として鞘《さや》に収める。そして姫さまのもとへ向かった。

そしたら、姫さまが目をキラキラさせていた。なんだなんだ？

「アルジャンは強いな！　かっこよかったぞ！」

姫さまが褒めたたえてくれた。

俺は苦笑して一礼する。

「お褒めいただきありがとうございます。……でも、こないだワーグの群れも倒しましたけどね」

「ワーグはちっちゃかったからそうでもなかった」

あぁ、デカい魔物を倒したからか。ま、見栄《みば》えがするよな。

俺からすると、ワーグの群れのほうが厄介《やっかい》だったんだけどね。

チラ、と横を見ると、くだんの冒険者たちは歓声《かんせい》をあげていた。

助かった、って言ってるから、「獲物を横取りしたな」とか言いがかりをつけてくることはないだろう、たぶん。

冒険者たちは駆け寄ってきた。俺は姫さまをさりげなくかばいつつ応対する。

「アンタ、すげー強いな！」

「助かったぜ！」

「恩に着る！」

と口々に言ってきたのでホッとした。

「いや、狙《ねら》っていたのなら悪かったな。こちらも連れがいたから余裕《よゆう》がなくて声をかけずに倒した」

そう答えたら、手をブンブン横に振られた。

「俺たちは、マイコニドを狩りにきたんだよ」

マイコニドは、茸《きのこ》の魔物だ。吐き出す胞子《ほうし》には幻覚《げんかく》作用があるものの、本体は食用が出来る。

レアな品種は高値が付くため、中堅《ちゆうけん》冒険者になるとよく狙う。俺も昔はお世話になりました。

……しかし、マイコニドの生息地に、アルミユールウルスが出没した？　アルミユールウルスは胞子を飛ばすマイコニドを嫌《きら》うので、共存はしないはずだが……。

それに、アルミュールウルスは森の奥深《おくふか》くに生息する。縄張《なわば》り意識が強いので、人の出入りが激しい森の浅瀬《あさせ》や見晴らしの良い草原なんかは激しく嫌うはずだ。

いったい何があったんだ？


姫さまと俺、そして冒険者たちは連れ立って冒険者ギルドに向かった。

もちろん報告するためだ。

ギルドマスターに会ってかくかくしかじか、と話す。

証拠《しょうこ》の死体も持ってきたよ、姫さまが。

アルミュールウルスの死体は、俺と冒険者たちが話している間に姫さまが無限収納にぶち込んでいた。

帯を広げてアルミュールウルスを囲うようにしたら、魔術で消したみたいに瞬時に消えたよ。便利すぎるよな勇者グッズ。

ギルドマスターが考え込む。そして、俺を見た。嫌な予感しかしない。

「森の様子を見てきてくれ。まだ他にいるかもしれん」

言うと思った。

俺が断ろうとしたとたん、

「よし、任せろ！　何がいたとしても、私とアルジャンですべて解決してやるぞ！」

と、姫さまが目を輝《かがや》かせて叫んだ。

ギルドマスターは、俺と姫さまを見比べている。

「俺は今、彼女《かのじょ》の護衛を務めているんだ。わかってくれるよな？」

俺はギルドマスターを脅《おど》しにかかった。察しろ、と念を込めたのだが、察してないのは姫さまだった。

「うむ！　だから私が森に行けば、アルジャンも森に行かなくてはならないのだ！　なんかいたら退治してきてやる！」

…………姫さまのこめかみを両拳《りょうこぶし》でグリグリしたい、という衝動《しょうどう》を抑《おさ》えるのに苦労した。

こうなっては受けるしかなかった。

いや、ギルドマスターも俺が『やんごとなき身分であるご令嬢《れいじょう》の護衛』というのを察し、前言撤回《てっかい》しようとしていたが、姫さまが食い下がって出さざるを得なかったのだ。

「ひーめーさーまー？」

俺がこめかみに血管を浮《う》かせながら笑顔で迫《せま》ると、姫さまがうろたえる。

「だ、だって、お前なら簡単に倒せるじゃないか！　なら、受けた方がいいに決まってる！」

「私は、護衛騎士なのですよ。姫さまの安全を第一に考える職業に就《つ》いているというのに、魔物退治に精を出すわけがないじゃないですか！」

俺がそう言うと、姫さまは口を真横に結んだ。

これは状況《じょうきょう》が不利なとき、もしくはろくなことを考えてないときによくする表情で……。

「あの魔物は、とってもいい値段がついたんだろう!?　私の持ってる勇者の道具を使ったら、もっと高い値段で売れるようになったんだぞ！」

と、姫さまが叫び、今度は俺がうろたえた。

……そうきたか。だけどそう簡単には乗らないぞ、と考えていたら、姫さまはさらに叫んだ。

「私の持つ勇者の道具があれば、そう簡単には魔物にやられないぞ！」

いやそうじゃなくて、怪我《けが》をさせたくないんですけど……って、多少の怪我はいつものことか。

どのみち、依頼《いらい》は受けてしまった。やるしかない。

俺はガックリと肩《かた》を落とし、出来る限り姫さまに危害を加えられないよう瞬殺で殺すしかないな、と諦めた。


不安そうな顔をしたギルドマスターに見送られてギルドを出た。

ギルドマスターとしても、討伐に幼い姫さまを連れていくとは思いもよらなかったんだろうが、前提が間違ってるんだよ。

そもそも置いていく選択肢《せんたくし》がない。

姫さまが嫌がるのもあるが、俺が護衛対象を置き去りにして別の依頼を受けるわけないだろうが。

その間に姫さまに危害が加えられたらどうするんだ。俺は今、護衛騎士なんだぞ。

俺とギルドマスターの胸中を知らない姫さまは、そりゃあもうウキウキと歩いている。

魔物退治をなめてないかな？　説教するべきかもしれない。

……とか考えながら森を散策した。

マイコニドをチラチラと見かけるので、生態系が変わったわけではないらしい。たぶん、アルミユールウルスがイレギュラーって気がする。

姫さまはマイコニドに興味津々《きょうみしんしん》だが、襟首《えりくび》をつかんで止めた。

「姫さま、本来の目的を忘れないでくださいね」

「で、でも！　あれは」

「あれは、他の冒険者の稼ぎになる魔物です。姫さまが奪《うば》っちゃダメでしょう？　もしアレを倒したいのなら、もっと薬草集めをして冒険者ランクを上げてください」

その前に飽きるだろうけど。

「……そういうものなのか。うむ、わかったぞ！」

うなずく姫さまを見て、俺は疲《つか》れたため息をついた。

散策続行。

そう深くにいるとは思えない。

奥まで行かなければいないようなら、むしろそのままそっとしておきたい。

狩りたい冒険者がいるなら、任せるに限るのだ。

新米冒険者が深入りして命を落とすのは自業自得《じごうじとく》、実力もないくせにアルミュールウルスの縄張りまで出張るのが間違いなんだよ。

……って考えながら歩いていたら、出くわした。

バキバキと木をなぎ倒している音がして、そちらを見たらさっき倒した個体よりも一回り以上大きい個体のアルミュールウルスだ。

うっわー。参ったな。

「……姫さま。私の後ろ……いえ、少し離れていてください。あれは雌《めす》で、さっき倒した個体よりも凶暴です」

姫さまは目を見開いた。

「わかるのか⁉」

「それなりには。……恐《おそ》らく番《つがい》でやってきたのだと思います。元いた巣穴を追い立てられたか災害でなくなったかで、巣穴探しをしてここまでやってきたのかと」

やっぱりコイツらは、もともと奥にいたんだと思う。特に怪我をしている雰囲気でもないので、巣穴がなくなる何かが起きたのだろう。

「本来こういうのは、正式に依頼された冒険者が調査するものなんですよね……」

ついぼやいてしまった。

「たまたま適切なランクの冒険者がいなかったからでしょうが、少なくとも姫さまのランクに調査させるのは、異例どころか違反《いはん》行為です。私は騎士団所属で冒険者としては仮復帰の身ですし、その上私自身は護衛騎士で、討伐隊に所属しておりません。もしも冒険者ギルドが騎士団に調査を依頼するのであれば、正式な手続きを踏むべきなのですが……」

姫さまが食い下がったから依頼を出したので、俺もギルドマスターを強く責めることが出来ない。

姫さまはそれがわかったのか、バツの悪そうな顔をした。

「……本来は、そうなのか」

「そうなのです」

俺が同意すると、姫さまは「本来は……」と考え込むようなしぐさをした。

俺はそのまま静かに前進する。

アルミュールウルスとはまだ距離があるので、こちらに気がついていないようだ。木をなぎ倒して賑《にぎ》やかな音を立てているせいかもしれない。

「姫さま。では、退治してまいります」

「え？　おい、ちょっと待て、私も行く」

「ダメです」

何を言ってるんだろう。俺はくるりと反転して姫さまと相対した。

「ならば、姫さまを抱《かか》えて逃走《とうそう》しますよ。私は護衛騎士ですから」

むぅ、とむくれた姫さまに再び背を向け、アルミュールウルスへ向かって走っていった。

森なので、完全に音を消すことも気配を消すことも無理だ。なので、すぐ見つかった。

アルミュールウルスが立ち上がって威嚇したので、その巨体《きょたい》のほどがわかる。

「うわー、デカい。間近で見上げたら首を痛めそう」

さっきのヤツの一回りどころじゃないな、三回りくらいデカいわ。

これは時間がかかりそうだなぁ……と思いつつ、アルミュールウルスの前足攻撃《こうげき》を躱す。

巨体のスピードに合わせてうまく斬撃《ざんげき》を繰り出すのがポイントだが、致命傷《ちめいしょう》を負わせるようなタイミングを見つけるのが大変だ。

躱し、フェイントをかけ、隙を探す。

逃げられたらまずいので、出来る限り一撃で倒さなくてはならない。

しばらく攻防が続き、アルミュールウルスがイライラしてきた。

だんだんと攻撃が雑になってくる。そりゃ、アルミュールウルスから見た俺は、敵とも呼べないほどの雑魚《ざこ》なんだろう。片手で叩《たた》きつぶせる羽虫のような認識だ。

その羽虫がブンブン周りを飛び回り、なかなか潰《つぶ》せないどころかチクチクと攻撃をしてきている状況だ。浅い傷だからすぐさま治癒《ちゆ》しているだろうが、ウザいことこの上ないだろう。

俺としては、肺か心臓を一突きして殺したい。なので、大ぶりの攻撃からの振り返りを狙っているのだが……。

――と、キタキタキタぁ‼

チッ！　浅かった‼

振り上げた前足の脇《わき》をすり抜けるようにして斬撃を繰り出した。……が。

まさしく叩きつぶそうと、前足を振りかぶり、身体全体を使って斜《なな》めに振り下ろしてきた。

肺は傷つけたが心臓までは届かない。肺への傷も致命傷まではいかない。

自然治癒で回復するかはギリギリわからない……が、ガタイからして治癒しそうだ。

アルミユールウルスは肺を傷つけられて血を吐いたが、呼吸を止めるまではいかなかった。目を赤く光らせてこちらを睨《にら》みつけた。

俺は息を整え、剣を構える。

――俺も護衛騎士になってから命のやり取りが減り、腕が鈍《なま》っていたようだ。出来る限り毛皮への傷を少なくするように立ち回っていたが、今の俺じゃそんな甘っちょろい戦い方は無理らしい。

戦いの勘《かん》を取り戻《もど》すとするか！

と、怒《いか》りに燃えるアルミユールウルスに剣戟《けんげき》を叩き込もうとする寸前、

「お前！　こっちに来い！」

という声が聞こえた。

は⁉　姫さま⁉

声のする方を見たら、かなり近くまで姫さまが来ている。しかも、不敵に笑いつつ仁王立《におうだ》ち。何やってんだコイツは！

俺は慌てて姫さまを追い払《はら》おうとしたが、アルミュールウルスは姫さまにターゲットを移してしまった。

肺を傷つけられたアルミュールウルスは速く走れない。それでもそこそこのスピードで姫さまに向かっていく。

俺は必死でアルミュールウルスに追いすがり、足を斬りつけようとした瞬間。

フッと、アルミュールウルスが消えた。

「は？」

俺が驚いていると、

「アルジャン！　止まれ！」

と、姫さまが慌てたように言うので止まった。

――と、まさしく足下《あしもと》、爪先《つまさき》から先の地面が消失していた。

「うわっ！」

驚いて後ろに跳《と》ぶ。

……こんなところに落とし穴があったのかよ。見落としてたな。

アルミュールウルスは穴に落ちたので姿がかき消えたのだ。かなり下からくぐもった声が聞こえる。そうとう深いぞ。

駆け寄っていったとき落ちなかったのが奇跡《きせき》……って、いや待て、ココ通ったよな？

これってもしかして……！

俺は思い至って姫さまを見たら、姫さまがドヤ顔をしていた。

「勇者の持ち物の一つ、〝どこでも落とし穴〟だ！　組み立てて地面や壁《かべ》に置けば、落とし穴が作れるんだ！」

そりゃスゲェ。俺は感心した。

姫さまが勇者の武器である魔法銃《じゅう》を使ってトドメをさし、落とし穴の道具を外すと、アルミュールウルスの死体が現れた。良かった、切り刻まずに済んだわ。

無限収納にアルミュールウルスをブチ込み、俺はぼやいた。

「このレベルの魔物だと、高ランク冒険者の依頼になるんですよね。姫さまのランクを知っていて依頼をかけてきたあのギルドマスター、バレたらクビですよ。俺が護衛しているのも知っていて持ちかけたんですから」

姫さまは驚いている。俺は姫さまを見て苦笑した。

「もし姫さまがこの依頼で怪我をしたら、ギルドマスターはもちろん私も王家より処罰《しょばつ》されます。それこそ騎士団が私を捕まえるでしょう。……姫さまは、王族だという自覚を持って行動してくださいね」

「う……うむ」

モジモジしながら姫さまが返事をした。

冒険者ギルドに行ったら、ギルドマスターがあからさまにホッとしていた。

俺は経緯《けいい》を話した後、ギルドマスターに忠告する。

「今回はどうにかなったが、二度と護衛中に依頼なんかかけるなよ。もし彼女がかすり傷でも負ったら、俺とお前は揃《そろ》って頭と胴体《どうたい》が永遠にお別れすることになったんだからな！」

ギルドマスターは真っ青になって弁解した。

「わかってる、失敗したと思ったよ。言ってからお前が騎士団に入ったことを思い出してすぐ取り下げようとしたんだが、おちびちゃんに食い下がられてつい……な」

つい、じゃねーよ！

俺が目をつり上げるとギルドマスターが慌てた。

「むしろ単なるチビッコならすぐ取り下げたさ！　お前があの子の地位を仄《ほの》めかすから断れなくなったんだって！」

ギルドマスターが相手の肩書きにビビるなよ！

俺はため息をついた。

話を切り上げ、ギルドマスターとともに査定兼《けん》解体場に向かった。

姫さまから預かった無限収納から、アルミュールウルスの死体を取り出すと、驚きの声があがる。

「デカいな……」

ギルドマスターがつぶやいた。

俺はうなずいた。

「亜種《あしゅ》、というか雌だよな。かなり気が立っていた雰囲気だった。……もしかしたら夫婦《ふうふ》だったのかもな」

アルミュールウルスに限らず、交配期の雌はかなり攻撃的だ。雄《おす》よりも暴れっぷりや残虐《ざんぎゃく》さがひどい。

今回のはなかなかのデカさだったたし、マイコニド狩《が》りで生計を立てている冒険者じゃキツかったのは確かだ。

ギルドマスターが俺の考えを読んだかのように、肩を叩いて言った。

「助かったよ。ここらの冒険者は、マイコニド狩りが主の奴《やつ》ばかりだからな。死人を出さずに済んだ」

俺は苦笑するしかなかった。

確かにその通りだけどな。でも、流れの元冒険者に頼むんじゃなくて、ちゃんと他のギルドと連《れん》携《けい》して手間と料金を惜《お》しまずに高ランク冒険者を呼んで倒してもらえって。

俺が挨拶《あいさつ》して姫さまのもとへ向かおうとすると、ギルドマスターが、

「冒険者に戻らないのか？」

と、姫さまと似たようなことを尋ねてきた。

「まるで考えたことないんだが。……というか、ギルドマスターだって冒険者のキツさはわかってるだろう？　晴れて定額収入の高給取りに転職したってのに、なんでまた戻ろうって考えると思うんだよ」

不思議に思って尋ねると、ギルドマスターが頭をかいた。

「……いや……まぁ、そうなんだけどな。でも、窮屈《きゅうくつ》だろう？　俺も、お前がいると助かる……と

いうか、大半の冒険者ギルドはお前が冒険者を辞めることになって嘆《なげ》いたと思うぜ？」

……そんなに慕《した》われていたか？　いや、そんなことは絶対にないはずだが。

俺の顔がますます怪訝《けげん》そうになったのがわかり、ギルドマスターがぶっちゃけてきた。

「お前は依頼をサクサクこなしてくれたし、こっちも頼みやすかったんだよ」

そういうことか。俺は肩をすくめる。

「今後はえり好みせずに他の冒険者に頼んでくれ。俺は金にがめついんだ。危険なわりに実入りの少ない冒険者稼業《かぎょう》は二度と御免被《ごめんこうむ》るよ」

そう言い切ると、ギルドマスターはなぜか、ばつの悪そうな顔になった。


ギルドマスターと別れて姫さまの元へ戻ったら、姫さまが俺に宣言してきた。

「アルジャン！　次の行き先が決まったぞ！」

……えー。まだ旅を続ける気？

俺は露骨《ろこつ》に嫌な顔をした。

「姫さま……。そろそろ離宮に帰りましょうよ～。わかったでしょう？　今のランクだと姫さまは草むしりしか出来ません。それに、前回も今回もなんとかなりましたが、冒険者というのはイレギュラーの危険にさらされる職業です。この先、脅しではなく、本当に命を落とすような危機に巻き込まれるかもしれないのです。ですから、おとなしく離宮で虫を捕まえていてください」

俺は説得にかかったが、姫さまは聞いていない。

「いいか！　勇者の供の子孫に会いに行くぞ！」

「は？」

あれ？　なんか違うことを言い出したな。

姫さまは、ちょっと怒っているような雰囲気だ。

強い語調で俺に命令してきた。

「魔物が増えていたり違う場所に出没するようになったりしているのなら、各地にいる、勇者の供の子孫がどうにかするはずなのだ！　だから、勇者の供の子孫に会いに行って、話を聞いてくる！」

え。

……なんか急に、姫さまが王族ムーヴしてきたんですけど。

俺が戸惑《とまど》っていると、姫さまは腰《こし》に手を当てて俺を指さしてきた。

「これは、王族命令だ！　アルジャン！　勇者の供の子孫に会いに行くぞ！」

姫さまに繰り返し言われた。

俺はため息をついた。

「……わかりました。ただし、以後は冒険者の決まりごとに従っていただきます。いいですか？　今回、ギルドマスターは姫さまの地位におもねり依頼を出しましたが、本来あってはならないことなのです。姫さまは王族としての自覚を持ち、もし今後も冒険者として行動するのならば、二度と王族の権威《けんい》でギルドの決まりごとを破るような真似《まね》はしないようにしてください」

姫さまに厳しく言うと、急にモジモジしながら、

「……ゴメン」

と、小声で謝ってきた。珍《めずら》しいな。

「護衛の私に謝る必要などありません。ただ、自覚をなさるだけでよいのですよ」

俺は苦笑して、姫さまの頭を撫でた。

姫さまは、くすぐったそうな顔をしていた。


さて、旅は続行となった。

ただし、『冒険者ごっこ』から『勇者の供の子孫探し』に内容が変わる。

「では、冒険者は辞めてこれからは王族として旅をするのですね」

俺が何気なく言ったら、姫さまはキョトンとした。

「なんでだ？　冒険者は続けるぞ！　姫さまは大冒険をするものなのだからな！」

ええ……。

そんなことを言われても。

姫さまは賢《かしこ》いんだから、絵本を信じて真似するなんて子どもじみたこと、やめてくださいよ。

「勇者の供の子孫に会うのに、冒険者は変じゃないですか？」

「変じゃない！」

ふくれっ面《つら》になって姫さまが否定した。

しかたがない。冒険者は続行ってことだ。諦めてほしかったけどな。

ま、勇者の供の子孫探しをメインにするよう誘導すればいいか。

……それにしても、勇者の供か……。

確か、勇者とともに旅に出て、魔王の封印《ふういん》をサポートした、勇者の子分とも言える。

伝説だよね。どんな方がたなんだろうと、内心ちょっと会うのが楽しみだったりしている。

「どこにいるか、姫さまはご存じなのですか？」

「んーと、まずは辺境伯《へんきょうはく》だな。あそこは魔物の侵攻《しんこう》を抑えている勇者の供の子孫として有名だぞ」

遠いな……。姫さま、飽きるんじゃないか？

ま、いいか。飽きてきたら引き返そう。

そう考えながら手綱を振った。

3　姫《ひめ》さま、離婚騒動《りこんそうどう》に首を突《つ》っ込《こ》んだってよ

騎士団長の手紙には、とんでもないことが書いてあったのだ。

道中、冒険者《ぼうけんしゃ》ギルドに寄った俺《おれ》は、騎士《きし》団長から届いた手紙を読んで声をあげてしまった。

「ハァ⁉」

くだんの男爵《だんしゃく》家令嬢《れいじょう》プリエ様が、光魔術《まじゅつ》の中でも稀少《きしょう》な回復魔術を発現させたらしい。

そりゃめでたいことですな、別にそんなこと知りたくもないけど、と考えつつ読み進めていったら、こちらに向かわせたと書いてある。

……え、彼女《かのじょ》、虫が服についたくらいで気絶していたんだけど。大丈夫《だいじょうぶ》なのか？

そう考えたが、大丈夫じゃないのは彼女だろうから、俺としては無事ここまで来られたなら、また姫さまの遊び相手になってやってくれと他人事《ひとごと》で思った。

うん、そこまでは良かったんだ。

続きを読んで冒頭の声をあげたんだよ。

ついでみたいに、『姫さまの元婚約者であるイディオ様をプリエ嬢の護衛にしたから、合流したらそのまま姫さまの護衛につかせろ』って書いてあるんだけど⁉

使えねーやつをよこすなよ！　お守《も》りは姫さまだけで手一杯《ていっぱい》だよ！

確かに、回復魔術はありがたい。回復薬にも限度があるし、もしも伝説通りなら、鍛《きた》えていけばそうとうの遣《つか》い手になるだろう。

当てが外れてたいしたことがなかったとしても、姫さまが怪我《けが》をしたときに治してくれるのなら、少しだけ助かる。

だが、イディオ様、テメーはいらん。

単なるお荷物じゃねーかよ！

さすがにムカついたので、返事を書いた。

『三人のお守りは無理だ』と。

姫さまとイディオ様の相性《あいしょう》は最悪だし、そもそもイディオ様は姫さまに、身分もわきまえず人目もはばからず婚約破棄《はき》を突きつけたような御仁《ごじん》だ。

自分は姫さまの護衛であり他は範疇《はんちゅう》外で、しかもそれらの足手まといが交じることによって、姫さまが危険にさらされるかもしれない。姫さまを殺す気がないのだったら帰るように手配してくれ。

……と、ここまで書いてから思い至った。

「もしかして、殺す気か？」

面倒《めんどう》ばかり起こす姫と、面倒ばかり起こす貴族の令息令嬢。まとめて放逐《ほうちく》して、生きて帰るなっつってんのかもな。王都に置いておいたらさらなる騒《さわ》ぎを起こすだろうから全部まとめて放《ほう》り出したってワケか。

何せ、護衛騎士は平民の冒険者上がりの俺一人。普通《ふつう》じゃない。

「最初からおかしかったんだよな……」

姫さまは、このおかしさに気がついているのだろうか。

聡明《そうめい》だから気付いているかもしれない。だからこそ、勇者グッズを全部盗《ぬす》んで城を出たのかもな。

イディオ様のことも気付いていて、姫さまなりに鍛えて、冒険に連れていくつもりだったとも考えられる。連れていくにしたって、虫を怖《こわ》がってちゃ無理だから。

俺は頭をかくと、それでも続きを書いて封《ふう》をした。どうせ握《にぎ》り潰《つぶ》されるだろうが送りつける。

受付に手紙を預けて姫さまのところに戻《もど》ったら、姫さまはおとなしく本を読んでいた。

俺が言ったことを実践《じっせん》しているのは意外だった。いつもはだいたい言うことを聞かないのにな。

「お待たせいたしました。何を読んでいるんですか？」

覗《のぞ》いたら、魔物図鑑《ずかん》だった。勤勉だな。

「童話はもう読まないんですか？」

そう尋《たず》ねたら、姫さまが顔を上げた。

「それも読む。童話はワクワクするからな」

ふーん。

「王子様とお姫様が結ばれるような話は読まないんですか」

妹の幼い頃《ころ》を思い出して言ったら、姫さまの顔が固まった。

「…………読んだ。でも、私にはまだ早かった」

と言われた。

……早いか？　もっと下の年齢《ねんれい》の子が読むものだと思ったが、そうでもないのか。そういや確か

に、うちの妹はませていたな。

「…………読むなら、姫と騎士のがいい」

と、姫さまがボソリとつぶやいた。

へぇ、姫さまは騎士好きなのか。ま、確かに護衛騎士を務めるには見た目も重要らしいからな。俺を除いて。

「離宮に帰ったら、カッコいい護衛騎士をつけるよう頼《たの》んであげますよ」

「？　なんでだ？」

ん？　そういう意味じゃなかったのか。

冒険物語がお気に入りのようだし、王子よりも騎士物語のほうが戦闘《せんとう》シーンがあるから、という意味だったのかもしれないな。

＊

姫さまが冒険者となり、離宮を出てから早ひと月。

不便な生活にすぐ音を上げるかと思いきや、ぜんぜん大丈夫だった。ワガママすら言わない。

逆に俺にせがみ、いろいろなことを自らやりだした。最初はもの珍《めずら》しいからだと思ったが、以降も飽《あ》きず続けている。

食事の粗末《そまつ》さすら気にならないらしい。というか、姫さまは料理を手伝うようになったよ。

確かに、自分が最初に作った料理はどんなものであれ美味《うま》いからな。町の高級料理店よりも野営の料理のほうが好きらしく、やたら野営をねだる。こっちとしても野営のほうが守りやすいし料理は安くつくし、勇者の便利グッズでそれなりに快適だしで、野営を行っている。

現在は辺境伯領《へんきょうはくりょう》へ向かう道をのんびりと進んでいる。

別に急ぐ旅ではないし、旅費は王家から出る。冒険者としての稼《かせ》ぎなんて、まったくなくても優《ゆう》雅《が》な旅が送れるのだ。むしろ離宮にいたときのほうが予算不足だったってどういうこと？

……ま、理由はわかるけどね。

この冒険者ごっこにおいては、騎士団長を経由して費用を申請《しんせい》している。

離宮では財務部門に費用を申請するのだが、ここがケチの塊《かたまり》みたいな連中で、だいたいが中請の十分の一程度、下手をすると却《きゃっ》下《か》されるときもあるのだ。しかも遅《おそ》いし。俺と姫さまがナメられていたとしか思えない。

その点、騎士団長経由で申請したのはすぐに全額キッチリと送金されてくる。

冒険者として稼いだ金は、いっさい手をつけずに魔法鞄《かばん》に放り込んでいる。絶対にこの旅では、一銅貨たりとも稼いだ金を使わない、と心に誓《ちか》っている！

姫さまのお遊びに、なぜ命の危険を冒《おか》し、身体《からだ》を張って狩《か》った魔物の代金を使わねばならない？　上の連中が許可するのが悪い。そして、護衛騎士を増やさないのが悪い！

――おっと、考え事をしていたら、ガタつく道に車輪を取られそうになってしまった。

「道が悪くなってきましたね……」

伯爵領にある林道を通っている最中なのだがこの林道、王都から続く公道のわりに手入れが良くない。絶対に、ここの伯爵は公道の手入れをサボっているな。道がやけにデコボコしていて王族専用の馬車ですらガタガタ揺《ゆ》れる。馬も歩きにくそうだ。

姫さまはぴょこぴょこと跳《は》ねるのが楽しいらしく、ご機嫌《きげん》だけど。うっかり転げ落ちないでくださいよ？

俺と馬が辟易《へきえき》しながらデコボコ道を進んでいると、姫さまがピクリ、と動いて前方を凝視《ぎょうし》した。遅《おく》れて俺も気がついた。

何やら揉《も》めているような声が、風に乗ってかすかに聞こえてきているな……。

俺は悩《なや》んだが、しぶしぶと伝えた。

「……恐《おそ》らく、前方で何か争いが起きているようです。巻き込まれるのを避《さ》けるには、引き返したほうが……」

「もちろん加勢する！」

だよねー。皆《みな》まで言わせてもらえず即答《そくとう》された。

「……こちらも襲《おそ》われるかもしれませんよ？　特に馬車」

俺が言ったらとたんに姫さまがゴソゴソと魔法鞄を探《さぐ》り始めた。

「うーむ……。守りの札か……。気休め程度だが、ないよりマシか」

姫さまの独り言を聞いて、興味をそそられ質問した。

「すごく便利そうな名前ですけど、気休め程度なんですか？」

姫さまがこちらを見て答える。

「結界防護の護符《ごふ》だが、お前くらい強いやつが攻撃《こうげき》したら、たぶんダメだ」

俺は普通よりちょっと強いくらいだから、わりとダメだな。

「あと、何回か攻撃をくらうと壊《こわ》れる」

「気休め程度ですね」

俺は姫さまの言葉に同意した。

目くらましの札のほうが効果が高いな。ま、あれも認知《にんち》されると効果がなくなるのでそう万能《ばんのう》でもない。

「でも、たくさんあるから使おう。使いみちもあまりないしな」

姫さまが独り言のように言ったので、俺は声をかけた。

「あ、ついでに目くらましの札を剥《は》がしておいてください。もし助勢することになったとして、私たちの馬車が見えなかったら不審《ふしん》がられますから」

「うむ！」

返事をした姫さまが札を貼《は》りに客車へ入っていったのを見計らい、俺は手綱《たづな》をふるって馬を駆《か》け足にさせる。なぜそのタイミングかというと、揺れるからだ。姫さまが転がり落ちる危険性がある。

馬を疾駆《しっく》させたことで、結界防護の真価を理解した。

けっこうな勢いで走らせているが、風を感じないのだ。あと、防護の効果なのか、揺れも抑《おさ》えられている。

この勢いでこのデコボコ道を走らせているのだから、下手をすると姫さまが転がり落ちるほどに揺れるはずなのだが、ほぼ揺れない。馬も走りやすいらしく、先ほどまでのもたつきがなくなっていた。侮《あなど》っていてごめんね。

守りの札の威力《いりょく》を堪能《たんのう》しつつ馬車を走らせていると、前方に何か見えた。

そのタイミングで姫さまがヒョコッと顔を出す。危険かもしれないので、ずっと客車の中にいてくれたほうが良かったんだが……。

「そういえば、ここに嫁《とつ》いだ辺境伯の令嬢は、勇者の供の子孫だった気がする」

唐突《とうとつ》に姫さまが言い出して驚《おどろ》いた。

「伯爵家に、辺境伯の令嬢が嫁いだのですか？」

俺が尋ねると、うむ、とうなずいた。

――この国は、近隣国《きんりんこく》よりも歴史が浅い。

なぜなら、勇者が魔物を退治し平定し、その脅威《きょうい》から再び守るようにと勇者に与《あた》えられた国だからだ。

勇者の供や一緒《いっしょ》に戦った者たちはこの国に移住することになった。魔物の脅威から守るようにってことでだ。

とはいえ、一緒に戦ったからといって強いとも貢献《こうけん》したとも言えない。単に戦いの場にいた、ってだけの理由や、ぶっちゃけ上位貴族になれるからという理由、元の国で政権戦争に負けたのでこっちで幅《はば》をきかせてやるという理由でこの国の貴族になった、って連中もいるだろう。

もちろん、勇者の供は貢献しただろうけどね。

実際、姫さまいわく『勇者の供の子孫は、イレギュラーな魔物の出没《しゅつぼつ》について対処する』役割を今でも担《にな》っているらしいしな。

回復魔術を発現させたというプリエ様は、恐らく勇者の供の子孫だと思われる。

……もっとも、虫を怖がるくらいの弱さじゃ『勇者の供の子孫』とはいっても魔物の対処の役割は担ってない気がするけどね。

辺境伯が勇者の供の子孫とは知らなかったが、近隣国と魔物の出没地帯、両方の脅威からこの国を守る要として有名だ。

ご先祖はそうとう強かったんだろうことがうかがえる。

そして、辺境伯の一族はその一帯を守るために一族全員が鍛え、戦って防衛するのでも有名だ。たとえ自身が戦えない令嬢だとしても、強い婿《むこ》をとって国境を支える軍の一員となるので、一族が領地から出ることは無いと聞いていた。

だから、『辺境伯の令嬢が伯爵家に嫁ぐ』などという、おかしなことに驚いた。

姫さまの話からしても、調査に赴《おもむ》くことや婿をとることはあるだろうが、嫁ぐことはあり得なさそうだ。

……と、ここまで考えた俺はため息をついた。

正直、この国ってわりとめちゃくちゃだよな。

歴史ある国なら、政治は上の連中の利己で動かしているだけのものとなり、膿《うみ》が溜《た》まりまくり国の中心は真っ黒に濁《にご》っている、ってなるのもわかるけど、まだ国としての歴史が浅いのに、すでに利己で動かしていていろんなことがうまく機能していないってさ、平民の俺から見てもヤバいって思うよ？

この国が成り立った歴史と現在の脅威があるから近隣国は手を出さないだけで、そういうの取《と》っ払《ぱら》ったら、あっという間に近隣諸国の餌食《えじき》になると思うけど。あ、でも戦争しても勝ち目はないから手は出さないのか？

この国、成り立ちが成り立ちだけに、腕《うで》っぷしだけは強い連中がそろっているからな。

俺が冒険者だったとき、よその国から流れてきた冒険者連中が驚いてたもんな。俺としちゃ、お前らが弱すぎるんだろって思ったけどよ。


そんなことをつらつら考えているうちに、前方で何が起こっているかを視認出来るところまで近づいた。どうやら馬車が賊《ぞく》に襲われている様子だ。

俺たちの馬車が突っ込んでいくと、全員がこちらを見る。

「冒険者アルジャンだ！　助勢を望むか⁉」

俺は、姫さまがなにか言い出す前に声を張り上げた。

当然のことながら、姫さまは冒険者の決まりごとを知らない。

前回は奇跡《きせき》が起きて相手にからまれなかったが、本来は頼まれてもいないのに勝手に首を突っ込むと、感謝されるどころか相手に文句を言われ、最悪の場合は揉め事がこちらに飛び火する。だから行動する前にまず声をかけ、相手の意思を確認してから行う。

……だってのに、やらかしそうだったので先に怒鳴《どな》った。

姫さまはむぅ、とむくれたが、

「なるほど。まずは相手の意向を尋ねるのが、冒険者のお作法なのか」

と、うなずいた。

さすが。やはり姫さまは賢《かしこ》い。あの元婚約者辺りなら、わめき暴れるだろうからな。

と、感心したら続きがあった。

「だが、なんでお前の名前を叫《さけ》んだんだ！　私がリーダーだぞ！　今度から、私の名前で助勢を求めろ！」

とか、子どもっぽい理由で叱《しか》られた。

「はいはい。じゃ、チーム名を考えておいてくださいよ。今回は、元冒険者である私の名前の方が通りがいいから言ったまでですから」

姫さまは、なるほど、とポンと手を叩《たた》いた。

姫さまと会話を繰《く》り広げている間に、賊の一人が剣《けん》を振《ふ》り上げながら、こちらにやってきていた。

それと同時に、馬車の中から誰《だれ》かが大声で名乗った。

「こちらはジャステ伯爵の馬車です！　助勢を頼みます！」

よし。商人や冒険者だったら俺たちに賊を押《お》しつけて逃《に》げ出すかもって考えたが、さすが貴族の馬車だった。

この国の貴族となったからには、平民を見捨てて自分たちだけ逃げたら面子《めんつ》が立たないもんな。お国柄《くにがら》的にな。

その声を聞いたからか、単に近づいてきたので獲物《えもの》と見たか、賊がさらに数人こちらに向かってくる。

馬を狙《ねら》ってきた最初の賊に、姫さまはためらいもなく魔法銃《じゅう》を撃《う》ち込んだ。

……マジでさすが。

眉間《みけん》を撃ち抜《ぬ》き、賊は吹《ふ》っ飛《と》んで死んだよ。

魔物はともかく人間をこうもためらいなく殺せるのって、最初は大人でも無理だぞ。

後から来た賊は、唖然《あぜん》として足を止めた。

ソイツらを見ながら、さて、俺はどうするかと考える。

俺が守るべきは姫さまなのだ。

だが、正直姫さまの胆力《たんりょく》と勇者グッズがあれば、この程度の賊なら任せられそうなんだよな。それに、助勢すると言った手前、何かしらのアクションは起こさないといけない。

念のため、俺は姫さまに質問した。

「姫さま、守りの札はどのくらい保《も》ちますか？」

「こやつら程度ならやすやすとは突破《とっぱ》されない」

魔法銃を駆使《くし》して、棒立ちになっている賊を撃ち殺しながら、姫さまが答える。

「では、助勢してまいります」

俺は馬車から飛び降りると剣を抜き払い、賊に斬《き》りこんでいった。

雑魚《ざこ》をなぎ払いつつ、リーダーを探す。

……で、探した結果。

俺が剣を突きつけたのは、賊に襲われている馬車の、御者《ぎょしゃ》をやっている男だった。

馬車に乗っていたのは、ジャステ伯爵家の子息だった。

俺が追及《ついきゅう》した結果、その御者は伯爵家に入り込み子息をさらい、身代金《みのしろきん》を要求するつもりだったと白状した。

それをそばで聞いていたジャステ伯爵子息は、怒《いか》りに震《ふる》えながら御者に問いただす。

「それは、誰の差し金だ？」

……ん？

俺はその言葉に引っかかりを覚えた。

御者は、『誰かに命令されてやらかした』などとは言ってなかったからだ。

『金欲《ほ》しさにやった』と言ったし、俺の見立てでは本当のことを言っている。誰かの差し金だったらもっと違《ちが》う嘘《うそ》をつくはずだ。

案の定、御者はキョトンとした。

ジャステ伯爵子息は、御者の態度にいらだったようだ。一歩踏《ふ》み出しさらに追及した。

「とぼけるな、正直に言え！　もしも誰の差し金かを正直に言ったら、刑《けい》を軽減――」

「待ってください」

俺は、ジャステ伯爵子息の言葉を遮《さえぎ》った。

遮られたジャステ伯爵子息は、キッと俺を睨《にら》みつける。

「なんだ⁉　何の用だ⁉」

「勝手に刑罰《けいばつ》を軽減する取り引きを犯罪者に持ちかけ、有利な偽証《ぎしょう》をさせるのは犯罪です。もっと言うなら、共謀《きょうぼう》したと疑われても文句は言えません」

俺が厳しく言うと、ジャステ伯爵子息は憤《いきどお》った。

「なんだと⁉　貴様……平民の冒険者風情が偉《えら》そうなことを言うな！　しかも、言うに事欠いて共謀しただと⁉　僕《ぼく》は殺されかけたんだぞ⁉」

興奮しているジャステ伯爵子息とは反対に、俺は落ち着いて答えた。

「コイツは、身の代金目的でジャステ伯爵子息をさらおうとした、と白状しました。つまり、殺す意思はなかったということです。そして、私が発言を遮ったのは貴方《あなた》のためを思ってです。私は、この件に関しての供述を求められた際に、正直に告げます。金欲しさに襲ったと白状した男に、『刑を軽減するから誰かの差し金だと言え』と迫《せま》っていた、と」

ジャステ伯爵子息が激怒《げきど》のあまり、真っ赤になった。

だけど、ジャステ伯爵子息の発言は、決して許されない行為《こうい》だ。

心当たりがあるから言っているのかもしれないが、こういった貴族のやり方で冤罪《えんざい》が多発しているのが現状だ。

魔物退治を請《う》け負う職業は、平民の中では優遇《ゆうぐう》されている。そのため、ある程度ギルドに貢献している冒険者なら、不公正な裁きや冤罪にギルドが介入《かいにゅう》し、助けてくれる。それがあったからこそ、冒険者時代の俺は、貴族絡《がら》みの冤罪に巻き込まれたり貴族に陥《おとしい》れられたりしたときに、なんとか事なきを得たのだ。じゃなけりゃ俺は、やってもいない罪で裁かれ今頃《いまごろ》は墓の下で呪詛《じゅそ》を吐《は》いていたことだろう。

その経験もあって、俺はこういった不正を絶対に見逃《みのが》さないようにしている。

絶対に、だ。

俺とジャステ伯爵子息が睨み合っていると、

「……ねぇ坊《ぼっ》ちゃん、もし坊ちゃんが考えている相手の差し金だって言ったら、罪を軽減してくれるんですかい？」

卑屈《ひくつ》な顔でジャステ伯爵子息を見ながら、御者が言い出した。

……この言い方で、ソイツの差し金だ、って言ったって、偽証以外にないだろ。

俺とジャステ伯爵子息は睨み合うのをやめて、同時に御者の顔を見た。

俺は呆《あき》れたし、ジャステ伯爵子息もさすがにそう言われたら、素直《すなお》にうなずけない。というか、このやりとりで名前を出された奴《やつ》が捕《つか》まったとしたら、俺は絶対に騎士団長とギルドに報告するからな！　冒険者は仮の姿で、俺の籍《せき》はまだ騎士団にあるんだ。

この国では、騎士の報告は貴族の証言よりも重くおかれる。理由は冒険者と似た感じだが、『騎士は不正をしない』という前提になっているからだ。

騎士団への入団試験時、勇者の魔道具で選定されているらしいよ。俺も受けたけど、どれが選定の魔道具だったかわからなかったから真偽は定《さだ》かじゃないんだが、役職を得る際には必ず勇者の武器が持てるかを試されるし（俺は剣を鞘《さや》から抜けるかどうかだった）、騎士団長の選定も、騎士団長専用武器防具を操れるかで決まるらしいし。

というわけで、俺が証言したら簡単にはもみ消せないからな？　それどころか、冤罪に陥れようとしたって告発されるんだからな？　覚悟《かくご》しておけよ？

そんなことは露《つゆ》知らず、御者はジャステ伯爵子息に迫った。

「さぁ坊ちゃん、誰の差し金なんですかい？　……金を積んでいただけるなら、さらに口が滑《なめ》らかになりますぜ？」

ここまで言われて、ジャステ伯爵子息はさすがに鼻白んだ。

「……誰の差し金かは、お前から聞きたい。あと、それは本当のことなのか？」

などと、抜けたことを言いだすジャステ伯爵子息。どう考えたって本当なワケねーだろが。

ニヤニヤと余裕《よゆう》の顔で御者が答える。

「坊ちゃんの考えている奴で合ってますよ。えーと、名前はド忘れしたなぁ。なんでしたっけ……」

「その前に言っておくが、それが偽証だった場合、言ったお前はさらに罪が重なってより重罪になるからな？　ついでに坊ちゃん、アンタも無実の人間を陥れた罪で告発されるから。証人は俺だ」

俺が口を挟《はさ》むと、坊ちゃんと御者が固まった。

二人を等分に見つつ、俺は続ける。

「さっきも言ったとおり、刑罰を取り引き材料にして虚偽《きょぎ》の告白をするのもさせるのも重罪だ。俺はそんな連中をたくさん見てきて、実際に何人も牢屋《ろうや》送りにしているよ。——で？　なんだっけ？　罪を軽減させるから、坊ちゃんの考えている奴の差し金だって告白するって？」

坊ちゃんは固まったままで、御者はウロウロと目を泳がせている。伯爵家の従者や護衛は、どうしていいのかわからずにオロオロしていた。

最悪、全員と斬り合いになるかもしれないなと考えたときに、トテトテとやってきたのは姫さまだった。

俺は血の気が引いた。

なんで出てきたんだ⁉　馬車で待ってろって……言ってなかったわ！　クソッ！　油断した！

俺が焦《あせ》って取り乱した一瞬《いっしゅん》。

御者が姫さまに飛びかかってしまった。

「姫さま！」

俺は御者に斬りかかるが間に合わない——御者が姫さまの首に手をかけようとしたとき。

バチッ！

と、ものすごい音を立てて御者の手がはね飛ばされ、御者が仰向けに泳ぐように倒《たお》れかかった。

そこに間髪容《かんはつい》れず。

パン！

と、姫さまは冷静に魔法銃で御者の眉間を撃ち抜いた。


「「「あ」」」

全員の声がそろった。

『誰の差し金』問題が棚上《たなあ》げになった瞬間だ。

御者はもう罪を軽減してもらう必要がなくなり、そして告白することも出来なくなった。

……なんとも言えない空気が流れる中、姫さまは朗《ほが》らかに言った。

「チーム名を考えたぞ！『勇者パシアンとそのお供』はどうだ⁉」

「チェンジで」

俺は即答した。


現場は混乱していた。

だから俺の迂闊《うかつ》な発言も、姫さまの迂闊なチーム名も聞き流してくれたかなーと期待したがダメだった。

坊ちゃんは聞き流したようだが、従者が特に聞き逃《のが》さなかったようだ。

「……どうやらワケありのようですが、なぜ〝姫さま〟が冒険者の真似事《まねごと》などをなさっているか、お伺《うかが》いしてもよろしいですか？」

慇懃無礼《いんぎんぶれい》に尋ねてきたよ。

「…………お遊びにつきあっております」

と、声をひそめて伝えたら、同情の目で見られた。それはそうだよな。

こちらの事情をなんとなく察してくれた従者と、コイツは話がわかりそうだと察した俺とで話をつけた。

いわく、ジャステ伯爵家にも複雑な事情があり、ジャステ伯爵子息は、誰の差し金かを疑うような環境《かんきよう》にあるのだと言う。

今回は御者の独断のようだったが、その事情を汲《く》んで、今回の坊ちゃんの発言は見逃してもらえないだろうか、ということだ。

恐らく従者は、俺の身分を平民の冒険者ではなく騎士だと踏んだのだろう。

俺も、他家のお家事情に首を深く突っ込むのは面倒だし、護衛騎士としても姫さまの護衛を放置して裁判を起こすのも問題だしで、おとなしくうなずいておいた。

その鍵《かぎ》になるはずだった御者を、姫さまが殺しちゃったしね。

姫さまは坊ちゃんに何やら責められていたが、無視をしてその辺にしゃがみ込んだと思ったら潜《ひそ》んでいた蛇《へび》を捕まえたらしく、持ち上げて坊ちゃんの眼前に突きつけた。

悲鳴をあげて逃げる坊ちゃんを追いかける姫さま。うん、相変わらずの通常運転でさすがだな。

そして坊ちゃんよ、蛇と死体と比べて怖いのは蛇なのか。そうなのか。

＊

〈ジョゼフ・ジャステの独白〉


馬車での帰り道、僕は殺されそうになった。

剣の打ち合う音、身体に刺《さ》さる音、刺された者のうめき声……。自分の死が迫る恐怖《きょうふ》が湧《わ》き上がり、馬車の中で震えていたら冒険者と名乗る者が助勢が必要かという声が聞こえてきた。

一緒に乗っていたじいが慌《あわ》てて助勢を求めると、向こうから走ってきた馬車が停まり、御者台から男が一人飛び降りてきて、あっという間に制圧してしまった。

そして、うちの御者に剣を突きつけている。

じいが尋ねたら、この男が指示を出していたというのだ！

てっきり通りすがりの賊の犯行だと思ったのに、よりにもよって伯爵家の御者が主犯だなんて信じられない……。

そうだ！　御者は主犯じゃないのかもしれない。だって、うちの屋敷《やしき》の人間で悪いことをするのは一人だけだから。

僕が御者から証言を取ろうとしたら、生意気にも冒険者が言葉を遮ってきた。それだけじゃなく、脅《おど》してきた。

コイツも仲間かもしれない。だけど、脅し文句としてはなかなかで、僕はコイツの証言で犯罪者にされてしまうかもしれない。

どうしようと悩んでいたら、僕より幼い女の子が呑気《のんき》な顔をして近寄ってきて……証人を撃ち殺した。

わかってる。わかっているんだ。あれはしょうがない。だって、どう見たって御者は女の子を人質《ひとじち》に取ろうとしていたんだもの。

だけど、冷静に殺してしまった上に『チーム名を考えた』とか、呑気なことを言っているんだ！　腹が立つだろう⁉

女の子を叱りつけ、女性はおしとやかに馬車の中にいるべきだったのに、出てきて余計なことをしたと説教したのに、彼女はまるで聞こえていないように僕を無視し、その辺に座《すわ》り込んで藪《やぶ》に手を突っ込んでいる。

……なんなんだこの子は！　だから平民はマナー知らずでどうしようもないんだ！

僕が怒鳴りかけたとたん、女の子が立ち上がって振り向き僕に手を突き出してきた。僕の眼前に突き出されたのは……不幸を呼び死を招くと言われている蛇《へび》だった！

僕は悲鳴をあげて逃げる。そうしたら女の子が蛇を持って追いかけてきた。

――僕は、いつしか泣きながら謝《あやま》っていた。

そうしたら、ようやくじいと話していた冒険者がやってきて女の子を捕まえた。

「ほらほら姫さま。そのくらいにしといてあげなさいって。蛇は、ポイしなさい、ポイ」

女の子は、ポイッと、投げた。……僕の方へ！

「きゃあああ！」

僕は女の子みたいな悲鳴をあげてしまった。じいが慌てて飛んできて、悲鳴をあげながら泣きじやくる僕の背中をさすった。

じい、もう少し早く来てよ！

ようやく泣きやみ、先ほどの羞恥《しゅうち》に震えていると、じいがこのとんでもない二人を護衛として屋敷まで連れて行くと言ったので目をむいた。

「じい！　どうしてこんな奴らを⁉」

「馬車の中でお話しいたします」

じいは僕を馬車に乗せ、真剣な顔で言った。

「あの御方《おかた》がたは、平民ではございません。恐らく、伯爵家よりも上位にあたる方ですので、相応の対応をされないといけませんよ」

……僕は、じいの言っていることがわからなかった。

だって、どう見たって平民の冒険者だったじゃないか。きっと、あの女の手先だ。屋敷に連れて行ったら悪巧《わるだく》みをするに決まっている！

でも、じいは「ご主人様にお話ししないといけません」とかたくなに言い張る。

しょうがないから、屋敷に着いたら僕が化けの皮を剥がしてやる！　……と意気込《いきご》んでいたけど、緊張《きんちょう》の糸が切れてしまった僕は、いつしか眠《ねむ》ってしまっていた。

＊

俺は、ジャステ伯爵子息を執拗《しつよう》に追いかけ回す姫さまをなだめた。

……姫さま、どうやらジャステ伯爵子息がお気に召《め》さなかったらしい。イディオ様以上に追い回していたな。とどめと言わんばかりに蛇を投げつけてたし。

なだめた後、従者から『護衛という建て前で屋敷まで一緒に来てくれないか。着いたら当主に話を通して謝礼を渡《わた》す』という申し出があったことを伝えた。

俺としては、これ以上他家の騒動に巻き込まれたくないのだが……。姫さまもジャステ伯爵子息がお気に召さないようだし、断って先を急ぐという回答をと期待しつつ尋ねた。

「姫さま、どうされます？」

「せっかくだから会ってみたい」

そう答えた姫さま。

「誰に？」って考えて、姫さまが前回言った言葉を思い出して合点《がてん》した。

伯爵夫人——勇者の供の子孫にか。

でも、子孫だからって貴族の夫人が勇者の供としての責務を果たすのは厳しいんじゃないか？　知らないけど。

……ま、いいか。

それこそせっかくなので、姫さまの希望は叶《かな》えよう。夫人に会うくらい、たいしたことじゃないしね。

従者の申し出を受け、馬車で連なってジャステ伯爵家に向かった。

以降の道中は何事もなく、無事に屋敷へと着いた。

俺たちが降りると、従者にエントランスまで案内される。

そして、すぐに主人に話を通しますのでお待ちくださいと言われ、眠りこけているジャステ伯爵子息をおぶった従者は奥《おく》へと消えていった。

たぶんあの人、執事だよな。生意気盛《ざか》りの坊ちゃんのお守りは大変だね。気持ちはわかるよ。

執事の背を見送りながら俺は考える。

謝礼を受け取るだけならいいのだが……姫さまは夫人に会いたがっているんだよな。うーん、しかたない、執事が戻ってきたら謝礼代わりに会わせてほしいと伝えるか。

エントランスでしばらく待つと、先ほどの執事がやってきた。

「主人が、直接お礼を申し上げたいとのことです」

そうなるような気がしていたよ、うん。

ま、姫さまの目的は夫人だからいいかとうなずき、応接室まで案内された。

ほどなくして当主が現れた。

まだ若く、しかも女どもが放っておかなそうな顔立ちをしていた。……もしかして夫人は顔に惚《ほ》れて辺境伯領を飛び出したとかないよな？

「ジャステ伯爵家当主、メールド・ジャステだ。息子《むすこ》を助けてくれたらしいな、感謝する。ところで……執事から話を聞いたのだが、どうやら普通の冒険者ではなさそう……というよりも、身分を隠《かく》されている様子ということだが……。事情を伺ってもよろしいかな？」

ジャステ伯爵は社交儀礼《ぎれい》な挨拶《あいさつ》と、あからさまにいぶかしむ問いを投げかけてくる。

確かに、貴族の子女が遊ぶものじゃないよね、冒険者って。

どうまく取り繕《つくろ》うかと考えながら、しどろもどろに返答していると、姫さまがすべてをぶったぎって言った。

「夫人に会いたいから連れてきてくれ」

なぜか、屋敷中の人間が凍《こお》りついた。

今度は俺が屋敷の人間の反応をいぶかしみながら、姫さまの言葉を補足した。

「ジャステ伯爵夫人は、キール辺境伯のご令嬢だったと聞いております。キール辺境伯といえば、一族で魔物の侵出《しんしゅつ》を防いでいるこの国の要の方々。パシアン姫が、ぜひともお話を聞きたいとのことでございます」

もう、姫の名前を出したよ。じゃないと埒《らち》が明かなそうだし、何やら不穏《ふおん》な雰囲気《ふんいき》が漂《ただよ》い始めたからな。

なぜか当主は俺たちを睨みつけ、使用人たちの半分は挙動不審《きょどうふしん》、半分は当主と同じ反応でさらに俺たちを排除《はいじょ》しようとする向きもある。唯一《ゆいいつ》、執事だけが観念したような諦観《ていかん》の顔をしていた。

………どういうことだ？

俺は屋敷の人間たちの反応を不審に思いつつ、姫さまの名を出したというのに不穏な空気を出している当主を厳しい顔で見据《みす》えた。

「もう一度言います。ジャステ伯爵夫人に――」

「アレは、病気だ。会わせられない」

言い終える前に当主がにべもなく断ってきた。

「じゃあ、見舞《みま》いに行く。部屋はどこだ？」

姫さまもすぐさま切り返した。

「面会謝絶の病気です」

「かまわない。部屋はどこだ？　教えてもらえないなら勝手に探す。──行くぞアルジャン」

姫さまがソファから立ち上がり踵《きびす》を返すと、使用人たちがドアの前に立ち塞《ふさ》がった。

俺も即座《そくざ》に立ち上がり、当主を見据えたまま剣に手をかける。

「私は一時的に冒険者の登録もしていますが、籍はいまだ騎士団にあります。ですので、これは第三王女パシアン姫の護衛騎士としての発言です。……ジャステ伯爵、使用人のこの動きはパシアン姫に害意あり、ひいては王家に対し謀反《むほん》の企《くわだ》てありとみなしますが、よろしいですね？」

俺の言葉に使用人たちは動揺《どうよう》し始めた。

さっきまでの会話を聞いていても、俺たちの身分にピンときていなかったらしい。ハッキリ言われてようやく悟《さと》ったって顔してるよ。

姫さまをチラリと見たら、すでに魔法銃を手にしていた。──ちょっと待って撃ち殺すのはまだ待って。

当主はそれでも俺たちを睨んでいたが、観念したのか、渋々《しぶしぶ》と当主が使用人たちに命令した。

「…………お前たち、アレを連れてこい」

当主の命令を聞いた使用人たちは、さらに動揺した。

「し、しかし……」

「私がお連れいたします」

執事が一礼したが、使用人たちは慌て、

「いえ、私が連れて参ります！」

と、数人が飛び出していった。

どうも、屋敷の人間の反応がおかしすぎる。……いったい何があるんだ？

姫さまは魔法銃をしまったが、俺はいつでも抜けるように剣を手にかけたまま、姫さまの近くまで移動した。

周囲に目を配りながら、姫さまに耳打ちする。

「……姫さま。これはどういうことかわかりますか？」

姫さまはふるふると首を横に振り、わからないことを示した。

「でも、辺境伯の一族が、こんなところに嫁《よめ》にくること自体がおかしい。ここ数年で魔物はどんどん増えている。こんな閑雅《かんが》な場所でのんびりお茶している場合じゃない。伯爵とともに、あちこち見回っているのならまだわかるけど、あの伯爵はどう見ても弱っちい。息子もへなちょこだ」

姫さまが、なかなか辛辣《しんらつ》なことを言った。

つまり……。姫さまは伯爵夫人を辺境伯領へ戻したいらしいぞ。

でも、それって離婚ってことになるんだけど。

って俺が考えていたら、聞いていたらしいジャステ伯爵が怒《おこ》ったように吐き捨てた。

「確かに私は魔物討伐《とうばつ》を積極的に行っているわけではないが、領内を豊かにするべくきちんと治めている。それに、アレは一族のつまはじきで無能だからもらってやっただけだ！　それなのにあの女は、恩を仇《あだ》で返すことしか出来ないろくでなしだったんだ！」

あ、離婚してもいいみたい。じゃあ、姫さまの案を採用ってことで。

しばらくしたら、遠くから何かを引きずるような音と、使用人たちのわめき声のような音が微《かす》かに聞こえてきた。

え……っと？　マジで不穏なんだけど。何が起きてるんだよ？

俺は真剣に、いつでも抜剣《ばっけん》出来る構えをとっていた。

俺を睨んでいた当主もさすがに俺の緊張《きんちょう》感がわかったようで、「落ち着け。別に、危害を加えるつもりはない」と、ゴニョゴニョ言いだしたが、信じられるか！

バン！　と扉《とびら》が開き、俺は素早《すばや》くそちらを見て……目が点になって硬直《こうちょく》した。

使用人に引っ立てられているように引きずられてきている、ボロを纏《まと》ったガリガリの女性。

……まさか、この方が伯爵夫人なのか？　本当に？

だってこれ……虐《しいた》げられているなんてモンじゃないぞ。いったい何があってこんな目に遭《あ》わされているんだよ？

ガリガリの女性は放り出されるように部屋に投げ込まれ、さらには途中《とちゅう》で足を引っかけられ、転んで倒れた。

それを見ていた使用人たちは嘲笑《ちょうしょう》している。……最悪だ。

俺は舌打ちしてジャステ伯爵を睨むと、ジャステ伯爵は俺をバカにしたように笑った。

「もしかして、護衛騎士さまはうちの妻がお好みか？　……さすが、男を誑《たぶら》かす腕前《うでまえ》は超《ちょう》一流だな、その悪女は」

「何を言ってんだ？」

ソッコーでツッコんだよ。なんでそうなった？

こんな状態の女性を見て、どうしてそんな感想が言えるのか。

俺は、信じられない気持ちで伯爵を見つめた。

その間に、姫さまは伯爵夫人にトコトコと近寄っていった。

そして、彼女に投げかけた。

「なんで辺境伯当主がここにいるんだ？　でもって、なんでやられたらやり返さないんだ？」

その言葉に、俺も含《ふく》めた全員が硬直した。


……今、姫さま、辺境伯、当主、って言ったか？

一番初めに自失から回復した俺は、姫さまに尋ねる。

「姫さま。辺境伯当主というのは……夫人のことですか？」

「その指輪をしているじゃないか、ホラ」

伯爵夫人の細い指にゴツい指輪がピッタリと嵌《は》められている。

それは、宝石などの装飾《そうしょく》はなく、どちらかというと武骨でちょっと奇妙《きみょう》な指輪だった。あれが辺境伯当主の証《あか》しなのか。……って、伯爵夫人もわかってないんじゃないか？　というか、辺境伯の一族揃《そろ》ってわかってないんじゃないか？

その証拠《しょうこ》に、伯爵夫人も呆気《あっけ》にとられているし。

伯爵夫人は戸惑《とまど》ったように姫さまを見つめて、尋ねた。

「わ……たしが、当主？」

「その指輪は、勇者の武器だぞ。使わないなら返してくれ。そもそも、あの地で魔物を討伐し続けると約束したから、勇者が勇者の供に貸し与えたものなんだからな！」

姫さま、空気を読まずにズイッと手のひらを出し、返せポーズをした。

伯爵夫人は姫さまを呆《ほう》けて見ていたが、ハッとして指輪を隠すように手で覆《おお》った。

「待って。――私は魔法を使えないの。そのせいで実家でも虐げられて、ここに売られたのよ。この指輪を魔法で使うんだとしたら、私は……」

「そうだ。その指輪は、魔法が使えなかった膨大な魔力を持つ勇者の供に、勇者が与えた〝魔力で武器を作り出す魔道具〟だ」

全員、姫さまの発言に衝撃《しょうげき》を受けた。

「……つまり、魔法は使えないが膨大な魔力を持ち、そしてその勇者の武器を使いこなせる者こそが当主だと、そう言うんですか？」

俺が確認すると、姫さまはうなずく。

「私の発言が信じられないなら、王宮に行って確認すればいい。王家の血筋の者なら、皆知っている常識だ」

俺は、伯爵夫人を見た後ジャステ伯爵を見た。

色男が台無し、って感じで目を剥《む》いていた。

信じられないのだろうが、姫さまにこんなんでも王族だ。離宮に閉じ込められみそっかす扱《あつか》いされていたけれど、いつの間にか知らないうちに王族の教育はされていたっぽい。

伯爵夫人は信じられないように指輪を見つめる。そうすると……指輪がだんだんと赤く輝《かがや》きだした。

「「「ひっ」」」

近くにいた使用人たちが怯《おび》えて後ずさる。

そりゃあ、辺境伯当主からの仕返しが怖いだろうね。今まで虐げてきたのは、やり返すことが出来ないと思っていたからなのに、虐げてきた女性は、伝説の『勇者の武器』を手にしていると、わかったんだからね。

指輪がどんどん赤く輝き……指輪から赤い棒が生えた。

おぉ、とは思ったが……うーん、ちょっと武器としては微妙《びみょう》じゃないか？　こんなんで魔物を倒せるのか？　普通に剣で斬った方がよくない？

「精度がイマイチだ」

姫さまがガッカリしたように言った。あ、よかった精度がよくないせいみたい。

伯爵夫人は申し訳なさそうに謝った。

「まだ慣れていなくて……。少し訓練すれば使いこなせます」

姫さまに頭を下げた後、晴れやかな顔をして立ち上がり、伯爵を見すえた。

伯爵は、今までの俺たちのやりとりを呆けたように見ていたが、彼女が立ち上がって自分を見たとたんに眉《まゆ》にしわを寄せる。

「離婚してください」

伯爵夫人がそう言ったのを、伯爵は鼻で笑う。

「そんなふうに私の気をひこうとしても無駄《むだ》だ。私はお前の醜悪《しゅうあく》な性根《しょうね》が大嫌《だいきら》いだからな」

俺と姫さまはキョトンとしてしまった。

会話がかみ合ってないんだけど？

姫さまは伯爵夫人と伯爵を見比べて、

「離婚してください、じゃなくて離婚する、そして辺境伯領へ戻り辺境伯当主としての務めを全《まっと》うする、って宣言して、武器を突きつけて離婚届を書かせるのだ」

と、アドバイス……うん、ま、アドバイスをした。

「何を勝手な……！」

伯爵が憤ったが、姫さまも伯爵夫人も意気投合したようにうなずきあってるし。

やだ、勇者の子孫も勇者の供の子孫も、血の気が多すぎない？

「そもそもこの女は、辺境伯当主から『使い物にならないお荷物』として押しつけられたのだぞ！　勇者の供の子孫だからと血筋で母上が選んだだけの女だ！　だが、手癖《てくせ》が悪く、盗みは働くわ金は使い込むわ男は誑かすわで、もらい受けたのを早々に後悔《こうかい》したのだ！」

「私はそんなことはしておりません！」

伯爵夫人……いや、次期辺境伯当主が叫んだ。

「そうやって、いつまでもとぼけられると思うなよ！」

「いったいその金や盗んだものは、どこにあるというのですか!?　今までさんざん言いがかりをつけて、ろくに探しもしなかったではないですか！」

「お前が贅沢《ぜいたく》するために使い込んだのだろうが！　闇市《やみいち》で売られていたと執事が買い直したのだぞ！」

執事が落ち着きはらって答えた。

「その際、『売りに出したのは若い男だった』と申し上げましたが……」

「それが男を誑かしている証拠だ！　そう母上が言っていた！」

俺は、伯爵の駄々《だだ》っ子《こ》のような発言に、開いた口がふさがらなかった。

……なんでこの伯爵、こうも思い込みが強いんだ？　さっきから会話が全然かみ合ってないんだけど？

あと、マザコンだなこの男。『ママが言ったから』を連発しているもんな。

「伯爵の目は飾《かざ》りですか？　この状態の奥方を見て、何も思わないのですか？　到底《とうてい》伯爵夫人とは思えないほどにガリガリに痩《や》せ、服は平民よりも粗末だ。装飾品もつけていない。今の状態の夫人が贅沢をしているというのは、他者から見たらそうとう無理がありますよ」

俺が思わず口を挟むと、ジャステ伯爵は俺を蔑《さげす》んだように見た。

「そぅら、悪女に誑かされた男が出てきたぞ。だが私は愚《おろ》かな男どもとは違う。私だけは決して騙《だま》されない……！」

その言葉を聞いた俺は抜剣して、ジャステ伯爵の眼前に剣先を突きつけた。

「それは、騎士団を愚弄《ぐろう》する発言と見なす。高潔なる騎士団は、か弱き者や虐げられし者を助けはするが、女の色香《いろか》に惑《まど》うことなど決してない。騎士団の名誉《めいよ》にかけて、貴様の発言を正す」

ジャステ伯爵は、剣の切っ先を見て上っていた頭の血が下りたようだ。

俺は、ジャステ伯爵を睨んだまま話を続けた。

「今から私が質問することに対し『はい』か『いいえ』かで答えろ。まず、貴様は自分の妻以外の伯爵家令嬢や伯爵家夫人を見たことはあるか？」

　ジャステ伯爵は質問の意味がわからずにいるようだが、返事をした。

「……無論、見たことがある」

「では、その夫人や令嬢がたとそこに立つ夫人は、同じ身なりをしているか？　服や装飾品を比べ、貴様の妻は他の伯爵夫人と比べて同等もしくはそれ以上なのか？」

　ジャステ伯爵はそこで、ようやく自分の妻の身なりに気がついたようだった。

「違うが、だが――」

「『はい』か『いいえ』かで答えろ」

　ジャステ伯爵は唇《くちびる》を噛《か》み、

「いいえ、だ」

　と答えた。

「体つきはどうだ。他の夫人は彼女のように痩せ細っているのか？　思い出せないなら、彼女の近くに立つ侍女《じじょ》と比べてみろ。どうなんだ？」

　ジャステ伯爵はぐっと拳《こぶし》を握り、目を瞑《つむ》る。

　俺はすぐさま切っ先で小突いてやった。

　ジャステ伯爵は痛みを感じたのか慌てて目を開き仰《の》け反り、血の流れる眉間に手を当てた。

「目を開いてちゃんと現実を見ろ！　どうなんだ⁉」

「………………使用人のほうが、肉付きがいい」

　いいなんてもんじゃないけどな。正直、この身体で働けるのか？　ってくらいふくよかだぞ。

「次は貴様の領民と比べてみろ。貴様の領民は、彼女と同じくらい貧しくみすぼらしいのか？」

「そんなわけはないだろう⁉　私は、領民が良い暮らしになるように心を尽《つ》くして領地経営をしているんだ！」

伯爵が憤った。

だから、『はい』か『いいえ』かで答えろっつってんだろーが。

「『いいえ』ってことだな。つまりは、彼女は伯爵夫人どころか使用人よりも平民よりも、貧しくみすぼらしい状態だ、ということだ。……私の目にだけじゃなく、貴様の目にもそう映っているとわかって安心した」

俺はせせら笑う。

ジャステ伯爵は「でも――」とか「だが――」とかブツブツ言っていたので、トドメを刺した。

「じゃあ、こう言えばわかるか？　貴様は、貴様のご立派な母上――先代伯爵夫人と彼女を同等に扱っているのか？」

「こんな女と母上を同等に扱うわけがないだろう⁉」

ジャステ伯爵がすぐさま怒鳴ってきた。

俺は、首をかしげてジャステ伯爵に疑問を投げつけた。

「なぜだ？　彼女は現伯爵夫人だ。同等以上に扱わなければおかしいだろう。――魔法が使えない？　それがどうした。それを理由に虐げているだけじゃないか。伯爵夫人が魔法を使う場面は、いったいどれだけあるんだ。先代伯爵夫人は、毎日毎度、事あるごとに魔法を使っているとでもいうのか？　領内を駆け巡《めぐ》り魔物を狩っていた、とでも吐《ぬ》かすのか？」

俺がたたみ込むと伯爵が黙《だま》り込む。

顔は真っ赤で、憤《ふん》怒《ど》しているのかそれとも空っぽの脳みそが沸騰《ふっとう》しているのかわからないな。

俺はジャステ伯爵を厳しく見据える。

「貴様は、すべての罪を彼女にかぶせ、聞く耳を持たずに虐げていた、だけだ。そんな貴様が騎士の私に向かって『女に誑かされた愚かな男』とはよく言った。ならば、私と貴様のどちらが正しいか、神聖なる裁判にて争《な》おうじゃないか」

俺のせいで騎士団が舐められるのは非常にまずい。

貴族は騎士団を失墜《しっつい》させたいと狙っているので、こういう輩《やから》はどんどん潰《つぶ》さないといけない、と騎士団長から教わっている。というわけで、侮辱罪《ぶじょくざい》で訴《うった》えることにした。

ジャステ伯爵がぐるぐると葛藤《かっとう》している中、女性陣《じょせいじん》は話がまとまったらしく、伯爵夫人も姫さまも、うんうん、とうなずいている。大丈夫か？　姫さまと話が合うなんて、とんでもないんだけど。

このカオスな渦中《かちゅう》に飛び込んできたのが坊ちゃん。

「な——父上⁉　クソ、やはりその女が黒幕で、お前たちはその女の手先だったのか！」

「なんのだよ」

思わずツッコんでしまった。

姫さまは坊ちゃんを見て、感心したように言った。

「貴族のか弱い男は皆、似たような者が多いな。イディオもそうだった」

「一人息子とかじゃないですかね？　イディオ様もそうでしたが、嫡男《ちゃくなん》へのおべっかだっていうのに周りのおだてを真に受け自分は優秀《ゆうしゅう》だと勘違《かんちが》いした結果、思い込みの正義感に凝《こ》り固まり証拠もなく、自分の気に入らない者を悪者に仕立てあげるんでしょうね」

俺がなげやりに言い捨てると、坊ちゃんだけでなく伯爵にも刺さったらしい。二人して顔を赤くした。

先にキレたのは坊ちゃんで、俺を睨みつけて口を開いた。

「貴様ら！　全員まとめて捕まえてやる！　使用人たち、コイツらを捕まえろ！」

坊ちゃんが意気揚々《ようよう》と命令したが、誰一人として動かない。

「おい！　何をやってるんだ！」

いらだったように命令するが、全員が坊ちゃんを無視している。

俺は毒気が抜けて、ハァ、とため息をつくと剣を引き、鞘に収めた。

「今度は息子を説得するんですか。……もう、めんどうだから行きましょうよ姫さま。目的は達したのでしょう？」

姫さまに向かって言うと、坊ちゃんが驚いたように俺と姫さまを見比べ、上擦《うわず》った声をあげた。

「ひ、姫さま、だと？」

「こちらにおわす御方は、第三王女パシアン姫でございます」

執事が坊ちゃんに紹介《しょうかい》した。

「嘘だ！」

否定したよ。気持ちはわかるけど。

確かに、蛇を捕まえて追いかけ回す王女は、姫さまくらいしかいないだろうからね。

全否定された姫さまは魔法鞄をあさると、坊ちゃんに向かって何かを突き出した。

「この紋章《もんしよう》が目に入らぬか」

ソレを見た俺は、目が点になった。

姫さまが手に持つソレは、明らかに王家の紋章だ。しかも国宝級のヤツだぞ。

単に大きいってだけではなく、鑑定眼《かんていがん》のない俺ですら分かるほどに高価そうな作りをしているんだから。非常にまずい。

「ちょ、それ、どっから……」

俺はプルプルと震わせながら指した。

また、勇者の宝物庫に入っていたとかなのか？　でもソレは、さすがに持ち出しちゃアカンやつだろ！

俺を見た姫さまが、かわいく言った。

「パパからもらったー」

「「「パパ⁉」」」

全員の声がハモった。

姫さまは、なんてことがないように、うなずいて言う。

「パパが、何かあったらこれを使いなさい、権限もくれる、って言った」

パパ……って、陛下のことだよな。「パパ」って言うと威厳《いげん》が急降下だ。あと、陛下と話すんだ。

そしてパパって呼んでるんだ。

いろいろ駆け巡ったが、意外や意外、姫さまと陛下の親子関係は良好なようなのが判明した。

放置していたから、てっきり疎遠《そえん》なんだとばかり……あ、そうか、陛下は忙《いそが》しいから手が回らないのか。ようやく姫さまの扱いに合点がいった。

俺が護衛騎士になる前の冒険者時代、たびたび騎士団と合同討伐して周囲の町の被害《ひがい》確認やら何やらをちょいちょい手伝っていたんだが、王子たちどころか陛下までもがその地まで赴いて、被害状況《じようきよう》を確認して指示を飛ばしていたのを何度も見た。

貴族はドロドロの足の引っ張り合いをしているが、一部の貴族や特に王家はこの国がどういう国かをわかっていて、そのために奔走《ほんそう》している。だから騎士団も冒険者ギルドも協力しているんだよな。姫さまは腐《くさ》っても王家の一員。間違ったことは正しているんだなぁ、と妙《みよう》な感心を俺はした。


さすがに王家の紋章の威力は大きかった。

どうみても本物、稀少金属と宝石が使われている超豪華《ちようごうか》な大きい紋章なので、坊ちゃんもさすがに何も言えない。というか、プルプル震えているし。自分が誰を怒鳴りつけ、見下していたのかわかったか。

イディオ様も紋章があったらひれ伏《ふ》したのか？　……いや、無理だろうなアイツは。

全員を黙らせた姫さまが厳《おごそ》かに告げた。

「ジャステ伯爵と夫人の離婚は、書類を書いて王家に送れば受理されるように、私が一筆書いておく。同時に辺境伯当主も交代だ！　彼《か》の地に戻って、魔物討伐をよろしく頼むぞ！　その指輪が使いこなせれば、千匹《びき》程度なら一瞬のハズだ」

え。そんなに強いの⁉

それって騎士団が束になってかかるよりも強いんじゃ……というかすごいな勇者グッズ！

つか、そんな武器を使わないといけないような地なのかよ、辺境伯の土地って！

「……彼女の実家って、そんなに魔物が出るのですか？」

コッソリ姫さまに尋ねたら、首をひねりつつ曖昧《あいまい》に答えた。

「今はまだそんなでもない、と思う。けど、そのうちそうなるから、今のうちに正せて良かった。下手をしたら手遅《ておく》れになるところだった」

ゾッとしたのは俺だけじゃないと思う。千匹程度一瞬で倒せる者がいないとダメな土地にそれが出来る者がいなくて、こんな場所で虐げられていたとか……下手をすると、現辺境伯当主もこの伯爵家も重罪じゃないの？

憎悪《ぞうお》を込めた笑顔《えがお》で伯爵夫人は言い放った。

「離婚の手続きは書類を取り寄せてからになります。それまでは、この伯爵家でこれまでの分、たっぷりとお世話になりますわ。身体も元に戻したいですし、この指輪でこの辺り一帯を更地《さらち》に出来るようになるまで精進《しょうじん》させていただきます」

「離婚⁉」

坊ちゃんが悲鳴のように叫んだ。

だけど、伯爵夫人は坊ちゃんをいっさい見ない。

坊ちゃんは、じれるように伯爵夫人を指さして叫ぶ。

「り、離婚は出来ないぞ！　そうやって父上の気を引こうとしたって無駄だって、父上もお祖母《ばあ》様も言っていたぞ！」

「安心しろ！　王家で権限を持つ者が離婚しろって言ってるから、出来るぞ！」

坊ちゃんの、父親と親子だなぁと感じさせる発言を、姫さまが朗らかに否定した。

焦った顔の坊ちゃん、相変わらず伯爵夫人を指さしたまま、姫さまに訴えた。

「こ、この女は犯罪者なんだ！　この家からいろいろなものを盗んだんだ！」

俺は、坊ちゃんの言い方が気になった。……彼女はもしかしたら産みの母親じゃないのかな？　贅沢三昧の義母に懐《なつ》かない息子のような反応だ。

つか、彼女のどこをどう見たって贅沢三昧しているようには見えないんだけど、ホンットこの伯爵家にいる連中ってどんな節穴アイなんだ？

しかたなく、俺は父親に言ったことを坊ちゃんにも言った。

「坊ちゃん。あなたのお父様同様、あなたも物が良く見えないようですね。あなたの指さしたその人は、あなた自身よりも太っていますか？　あなたのその衣装《いしょう》よりきらびやかな服を着ていますか？　あなたが彼女の服を着ろ、と言われたらどう思いますか？」

言われてようやくハッとしたように、彼女を見た。

「……でも……」

さらに姫さまが何度目かの爆弾《ばくだん》発言をした。

「あと、何を勘違いしているのかわからないんだが、彼女は辺境伯の一族の者だから、望めば金品を差し出さなくてはならないぞ？」

全員、姫さまを見た。

注目された姫さまは、腰《こし》に手を当てフンスと鼻を鳴らすと言った。

「当たり前だろう！　辺境伯は、一族総出で魔物討伐に当たっているんだぞ！　武器を揃え防具を揃え兵を鍛えるのは無料じゃないんだ！　守ってもらっているんだから、身代が潰れようとも望むだけの金品を差し出すのが常識だ！　盗む、じゃない。彼女が欲するのなら与えるのだ！」

……そうか。そういや魔物討伐の前線に立つ騎士団もけっこう優遇してもらっているもんな。貴族はそれが不満なんだけど。

もはや建て前になっていたその常識は、姫さまには通用しない。

だって姫さまは生粋《きっすい》の王族だから。

特に姫さまはまだ幼い。年が経《た》てばそううまくいかないのがわかってくるのかもしれな……いや無理そう。

姫さまは、ジャステ伯爵に向かって言い切った。

「特に彼女は次期辺境伯当主だ。伯爵家に嫁いだのが金品を貢《みつ》がせるためならば、望むだけくれてやらなくてはいけない。身代が潰れようが渡すのだ！　常識だぞ！」

姫さまの発言を聞いた伯爵夫人は……とっても怖い笑顔で周りを見渡した。

「王家の後押しもありますので、私は望みます。……まず、待遇《たいぐう》の改善。今まで粗末な小屋に閉じ込められていましたから、ちゃんとした部屋……本館でなくても構いませんが、次期辺境伯当主であり現伯爵夫人にふさわしい部屋を望みます。

食事も、きちんと三食、今までのように一食食べられるか食べられないか、出てもカビたパンに腐りかけたスープではなく、ちゃんとした食事を望みます。

服も……そちらの伯爵家当主やそのご子息と同等の衣装を用意してください。……いえ、用意しなさい。わかりましたか？　もしもわからなければ、私の指輪の練習台になっていただくわ」

うっわー。怖っ！

ま、当たり前だけど。今までよく生きてきたなって待遇だもんな。姫さまが寄らなけりゃ、大きな損失を国に与えていたことになるし、しかもそれは隠蔽《いんぺい》されていたはずだったのだ。

「…………離婚には応じる。待遇の改善も認める。だが、息子は渡さない」

喉《のど》を絞《しぼ》るような声で伯爵が言った。

返す伯爵夫人の言葉は。

「私の息子は死にました――いいえ、貴方と貴方が愛する母親に殺されました」

だった。

マジかよ⁉　俺は伯爵夫人の言葉を聞いて驚愕《きょうがく》し、ジャステ伯爵を見ると、ジャステ伯爵と坊ちゃんは愕然《がくぜん》としていた。

そんな二人を見た伯爵夫人は、冷笑《れいしょう》して言った。

「私が我《わ》が子につけた名は、出生届に書き神父に届けた名は『ルイ』です。その子の名は違います。そもそも私のかわいいルイは、母親に対して『この女』などと言うわけがありません。抱《だ》きしめようとした母を突き飛ばし唾《つば》を吐いたりいたしません。歩み寄ろうとしている母に『近寄るな、汚《きたな》い』『お前のような女を母親だと思ったことは一度もない』などという言葉を投げつけません。――どうせ、私の子はひそかに殺して、貴方の大好きな母上と通じ産ませたのがその子なのでしょう？　そうしたら『私の産んだ子』として世間をあざむけるでしょうからね！」

「「なっ⁉」」

坊ちゃんは目を見開き、父である伯爵を見た。

伯爵は目をつり上げ、彼女に歩み寄ろうとし――、指輪の赤い棒を眼前に突き出されて止まった。

「……貴様。俺を侮辱《ぶじょく》するにもほどがあるぞ」

「侮辱？　本当のことでしょう？　実際、家系図でもルイは取り消し線で消されているじゃないの。……私のかわいいルイは殺されました。その子――貴方の大好きな母親と貴方が通じて産んだ子を入れ替《か》えるために。貴方たちジャステ伯爵家なら、絶対にやるわ！」

そう叫ぶと目に憎悪をにじませて嗤《わら》った。

「姫さま、決着がついたようですので先へまいりましょう」

俺は遁走《とんそう》をはかることにした。これ以上ここにいたら姫さまの情操教育によろしくない。会話の途中から、姫さまの耳を両手で塞いでいたからね！

幼い姫さまに聞かせる内容じゃないだろ、まったく。

姫さまはうなずいた。

「うむ。――確かにソイツは彼女を『ママ』って呼んでいないよな」

姫さまが最後につぶやいた言葉を聞いて、凍りついていた坊ちゃんはますます凍りついた。

夫人は朗らかに笑う。

「確かにその通りですわね。もし『ママ』って呼ばれたら母親だって勘違いしてしまいますわ。そんなことは決してないでしょうけど。……我が子からそう呼ばれた王妃殿下《おうひでんか》がうらやましいわ」

夫人は最後の言葉をさみしそうに言った。

……坊ちゃんの歳《とし》で『ママ』はキツいな。でも、もしも言えたら許してもらえそうだぞ。頑張《がんば》れ坊ちゃん。

そして、意外と姫さまが陛下と王妃に懐いていた件について。毅然《きぜん》としたお二人がパパとママって呼ばれてどういう反応を示したんだろう？　と、ちょっと気になった。


姫さまを押してすたこら歩き去り、サッと姫さまを抱き上げると停めてある馬車に乗せ、俺も飛び乗り手綱《たづな》を握って、すぐさま出立した。

「姫さま、夫人の件ですが、本当に辺境伯当主になるのですか？」

「なってもらわないと困るぞ！　辺境伯の一族は代を経て全員が戦闘民族になり、彼女を嫁入《よめい》りさせても侵攻《しんこう》を防げているのかもしれないが、あの地は特に強い魔物が出るから油断ならないのだ。彼女が勇者の武器を手に、一族を率いてバッサバッサと魔物をやっつけてもらわないと突破される可能性がある。彼の地から魔物が溢《あふ》れ出たとしても、騎士団は手が回らない。こんなところでのんきに痴話喧嘩《ちわげんか》してる場合じゃないんだ」

姫さまが辛辣に言った。

……それにしても。

「今って、けっこうまずい状況なんですか？」

姫さまの話が気になる。

姫さまは、『今後魔物の侵攻が増え強い魔物が出没する』前提で話しているのだ。

本来は出没するはずのない魔物が出てくるようになったことをきっかけとして、姫さまはここまでやってきたはずなのだが……。これはもしかして、姫さまは大冒険をしたくて離宮から旅立ったのではなく、もともと各地を巡って、勇者の供の子孫がちゃんと魔物を食い止めているか確認するために出てきたんじゃなかろうか？　と、ふと思いついた。

姫さまは、俺の問いに首をかしげながら答える。

「わからないから冒険のついでに様子を見てくる」

ついでかよ！

……となると、俺の役目ってけっこう重要なんじゃないか？

俺は、胡乱《うろん》げに姫さまを見た。

「……姫さま。俺に隠していることはありませんか？」

「ないぞ」

即答した。……ホントかよ？

俺は馬車を停め、姿勢を正して姫さまに向き直った。姫さまは何事かと驚いて、目をパチパチさせている。

口調も正して、真面目《まじめ》に姫さまに口上を述べる。

「姫さまを守りきるのが私の役目です。私は姫さまが冒険者の真似事をしたいと言うので、それに見合う覚悟をしておりますが、もしもそれに魔物の侵攻の調査が加わっているのなら……考えを改めねばなりません」

姫さまが眉を下げて俺を見た。そしてすぐにうつむく。

「…………それも、ちょっとある」

ボソボソと姫さまが言い出した。

「私は、宝物庫を開けられて、勇者の魔道具がぜんぶ使えるから」

…………え？　それと何が関係するんだ？

「これ以上はあまり言えない。でも、無事に帰ったら、パパからアルジャンに話をすると思う」

おいぃ～⁉　聞いてないぞ！　大ごとじゃねーかよ！

あと、『パパ』とか軽く言ってるけどね、キミのパパ、王様だから！　そこんとこわかってるのかな姫さま⁉

…………あー。すっげー嫌《いや》な予感がする。

王族でも、宝物庫が開けられて勇者の魔道具が全部使える人間は限られている……というか、口ぶりからして姫さまただ一人ということ。

小さい頃から子分……恐らく供を探していたこと。

これらを考え合わせると。…………つまりは。

「姫さまは、勇者なんですね？」

俺が直球で尋ねたら、姫さまはモジモジしながら小さくうなずいた。

…………あー。そうかよ。

俺は『勇者の供』に選ばれたのか。

俺は天を仰《あお》いで嘆息《たんそく》し、顔を戻してさらに大きくため息をついてから姫さまを見た。

「……姫さま。〝パパ〟に頼《たの》んで、俺の給料を上げてください。俺が勇者の供なら、護衛騎士の給料じゃわりに合わないと思うんで。……そしたら俺も覚悟を決めます」

うつむいていた姫さまは弾《はじ》けるように顔を上げ、ぶんぶんうなずいた。

——つか、俺の給料が高かったのって、もしかしてこのこともコミで？　でも、もうちょっと上げてもらおうっと。

だってよ……。


この時期に勇者が出たってことは。

姫さまが勇者になったって事は。

姫さまのパパが王家の紋章を渡し、姫さまに権限を与えたのは。

姫さまが勇者の供の様子を見に行きたがっているのは。

姫さまが伯爵夫人を辺境伯当主と認めて、辺境伯領に行くように再三促《うなが》しているのは。


——魔王が復活するのか。

俺、魔王討伐のメンバーじゃん。しかも、俺一人しかいないんですけど。

＊

〈パシアンと父との会話〉

時は戻り、アルジャンが旅の支度に東奔西走《とうほんせいそう》し、パシアン姫が王宮に預けられていたとき——

「パパー」

執務室《しつむしつ》で書類を整理していた王が顔を上げると、そこには末娘《すえむすめ》のパシアンがいた。

「どうした？　一人か？」

王が手を広げると、パシアンはテテテッと走りより、王に抱っこされた。

パシアンは、結果冷遇《れいぐう》されているが家族に冷たくされているわけではない。ただ、王族全員が多忙《たぼう》なだけなのだ。

無邪気《むじゃき》にパシアンが話す。

「アルジャンの代わりの護衛は役立たずだから置いてきた。パパ、私、宝物庫の扉が開けられて、中の道具、全部使えたよ」

王が固まる。

「だから、冒険ついでに様子を見てくる。途中でお供が捕まえられたら捕まえる。でも、最悪アルジャンだけ」

王はしばらく黙っていたが、ため息をついた。

「お供はアルジャンだけでいいのかい？」

「うん」

「様子を見るだけだよ。危なそうだったら戻ってくるんだ。みんなで戦わないといけないからね。絶対に、無事に帰っておいで」

「うん」

「帰ってきたら――お話を聞かせておくれ。お前が次の王になるのだから、絶対に無理をするんじゃないぞ」

「わかった」

王はパシアンを下ろした。

「本当に、護衛はいらないのかい？」

「道具があるからいらない。他のお供は冒険の途中で見つける」

「そうか。……念のため、お前に権限をやるから、好きなように動きなさい。お前が言ったことは、すべて叶う」

王は隠し金庫を開けると、小箱を出し、王家の紋章を取り出す。そして、『第三王女パシアンに、一時的に王と同等の権限を渡す。尚《なお》、期間は定めない』と正式な書状を書き国璽《こくじ》を押すと、紋章と書状をパシアンに渡した。

「ん。わかった。じゃあ、行ってくる」

パシアンは王に手を振ると、執務室から出て行った。

王はパシアンに手を振り返し、執務室の扉が閉まると椅子《いす》に倒れ込んだ。

「嫌な予感はしていたんだ……。これは天命なのだろうな……。あんなに幼いのに、なんということだ……」

——パシアンは遅く出来た子だったし、生まれてくる前は多少甘《あま》やかそうと王は思っていたのだ。上の子たちはどの子も優秀で、政治と関《かか》わり合いのある婚姻《こんいん》を結んだが、歳の離《はな》れた末娘なら多少わがままに育ってもいいし、降嫁《こうか》も政治とは関係のない中立の学者貴族にしよう、と考えていた。

ところが、パシアンが生まれる前後に近年最大級の魔物の被害があり、その対応に全員が追われてしまった。パシアンの育児環境に関して、ある程度の指示は飛ばしたが、あとは王宮にいる侍女たちに判断を任せて政務と討伐対応に奔走していたら、生まれてきたパシアンの顔を見ることすら出来なかった。

ようやく王がひと息つきパシアンの様子を見ることが出来たときには、小さな離宮の片隅《かたすみ》で小汚《こぎたな》い服を着て泥《どろ》んこになりながら平民の護衛騎士と遊び倒している――という有様だった。

王妃は高齢《こうれい》出産になったので産後の肥立ちがよくなく、ちょっと無理をすると寝込《ねこ》む日々が続いている。

王妃の執務を手分けして行っているが、どうしても漏《も》れが多く目が行き届かない。パシアンの境遇《きょうぐう》はまさしくそのことで起きてしまった。

思わず額《かげ》を押さえたが、楽しそうだったので、そのまま伸《の》び伸びと育つのもいいかと考えた。決して、陰から見ている自分に気づいたパシアンが、パッと自分を見つけ、「パパー」と駆けよってきたことに喜び、下手に王女教育をしたら、この純粋《じゅんすい》な子どもっぽさがなくなってしまうのではないか……と考えたわけではない。

王は、パシアンが不自由なく暮らせるように予算を増やし、もう少し華《はな》やかな離宮に移動するように指示したが、それが守られているか確認する間もなく、また仕事に追われていった。

最初の手違いによりパシアンは離宮に関わる貴族や使用人たちに侮られてしまっていたため、予算は着服され、何もしない侍女がつけられ、次に王が気付いたときには手遅れだった。

王は離宮勤めの全員を解雇《かいこ》、着服した者たちは捕《と》らえて魔物討伐の前線に行かせる処分を下し、改めてパシアンに教育係をつけようとしたが、本人が断った。

「べんきょうは、じぶんでするからいいよ。おしごとがんばってね、パパ」

この言葉に陥落《かんらく》した王は、パシアンの自由にさせることにした。

そして、パシアンがどの子よりも聡《さと》く強いのも、このときに理解した。

手違いでは済まないような事態が降り注ぐが、その逆境にくじけず自身で学んでいる。

なんと健気《けなげ》で不遇な運命なのか——と考えたときふと、娘は勇者なのではないか？ という考えが浮《う》かんだ。

今まで勇者候補と目され封印《ふういん》された魔王の調査に赴いた先祖たちは皆、恵《めぐ》まれない待遇だったという話だったからだ。

王家は勇者の血を引くが、実は勇者の使用した魔道具をほとんど扱えない。何かの能力が足りないのか相性が悪いのか、勇者の息子ですら使えないどころか、宝物庫の扉すら開けられなかったという。

ゆえに、宝物庫に収められた魔物討伐用の勇者専用魔道具は、次の勇者にのみすべてが使用出来ると言い伝えられていた。

最近とみに魔物が活発化しているし、その危機に勇者の霊《れい》が降臨して娘に宿った——という恐ろしい考えが思い浮かんで慌てて首を振った。

勇者の旅は過酷《かこく》で、勇者自身、恵まれた人生ではなかったという。

隣国で生まれ、魔物討伐を押しつけられ、協力者のおかげでどうにか魔王を倒し、そして魔物を侵入させない楔《くさび》のため小国の王にさせられた。

王になってからの人生は、ひたすら魔物を抑えるための布石を打つためにささげられたという。

………そんな人生をかわいい娘に歩ませるのか。

出来れば違ってほしいと願いつつ、王はパシアンの降嫁先を探し、歳近い公爵家嫡男を選んだ。

それがグラン公爵家である。

王族を抜けた親戚筋《しんせきすじ》に当たる貴族なのだが、政治方面に力は入れておらず安定した領地経営をしている。

王は穏《おだ》やかな公爵家夫妻の姿を思い出し、息子も優秀だとの噂《うわさ》を聞いていたためそこに打診《だしん》したのだが、それもまた失敗だった。

イディオは、穏やかな公爵夫妻にまったく似ていない、とんでもないバカ息子だったのだ。

優秀だからと周りが褒《ほ》めたたえすぎて、とんでもなくつけ上がってしまっていた。

公爵家夫妻を筆頭に周りも穏やかな使用人や家庭教師ばかり。いい気になって威張《いば》り散らす息子の舵《かじ》が取れない。

パシアンとの出会いは、ある意味運命の出会いだった。出会ってはいけない二人、という意味で。

イディオの相手はパシアンにしか出来ない、という意味でも運命的だった。

バカにしているパシアンに負け続け泣かされているイディオは、パシアンに勝つべく訓練するので同級生でも頭一つ抜けて優秀だった。

だがそのせいで、自惚《うぬぼ》れもどんどん強くなっていってしまった。

そして、六つも年上の男子に勝つパシアンも異常だった。

その結果、公衆の面前で婚約破棄。

何もかも異常事態だが、パシアンは常に達観した雰囲気だ。

早急に次の婚約者を選定しているが……パシアンがすべての勇者の道具が使えるとなれば話は別だ。

パシアンが勇者であるなら、旅から戻ってきたら彼女が王となり、魔王討伐の音頭《おんど》を取ることになる。……恐らく、パシアンはイディオを勇者の供として鍛えていたのだろう。そして、公爵夫人ではなく王となるため、イディオに婚約破棄をするよう誘導《ゆうどう》したに違いない。

「……魔王が復活したとしたら、娘の供の中で生き残った者になるだろうな」

現在、候補はただ一人だ。

パシアンに付いている護衛騎士——元は名のある冒険者だったというアルジャン。

無事に戻ってきたら、侯爵《こうしゃく》に叙爵《じょしゃく》、もしくは公爵家に養子として入れてからパシアンと結婚することになる。

王はいつか訪《おとず》れるであろう事態に思いを馳《は》せ、深いため息をつくと、また隠し金庫に向かった。

奥深くに入れてある、布に包まれたソレを取り出すと、布を開いてじっと見た。

「これも渡すべきだったのか……。いや、戻ってきてからでも遅くはないか。それに……これはもう効力を失っているはずだしな……」

王の手には、くすんだ青い宝石が握られていた。

Ｓ１　男爵《だんしゃく》家の第一令嬢《れいじょう》……でした

私はプリエ・ルミエール。男爵家の第一令嬢……でした。

うちは名ばかりの貴族で、下手をすれば平民よりも貧乏《びんぼう》。

他の男爵家は商会経営や特産品販売《はんばい》などで手堅《てがた》く儲《もう》けているのだけれど、うちは取り立てて特産品はないし、歴代の先祖がことごとく事業に失敗し借金を増やしただけ……という悲しい経緯《けいい》があって商売自体を諦《あきら》め内職で暮らしている。ちなみに得られる税金は国に納める分と、領地の修繕費《しゅうぜんひ》で消える。

あまりに貧乏なため何度も爵位返上を願い出ているのだけれど、何やら因縁《いんねん》があって男爵家を潰《つぶ》すわけにはいかないと受理されず、貧乏貴族のままずっといる。いっそ平民になってバリバリ働いたほうがよほど儲かるのに……。

しかもね、貴族というのは金がかかるのよ！

見栄《みえ》のためにかけるお金なんてうちにはないのに、それでもかけないとダメだそう。ふざけんな。

歴代の当主が毎年、出している爵位返上の嘆願《たんがん》は受理されず、見栄のための費用が貸し出されているってわけ。つまりは借金ですね。ふざけんな。

そんな極貧《ごくひん》男爵家なので、お茶会を開くなどもってのほか。たとえ招待されようとも行くことも無理で、もちろん貴族学校に通うお金すらない。……なのですが、学園は貴族の義務なので通わなくてはならないのだと。マジふざけんな。

血涙《ちなみだ》を流しつつ、返すあてのない借金をさらに増やして用意をしましたよ。こんなことに金を使うくらいなら、美味《おい》しいものを食べたい。

行きたくもない学園への出発が翌日にせまった夜、私は両親に諭《さと》された。

要約すると、

『ひたすらヘコヘコして調子を合わせておけば、絡《から》まれない。そして、可能なら小金持ちの男をつかまえて玉の輿《こし》に乗って援助《えんじょ》してくれ』

だ。なんなら手堅く稼《かせ》いでいる次男以下を婿養子《むこようし》にしてもよいそう。

次期当主の弟にも、ぜひとも私に継《つ》いでほしいと言われている。気持ちはわかるけど私だって継ぎたくないので、手堅い商売をしている男爵家の令息をなんとしてでもゲットしたい。本音は裕福《ゆうふく》な平民に嫁《とつ》ぎたい。

学園に入った私は、両親の言いつけどおり媚《こ》びへつらいまくった。「おっしゃる通りでございます！」を必ず言うようにしている。

さらに、もうひと言付け加える。

「うちはそこらの平民よりも貧乏でして！　ええ、まったくもってお金がないのでございます！」

これは、『あら、喉《のど》が渇《かわ》いたわ。そこの貴女《あなた》、何か飲み物を持ってきてちょうだい』などと言われないようにするためだ。

よもや、うちよりはるかに良い暮らしをしている令嬢子息様がたが私にたかろうなどと思っているワケがないと思いたいが、貴族とは本来、下々《しもじも》の者から搾取《さくしゅ》するのを当たり前のように思っているイキモノだ。他所《よそ》の貴族は本物、うちのように領民から「税率を上げたら出て行くぞ」と脅《おど》されつつ税金を納めていただいているエセ貴族とは違《ちが》うので、予防線を張らねばならない。

そうやって日々努力していたので、無難に学園生活を送ることが出来ていた。それどころか、私を支援《しえん》してくれる人も出てきた！

ちょっとどころではなく大変いばりくさっているけれど、軽ーくおだてあげるだけで調子に乗ってくれて、いろいろ買ってくれたり奢《おご》ってくれたりするので扱《あつか》いやすい。

おバカちゃんなのかな？　と内心思っていたけれど意外や意外、上位の成績だった。特に剣術《けんじゅつ》が素晴《すば》らしく、騎士《きし》団長の息子《むすこ》を打ち負かしている。魔術《まじゅつ》も使えるし、いばりくさるだけあったのよ。彼《かれ》はイディオ様。グラン公爵家の跡《あと》取りなのですって。名乗られたときに驚《おどろ》いて腰《こし》を抜《ぬ》かしたら、なぜか気に入られたのよね……。

媚びへつらいまくり無難に過ごしていたある日、イディオ様に拉致《らち》されて王宮に連れてこられた。

「いや、ここは離宮《りきゅう》だ」

いちいち訂正《ていせい》すんなどうだっていいわ！　そんなトコに連れてくるな！　場違いにもほどがあるだろーが！

内心憤《いきどお》っていたら、そこにいた幼女を紹介《しょうかい》された。幼女は庭で遊んでいたらしく、平民服が泥《どろ》んこだった。

ええ？　ここって離宮……つまり王族が住む場所よね？　なんで平民が庭で遊んでいるのよ？

……って思ったら、第三王女でしたか！　良かった変なこと言わなくて！

さっそくヘコヘコして媚びへつらいまくったら、幼女が満面の笑《え》みで手を突き出した。

「イディオの子分か！　私はパシアン！　姫《ひめ》さまと呼んでいいぞ！」

…………悲鳴をあげなかった私を、誰《だれ》か褒《ほ》めてほしい。

姫さまが突《つ》き出した手に持っているのは虫だった！

私、虫が大嫌《だいきら》い。加えて貴族は皆《みな》、虫は汚物《おぶつ》よりも汚《きたな》い生き物として認識《にんしき》している。……姫さまは別として。

悲鳴を呑《の》み込《こ》み、引きつりながらもなんとか笑顔を返したら。

姫さまが、私の服に虫をくっつけた！

「ギャ──────!!!」

──この日、私は初めて号泣《ごうきゅう》した。


それからも幾度《いくど》となく、イディオ様は私を離宮に連れて行った。

姫さまが私を『イディオ様の子分』と勘違《かんちが》いしていたけれど……まさしくイディオ様は私を子分扱いして姫さまの前で褒めたたえさせ、さらには姫さまのイジメよけに使っているのよ！　子分になんてなった覚えはないのに！

私だって虫は苦手だよ、無理！　媚びまくりの私だけれど、そしてお金はかからないけれど、虫は無理なの！

そのことを、姫さまの顔色をうかがいつつ出来るだけ不快にさせないように懸命《けんめい》に伝えたら、姫さまはしぶしぶながらもわかってくれた。

「うむ……徐々《じょじょ》に慣らしていくとして。じゃあ、こっちはどうだ？」

眼前に蛙《かえる》を突き出された。卒倒《そっとう》した。

……そんなことが何度もあったので、さすがにイディオ様に訴《うった》えた。もう姫さまの仕打ちに耐《た》えられないので、離宮に連れていってくれるなと。

イディオ様は深くうなずいて、

「次のパーティでパシアンに宣言する」

とか言い出した。

大丈夫《だいじょうぶ》かしらこの人？　と、思ったけれど成績上位の公爵家令息に「大丈夫ですか」と聞けるわけもなくお任せしたら、大丈夫じゃなかった。

いきなり大声で『婚約《こんやく》を破棄《はき》する』って……王女に何言ってんのこの人⁉　アタマ大丈夫⁉

しかも、私と婚約⁉　巻き込まないでよ！　私は確かに玉の輿に乗りたいけれど、公爵夫人になりたいわけじゃない！　同じ男爵家の、手堅い商売をやってるおうちに嫁ぎたいんだよ！　特にお前との結婚はぜったいに御免《ごめん》だ！

……と、ショックが抜けきったあとに思ったのだけれど、当時はあまりのことに放心状態で、されるがままになってしまった。

気付いたら両親に詰問《きつもん》されていて、我に返った私は開口一番、

「あンのやろぉ～!!!」

と、大声で叫《さけ》んだ。

イディオ様のやらかしの結果、私はルミエール男爵家から勘当《かんどう》された。

責任をとらされてお家取り潰しは万々歳《ばんばんざい》の結果なのだけれど、今までのことを考えるとそうはならず、借金だけ背負わされ、さらに苦境に立たされる未来しか描《えが》けなかったので、両親は私を勘当するしかなかったのだ。

ごめんねお父様お母様、そして弟よ。ルミエール男爵家を頼《たの》んだぞ！

後日聞いたところによると、案の定お家取り潰しにはならず、うちに全責任を押《お》しつけてきた公爵家が問題児をうちに婿《むこ》入りさせるって話になったそうだ。あっぶなーい！　間一髪《かんいっぱつ》だった。

グラン公爵家の言い分では私が大事な一人息子を誑《たぶら》かしたことになっているとか。

ハァ？　って思ったわよ。

コッチとしては、

『お前らの息子がバカなおかげでコッチは巻き添《ぞ》えを食ったんだよ、私はアンタの息子と結婚したいなんざ言ってねーし、好きだとすら思ってねーよ、単に、アンタの婚約者との逢瀬《おうせ》に私を連れて行くな、っつったんだよ‼』

と、叫びたい。爵位が違いすぎて、訴えても聞いてもらえないだろうけど。

ついでに、ヨイショしたのを勘違いしたのはアンタの息子だけだ、とも言いたい。私は全員に等しくヨイショしたぞ。

そもそも、威張《いば》り散らして金を使うことしか能がない男なんて、うちには必要ありませーん。持参金を背負ってきたところで、短期間でアヤツが使い潰すのは火を見るより明らかだし。

もし両親が私を勘当していなかったら、公爵家の尻拭《しりぬぐ》いを最底辺の男爵家に押しつけられるところだったのだよ。ホントふざけんな汚いケツをコッチに向けんな。

でもまぁいいや！　おかげで私は貧乏男爵家からイチ抜け出来てしまった！　結果オーライ！

そしてグラン公爵家は思い通りにいかなくて残念だったわねー！　ザマァ！


晴れて貧乏男爵家から自由になった私は、働き口が多いという理由から領地には戻《もど》らず、そのまま王都に居残り働くことにした。

どこで働こうかな、パン屋さんとか憧《あこが》れるよねー。でも、手堅く稼ぎたいし、手に職をつけるのが一番かな。どこかに弟子《でし》入りしたいな。

いろいろ思案しつつ見て回った結果、私はこぢんまりした商会の事務手伝いに採用され、働くことになった。

元貴族なので読み書きは出来るし、作法も（まったく知らない平民よりは）出来るし、ヘコヘコするのは得意中の得意です！　給料は安いのかもしれないけれど、その代わり空き室を貸してもらえたので家賃無料で住めたのよ。めっちゃ助かる！

ここで事務スキルを磨《みが》いて、ある程度お金が貯《た》まったら、もう少し大きな商会に移ろうっと。

商会でも、培《つちか》った愛嬌《あいきょう》スキルを気前良く振《ふ》る舞《ま》いながら、せっせと働いた。おかげさまで、みんなの人気者です！

「貴族だからお高くとまっているかと思ったのに、誰にも丁寧《ていねい》に応対するのね」

と、感心されたので、

「下位貴族は、高位貴族に理不尽《りふじん》な仕打ちをされても愛想良くしていないと、大変な目に遭《あ》うんですよー。ですから、愛嬌は必須《ひっす》スキルです！」

と答えています。

みなさん、私の貧乏貴族時代の語りを聞くと同情してくれて、いろいろ奢ってくれたりするので平民になってよかった！　と心から思う。


……だけど、平穏《へいおん》な日々は長く続かなかった。平民ライフを満喫《まんきつ》し、楽しく過ごしていたある日、困った顔をした先輩《せんぱい》に声をかけられたの。

「プリエちゃん、なんか、偉《えら》そうな人が会いに来たんだけど……」

ハイ？　偉そうな人って、何？

振り向いた私の目に飛び込んできたのは、私が平民になったきっかけをくれてありがとうございました、の、廃嫡《はいちゃく》になった公爵家の坊《ぼっ》ちゃんだ。

怒《いか》りの形相で私を睨《にら》みつけながら叫んだ。

「プリエ、よくも騙《だま》したな！　お前のせいで、私はどん底に落ちたんだぞ！」

…………。

私はしばらくフリーズした。せっかく雇《やと》ってもらった商会に乗り込んできて、何をわめいているのだこのバカは。

ちょっとして、ようやく気を取り直した私は、スンとした顔で静かに言った。

「濡《ぬ》れ衣《ぎぬ》を着せないでください。私は『貴方《あなた》の婚約者との逢瀬に私を連れて行かないでくれ』って頼んだのに、なんで婚約破棄とか叫んでいるんですか。バカじゃないですか？」

「なっ⁉」

バカが絶句した。初めて私に言い返されたからなのか、目と口をまん丸くしている。

私はさらに冷たく突き放した。

「いい迷惑《めいわく》です。……そもそも、婚約者がいるのに私を連れ回すなんて、どんだけ非常識なんですか。私は貴方に婚約者がいるなんて知らなかったし、姫さまも私を貴方の子分だって認識していたから大ごとにならなかっただけで、普通《ふつう》なら貴方こそ浮気《うわき》をする不埒者《ふらちもの》として、即《そく》、婚約破棄されている立場でしょうが。確かに貴方は私よりも偉かったけど、姫さまよりは偉くないんですよ。なのに、なんで彼女《かのじょ》にあんなに威張り散らしていたんですか？」

私の言葉を聞いたバカは真っ青になった。

その後、真っ赤になって怒鳴《どな》ってきた。

「ふ、ふざけるな！　お前は私を最高だと、褒めたたえていただろうが！　必死で媚びて私の気をひこうとしているお前を憐《あわ》れに思って、情けをかけて婚約者にしてやろうとしたのに、なんだその言い草は！」

「私は等しく全員を最高だと褒めたたえていましたよ。勘違いしたのは貴方だけですね」

バッサリと斬《き》り捨てた。

ついでにトドメも刺《さ》しておいた。

「そして、うぬぼれも大概《たいがい》にしてください。私が貴方に気があった？　……冗談《じょうだん》じゃありませんよ。

私は貴方に『好きだ』なんて言ったことはおろか思ったことすらないですし、そもそも貴方は私の結婚相手の条件から外れています。威張り散らして金を使うしか能のない男は、結婚の条件に当てはまりませんし、私の好みでもありません」

最後に、シッシッと手を振った。

「仕事の邪魔《じゃま》をしないでください。――唯一《ゆいいつ》感謝しているのは、両親が私を勘当せざるを得なかったことですね。おかげで私は、あの貧乏男爵家から逃《のが》れて平民になれましたよ、ありがとうございました。では、さようなら」

そこまで言ったら、イディオ様お得意のギャン泣きが出た。

六つも下の姫さまに泣かされているのを見たときは正気かこの男、って思ったわよ。まぁ、私も姫さまには泣かされたけれど。

私たちの様子を呆《あき》れた顔で見ていた上役が、

「――アレは、誰なんだ？」

と聞いてきたので、最適解を言った。

「平民です」

バカはつまみ出された。

良いお召《め》し物だったので、貴族と勘違いして先輩は案内しちゃったんだろうな、と察した。

――あぁ違うか、いばりくさってたからか。残念ながら平民ですよ。あのバカも私と同じく勘当されたから。

また来るかわからないけれど、次からは出禁になるでしょう。さようなら。もう二度と会わないでしょう。

……ところがどっこい！　あれからというもの、もう二度と会わないと思っていたイディオ様は、私につきまとうようになったのだった。

商会に何度も押しかけその度《たび》に叩《たた》き出され、待ち伏《ぶ》せされてワケのわからないことを怒鳴るので、冷静に言い返したらギャン泣きされ……。

なんなのコイツ！　マジうぜぇ！

何度も繰《く》り返され、いい加減ブチキレたので憲兵に突き出してやった。

憲兵に捕縛《ほばく》されながらもギャンギャンと、

『自分はすごい』『お前は悪女だ』

とか吐《ぬ》かすので、思いっきり冷たい目で見ながら吐《は》き捨ててやった。

「もしも、アンタが自分が思うほど素晴らしい人間ならさ、たとえ平民になろうがどんなにどん底だろうが、自力でなんとかするんじゃないの？　なんで人のせいにしてんの？　私は別に立派な人間じゃないけど、平民になってもちゃんとやってるけど？　――立派だって思ってんのは自分だけじゃん。私だって、借金抱《かか》えた貧乏貴族じゃなかったら、アンタに思ってもいないことを言って褒めたたえたくなんかなかったよ！」

バカは硬直《こうちょく》した後、得意のギャン泣きを披露《ひろう》しながら連行されていった。バイバーイ！

捕《つか》まったせいか、ぱったりと見なくなった。

あら、意外とつきまといも長い間牢屋《ろうや》に入れられる犯罪なんだ、って思ったわ。ようやく落ち着いて、平穏かつ安定した暮らしを送れるわ！

——そう思ったのは、つかの間だった。

なぜか私は今、バカと一緒《いっしょ》に王都を出て、姫さまを追いかける羽目に陥《おちい》っています。現実逃避《とうひ》したい。

……なぜこんなことになったかというと……。

忘れかけた頃《ころ》に、またバカが現れたのだ。

後日、「謝《あやま》ろうと思った」とか吐かしやがったが、信じられるか！

思いきり嫌《いや》な顔をした後、無視をして歩いていたら「おい」と声をかけてきて、腕《うで》をつかまれたのよ。

もういい加減ブチ切れて突き飛ばしたら、バカは歩道から車道に転げ落ちたの。

そこにかなりのスピードを出した馬車が突っ込んできて……。

そこから先は遅延《ちえん》の魔術にかかったかのような感覚だった。

バカは、馬車に当たって思いきりはねた。そして、石畳《いしだたみ》に叩きつけられる。

首や手や足が変にねじれている。あ、これ即死《そくし》だよね。

相手が悪いは通用しないだろうな。はた目には声をかけられただけだから。

私は犯罪者になってしまった、貧乏貴族に生まれ、必死に媚びて、ようやく幸せをつかんだと思ったのに。

私の人生ってなんだったの？　——そう絶望したとき、私とバカの身体《からだ》が光った。

そして私は気絶した。

目を覚ましたら、知らない天井《てんじょう》が見えた。

身動《みじろ》ぎしたら、そばにいた看護師さんがそのまま寝《ね》ていてね、と声をかけてきた。そして外に出ていった。

しばらくすると医師と高位貴族らしき人たちが入ってきて、まず、医師に気絶してからの出来事を語られた。

気絶した私は、駆《か》けつけた憲兵の手によって救護室に運ばれ、ベッドに寝かされたそうだ。

診断《しんだん》結果は魔力欠乏。一気に魔力を使い切ったことによって、意識を失ったということだ。

……なぜ、魔力欠乏を起こしたんだろ……？

不思議に思っていると、医師から高位貴族らしき人たちにバトンタッチ。

高位貴族らしき人たちにいろいろ尋問《じんもん》された。

質問が終わると、医師から動いていいという許可が出て、私は救護室を後にし、騎士団に囲まれて護送された。

あぁ、さようなら私のつつましやかな人生……。あのバカのせいで犯罪者になってしまうなんて！

処刑《しょけい》されてもされなくても、バカの一族を呪《のろ》ってやるからな！

とか、ふつふつと怨《うら》みを抱《いだ》きながら護送車が着いたので降りると、そこは王宮の門の前でした。

ええ、え？　何？　どういうこと⁉

騎士団の人たちに案内されて王宮に連れてこられたら、間違いなく偉い人たちにぐるりと取り囲まれたよ。最終的には陛下まで！　いったい何が起きているの⁉

偉い人たちは、呆然《ぼうぜん》としている私に現在の状況《じょうきょう》や事情を説明してくれた。

まず、バカに怪我《けが》はなかったそうだ。

思わず「は⁉」と叫んでしまったら訂正された。正確に言うと、怪我が即治ったということだった。

そこから衝撃《しょうげき》の事実を語られた。

実は私の家系、ルミエール男爵家には時々光魔術――しかも稀少《きしょう》な回復魔術の遣《つか》い手が現れるのだそうだ。

何度も爵位返上を願い出ても許されなかったのは、稀少な魔術師が出る一族を平民にしておくといろいろと大変なため、ということだった。

私は、自分の身に降りかかってきた災難に放心した。

私じゃなかったら、勘当された身としては「あっそう、ふーん」で終わる話だったのだが、よりにもよって私に出現した。出現してしまった。バカを治してしまった。

私は、ルミエール男爵家の次期当主に指名されたのだ。


私は泣きながら抵抗《ていこう》した。

念願かなって平民になったのに、なんで貧乏貴族に逆戻《ぎゃくもど》りしなきゃなんないんだよ⁉　不敬罪だろうが知ったことか！　そもそもが、バカがつきまとってきたのが悪いんだ！

さかのぼって公爵家まで責めたてたら偉い人たちは私の狂騒《きょうそう》に困惑《こんわく》し、顔を見合わせた。

一人が進み出て、私をなだめるように、

「少々お待ちください。ただ今協議いたします。決して悪いようにはいたしませんので、ご安心ください」

と、説得してきた。

しゃくりあげながらもうなずくと戻っていき、陛下も含《ふく》めて何やらごにょごにょと相談している。

陛下は何度かうなずき、ほどなくして結論が出たようだった。

再度、偉い人たちが先ほどと同じ位置につく。

開口一番に、『ルミエール男爵家の借金をすべて帳消しにし、さらに私の能力発現の祝い金をくれる』と言ってくれた。

さらには、婚約破棄騒《さわ》ぎの非は私ではなくグラン公爵家にある、とその場で裁定が下り、お詫《わ》び金が公爵家からルミエール男爵家に支払《しはら》われることにもなった！

……今更《いまさら》感がすごい。

ただ、私の次代くらいまでなら超《ちょう》貧乏暮らしからオサラバ出来るほどの、目玉が飛び出すような金額をもらえることになったので、いろいろ帳消しにしてあげようと思った。

現在のところ収入よりも支出が多いので、どのみち先細りではあるんだけど……。借金を作らないと誓《ちか》いつつ、手堅い商売をこれから探せばいいよね。

そして！

もう二度と見栄のためのお金は使わない。誰が何と言おうと使わない。それに使うなら、爵位を返上する、そう言おう。

と、誓いつつ素直《すなお》に喜んだ。ここまではね。

それなら男爵家に戻ってもいいかもー。……なーんて考えていたら、とんでもない追加の辞令が飛び出してきた。

『パシアン姫をサポートする』という役目を仰《おお》せつかったのだ。しかも、私がこうなった元凶《げんきょう》であるバカと一緒にだ。え、それってどう考えても罰《ばつ》なんですが？

あとさ、サポートってなんですかね？　遊び相手のことかな？　ヤだよ昆虫《こんちゅう》も爬虫類《はちゅうるい》も両生類も嫌いだもん。

……とかボーッと考えていたら、すごいことを聞かされた。

なんと！　姫さまは今、冒険者《ぼうけんしゃ》になって旅をしている最中だとか。

マジですか？

出会った当初からやんちゃな子だとは思っていたけれど、そこまでやんちゃだったか～。しかも、冒険者ですって？　……さすが王族。収入なんて気にしたことがないから一番収入が不安定かつ割に合わないのを選んだか～。

……と、冷めた頭で考えていた。いや現実逃避だわ。

なんでバカと一緒なのよ？　あんなん護衛にもなんないだろ。普通に騎士をつけてほしいわ。

「あの……お言葉ですが、イディオ様はパシアン姫に負ける実力ですよ？」

恐《おそ》る恐るといった雰囲気《ふんいき》を出しつつ、私はズバンと進言した。

イディオ様は確かに、学園では強い。

でも私は、イディオ様がやんちゃな姫さまに負けて、泣かされていたのを知っている。

つまり、型通りの戦いでは実力はあるけれど、それが通じない場合は六つ年下の幼女に負ける弱さなのだと判断した。

そんなんに、私の護衛をさせるなんて、普通に嫌でしょ。というかさー、パシアン姫だって嫌でしょ。パーティで婚約破棄をやらかした奴《やつ》と、出任せとはいえ、『コッチに乗り換《か》える』って言われた相手だよ？　私なら嫌だよ。


すると、王様が口を開いた。

「理由を教えよう。……だが、ここだけの話として胸にとどめ、決して口外しないように」

私はギョッとして、慌《あわ》ててうなずき頭を下げる。

「パシアンは、勇者である可能性が非常に高いのだ」

私は硬直する。

え、マジで？

……もしかして姫さまがあんなにやんちゃだったの、勇者だからなの？　なるほど、それで虫とか蛙とか蛇《へび》とか素手《すで》でつかんで棒きれを振り回す子になっちゃったのか～。

同情していいのかわからないけど同情しておこう。かわいそうに、もし普通の王族だったら、おしとやかなお姫さまでいられたかもしれないのにね……。

と、混乱してとんでもなく失礼なことを考えている私に向かって、さらに王は語る。

「パシアンがイディオを勇者の供として鍛《きた》えていたことと、そなたに勇者の供としてふさわしい回復魔術が顕現《けんげん》したこと、これらは、そなたとイディオが勇者の供として運命付けられていると判断した。ゆえに、勇者パシアンを支える供として指名する。――プリエ・ルミエール男爵令嬢よ、第三王女パシアンの供として、イディオとともに旅立つように」

──あぁ、なるほどね。納得《なっとく》は毛ほどもしていないけれど、合点《がてん》はいった。姫さまのあの態度だ。虫や蛙を捕まえては私たちに触《ふ》れさせようとした行為《こうい》、あれらは姫さまが供を選び、慣れさせようとしていたんだ。そういえば時折そんなことを言っていた。慣れる気なんてない！　って、あのときは思っていたけれど。

……でも、今後は慣れるしかないんだろう。

陛下の厳《おごそ》かな命令を聞いた私は、諦観《ていかん》して頭を下げた。

「謹《つつし》んで拝命いたします」

次に、偉い人たちが遠い目をした私にいらん追加情報を語ってくれた。姫さまが、あぁなっちゃった一端《いったん》をだ。

歴代最強のやんちゃ姫さまになっちゃったのは、彼女の護衛騎士の影響《えいきょう》なのだとか。

あの世話役……じゃなかった、姫さまのやんちゃにいつも苦笑いしていた護衛騎士の彼は、前職がかなり強い冒険者だったそう。

騎士団長がその強さに惚《ほ》れ込みスカウトして、彼は冒険者を引退して騎士団に入団したとか。

彼が他の貴族の団員に侮《あなど》られないように箔《はく》をつけ、ついでにマナーも覚えさせるために考えた策として、パシアン姫の護衛騎士に任命したそうなのだが……。

姫さまの方が彼に影響されてあんなんなっちゃったと！

そもそも、王族の女性の護衛騎士は間違いのないよう同性の女性が複数人で勤めるはずなのに、異性の、しかも平民の元冒険者一人だけとかあり得ない事態だそうよ。

それを聞いた私は思わず、騎士団長らしき鎧《よろい》を着た、ガタイの良い男性を見た。私だけじゃなくて皆が一斉《いっせい》に見たため、騎士団長は縮こまっている。

騎士団長は汗《あせ》をかきつつ弁解した。

――当初、すぐ交代させるつもりだったけれど、交代するはずの者たちが怪我で退職したり子どもが出来て退職したりしてしまい、適任者がいなくなってしまった。

女性騎士が入団しても訓練中に怪我をして休職したり等、なかなか育成がはかどらない。

護衛を増やそうにも、今までにない魔物の群れの討伐《とうばつ》や処理に追われて人手不足のため後回しになり、今日に至った……とのことだった。

そして、姫さまが一時的であろうともイディオ様に勝っているのは、その元冒険者の手ほどきがあったからだそうな。

騎士とは、集団行動が基本。個々の強さより、統率《とうそつ》された動きが出来る方が望まれる。

ただ、戦況によっては個々の強さも必要で、あの護衛騎士の彼はその、『個々の強さ』を求めてスカウトした者なので、実力は折り紙つきらしいよ。彼一人で騎士団員複数人分の働きになる、と騎士団長が言い切っていた。

つまりは『姫さまは通常より強いので、普通の貴族の坊ちゃんでは勝てません』っていうことが言いたいみたいね。

だとしても、こちとら学園を中途退学、ついでにイディオ様もそうなワケよ。いっくら供に選ばれたと言ってもさ、頼《たよ》りなさ過ぎない？　貴族令嬢子息が二人だけで旅立つのだって無謀《むぼう》すぎるって思うし。

姫さまが通常の幼女より強いのはわかったけど、なら姫さまに勝てる騎士を私の護衛兼《けん》姫さまの供につけてくれと言いたい……というか言っちゃったんだけど、そしたら騎士団長が、「今は姫さまの護衛を増やせないほど人手不足でして……」とモニョモニョ弁解していた。ソウデスカ……。

勇者のサポートにも人員が割《さ》けないほどなんですね。よく分かりましたよ！

姫さまのサポートを正式に受諾《じゆだく》した私は、そのまま王宮に留《とど》まり教育されることになった。

魔術の基本のキ、そして基礎《きそ》的な回復魔術を徹底《てってい》的に朝から晩まで教わる生活だ。

勉強は苦手だけど、仕事だと思えば苦ではない。

何よりこの勉強は自分の身に返ってくるので、身を入れて学んだ。それに、三食付きで豪華《ごうか》なお部屋に泊《と》まれるしね！　むしろ天国！

どのくらいかかるかと思ったら、二十日ほどで終了《しゅうりょう》してしまった。

光魔術は遣い手が少なく、さらには遣い手によって系統が変わってしまうので、これ以上は魔術書（それこそご先祖様が書いた教本）を読みつつ実践《じっせん》を重ねてコツをつかんでいくしかない、ということだった。

まぁ、その辺りはどうでもいいのよ。

先立つモノは金！　金さえあればだいたい片づく！　が、私のモットーなので、めっちゃ訴えて豊富な支度金《したくきん》をもらった。その他、姫さまのサポートは護衛騎士扱いということになり、その給料が出ることになったのよ！　やったね！

だが、この程度で丸め込まれる私ではない。

だってさ、次期男爵家当主に任命しておきながら『人手不足』とかいう世知辛《せちがら》い理由で護衛なし、さらには私を苦境に立たせたバカと一緒に旅をするって話だよ？　ゴネてもいいよね？

もう一声！　と、私はさらに粘《ねば》り、姫さまと合流したら侍女《じじょ》として仕える約束で、さらに下級侍女の給料も上乗せしてもらった。よっしゃー！

むしろ、合流したらコッチがメインだね！　侍女として、やんちゃ姫さまをマトモな姫さまにキッチリ更生《こうせい》させたる！

だいたいさぁ、回復魔術って稀少中の稀少らしいけど、この世には〝回復薬〟というモノがあるじゃないの。ありがたがる気が知れないよ。

あ、そうそう。実は私、ありがたみがさっぱりわからない回復魔術だけしか使えないわけじゃないのよ。王宮で習っている過程で、他の魔術も使えるのが判明したの。まだ誰にも言ってないのだけれど。

その名も、生活魔術！

これがまた、超便利!!　私、魔術に目覚めて良かった！

とはいえ、まだまだ魔力が足りないんだよね～。

回復魔術は一度使えば気絶するし、他のも数回使ったらもう使えない。

魔力を上げるにはひたすら使うしかない、って聞いたので（筋肉か？）魔力をあまり使わないような魔術をちょこちょこ使って魔力上げの訓練をしている。

これは毎日の訓練しかないから焦《あせ》ってもしょうがないし、旅の道中にやってればいいかって思ってる。

ちなみに、同行する予定のバカは冒険者ギルドに放《ほう》り込まれ、冒険者のイロハを教わっているらしい。

冒険者はかなり荒《あら》っぽい。あの、承認欲求の塊《かたまり》みたいなやつが無事でいられるのか？　と、一瞬《いっしゅん》思ったけれど、むしろあの伸《の》びきった鼻をベッキベキに折って真っ平らにしてほしいので、冒険者のみなさま、どうぞよろしくお願いいたします。


そろそろ出立しようかな、と考えたとき。

「へ、陛下⁉」

前回間近で見たから間違いようもない、我《わ》が国の王様が目の前に立っていた。

「そろそろ出立すると聞いたので、お願いがあって寄ったのだ。楽にしていい」

ふ、フットワーク軽いですね。私は超ビビってますよ。

「これを、パシアン……いや、護衛騎士が今は持っているかもしれぬな……どちらかに渡《わた》してくれ」

陛下が、布に包まれた何かを手に持って差し出してきた。

わりと大きめで、私の両手で包み込めるくらい。

「……ええと、これはいったい……」

陛下は逡巡《しゅんじゅん》していたが、少し話してくれた。

「……これは、勇者の剣にはめ込まれていた宝石になる。とある理由で、勇者の剣とは離《はな》して管理していたのだ。……パシアンが出立する際に持たせようか悩《なや》んだが、結局渡せなかった。もし渡したら、危険な旅をしそうでな」

分かります分かります、勇者の剣があるから多少の無茶をしてもいい！　って思いそうですよね。思わずウンウンとうなずいてしまい、ハッと気付いて慌てて頭を下げると、陛下は笑って許してくれた。

……良かった！　陛下、優《やさ》しい！

「パシアンと仲良くしてくれていたようで何よりだ。父として礼を言う。……ついでに頼まれてやってくれ。これを、パシアン、もしくは護衛騎士に」

私はためらい、奏上した。

「……無事にパシアン姫のもとにたどり着けるかわかりません。そして、いつたどり着けるかもわかりません。騎士団の方に命令した方が確実かと……」

すると、陛下が首をゆっくりと横に振った。

「プリエ嬢《じょう》。君はパシアンと縁《えん》がある。ここで光魔術に目覚めたのは、君とパシアンに縁があるからだ。……王家はそういう迷信のような話に乗って動くものなのだ。それに、もし君の手で渡せなかったのなら、それでいい。その時は、これは必要なかった、ということだと考える」

……ということは、さほど重要ではないアイテムであり、宝石なんだな。

ちょっと気が楽になった。

「そうなんですね……。理解出来ました。では、お預かりします」

陛下から包みを受け取ると、ほのかに温かい……気がする。陛下の手の温度で温まったのか？

「身につけておくといい。それは、魔術の効果を増幅《ぞうふく》するそうだ。歴代の勇者候補も使っていたから輝《かがや》きも失《う》せ、もうあまり効力が残っていないかもしれないが、それでも多少は期待できるだろう」

へぇー！　さすがは勇者の持ち物、伝説のアイテムね！

もうほぼ効力がないってことだけど！

私はしげしげとそれを眺《なが》めたあと、

「お二人に届けることが出来るよう、努力いたします」

と、確約せずにお辞儀《じぎ》した。いや、無理かもだから言質《げんち》を取らせないわ。

「このことは内密にしておいてくれ。――そして、パシアンをよろしく頼む」

と、陛下は父親の顔になって私の肩《かた》を叩き、来たとき同様そっと去って行った。

……つまりはコレ、重要アイテムじゃないってことよね？　ね？

信じてるわよ陛下！


では、お金ももらったし旅支度も終えたので、護衛にもならないバカは冒険者のみなさまにお任せしよう。何やら密命も帯びたし、一人の方が安全よねー。

バカを見限り姫さまを追いかけようとしたら、

「……おい！　お前、なんで勝手に行こうとしてるんだ⁉」

なんと。

バカが現れた。

「チッ」

「今、舌打ちしたのか⁉」

バカがわめくのを無視し、上から下までねめつけた。

このバカ、いかにも『貴族の坊ちゃんが冒険者の装《よそお》いをしました』って格好《かっこう》をしている。一発で盗賊《とうぞく》に目をつけられそうよね。

私、こんなんと一緒に旅をしないといけないワケ？　むしろ一人旅より危険なんですけどー。

私ははぁ～っとため息をついてから聞いた。

「……まさか、本気で姫さまを追いかける気？」

「当然だ！」

バカが憤ったが、当然ではないだろう。

私はバカを横目で睨む。

「アンタの軟弱《なんじやく》さで、冒険者なんか務まるワケ？　アンタ、野宿とかしたことないんでしょ？　私は貧乏だったからまだ耐えられるけど、アンタは生まれてから恵《めぐ》まれたおうちで贅沢三昧《ぜいたくざんまい》だったじゃん、無理じゃん」

バカ、それはわかっているらしい。

すさまじく懊悩《おうのう》している顔で私に言い返してきた。

「…………そんなことは知っている。だが、それが私の使命なのだから、しかたがないのだ」

「大きな勘違い」

私はバッサリ切り捨てた。

「私はもう逃れられないし、たんまり金をくれるって話がついたんで姫さまが飽《あ》きるまで付き合う、ってことになったわけ。姫さまのお付きの護衛だって、給料が出るからお姫さまに付き合ってんのよ。アンタ、そういうのないんでしょ？」

私の言葉にバカがショックを受けた。

「お坊ちゃまと一緒の旅なんて、足手まといが増えるだけだから。なら、私一人で向かったほうがマシ。アンタが行きたいなら勝手にすればいいけど、私は私で行くから。ついてこないで」

「そういうわけにはいかん！」

あァん？　って思って振り返ったら、懐《ふところ》から紙を取り出し、私に突き出した。

何よそれ、って見たら命令書だった。

……バカが、私とともに、姫さまのもとに向かう、って書いてある。がーん！

ショックを受けた私を見ると、バカは優越《ゆうえつ》感を湛《たた》えた顔で私に宣言した。

「これでも、冒険者の連中からそこそこ仕上がったと言われている！　お前を守ってやろう。私とともに行くのだ！」

おい、冒険者ども。コイツの鼻っ柱を折ってくれたんじゃなかったのかよ。

「いらない！　うざい！　……いい⁉　私は稀少な能力を発現した次期当主なの！　アンタがどんだけ自分を『俺《おれ》はスゴイ敬え』って思ってようが、私と同じ能力を発現しなけりゃ、アンタが下なのよ！　わかったら威張り散らすなこの、バカ！」

私が怒鳴ったら、バカはまたショックを受けた。

バカを無視して歩き始めたらついてくるし。

「ホントうざいんで、離れてくれる？」

私はシッシッと手を振ったら、バカが言い返す。

「これは、勅令《ちよくれい》だ。私だって不本意だが、しかたないのだ。パシアン姫のもとに向かわねばならぬ」

「知らないから。私、アンタのこと嫌いだから」

ズバンと言ったら、またまたショックを受けた顔をしたあと、ギャン泣きした。

よし、この隙《すき》に逃《に》げよう。

サカサカと早足で泣くバカに背を向けて去った。

そしたら、泣きながら追ってきたし！

振り向いて私は叫んだ。

「ついてくるな！」

「ヤダ！」

ヤダじゃねーよ！

私、プリエ・ルミエール。男爵家の第一令嬢でした……が、一時期平民、現在は次期男爵家当主です……。

元公爵家令息だったバカを罵《ののし》りつつ、姫さまを追いかけることになりました。

＊

〈幕間《まくあい》　イディオ・グランの事情〉

私はイディオ・グラン。

グラン公爵家の一人息子で次期当主だった男だ。

私は物心ついた頃から神童の呼び名が高く、何をやっても一番だった。それゆえ、常に賞賛を浴びていた。

そんな、誰もが褒めたたえるほどに素晴らしい私なのに、私の婚約者に選ばれたのはとんでもない娘《むすめ》だった。

名前はパシアン・ドラミトモン。ドラミトモン国の第三王女だ。

私が十一歳《さい》の頃に当時五歳の彼女との婚約の話が持ち上がった。

家柄《いえがら》はまぁまぁ良いだろう。だが、幼女と婚約など馬鹿《ばか》げている。

「幼児の相手など出来ん！」と告げたら、私にしては珍《めずら》しいことに両親からたしなめられた。

「いつかは皆、大人になるのよ」

「私たちだって子どもの時はあったのだよ」

と。

……確かにそうだろうが、肝心《かんじん》なのは今なのだが。

今思い返せば、私もそれなりに子どもだったのだろう。両親からそんなことを言われてふてくされてしまった。

そして、その八つ当たりをパシアンにしてしまった。

――あぁ、最悪の出逢《であ》いだった。私も幼女に当たり散らしたのは大人げなかった。

だが！　泣かすことはないだろう⁉

最初の会合のとき、離宮のガゼボにて待ち合わせたのだが……。

内心面白くないが、それでもどんな姫かと期待していた私の前に現れたのは、背の高くなかなか強そうな騎士……が脇《わき》に抱えている幼児だった。

幼児は泥だらけで、棒きれを持っていた。

何事かと身構える私たちに騎士は一礼し、ため息をつくと言った。

「大変お待たせして申し訳ありません。パシアン姫を連れてまいりました」

――このときの、私のショックがわかるだろうか？

父上も母上も笑顔がひきつっている。いや、ひきつってくれなければ困る。

私は、こんなのと婚約するのか？　――無理だ。

思わず父上と母上に、すがるような視線を送ってしまった。

すると、母上が私を見て、優しく微笑《ほほえ》み、聞こえないほどの小声でこう言った。

「イディオの好きにしなさい」

父上も、微笑みながらうなずいてくれた。

父上と母上も、この幼児は私の手に負えないと思ったのだろう。

だが私は、その母上の言葉で逆に火が点《つ》いてしまった。

……そう。この幼児は今後もらい手などつかないだろう。

だが、この私にかかれば淑女《しゅくじょ》に仕立てあげるなど造作も無いこと！　私が彼女を立派な公爵夫人にしてみせよう！

私が決意しているさなか、騎士は人形を置くように幼児を座《すわ》らせて、

「おとなしく座っていてください。ここでお菓子《かし》が食べられますからね。――ホラ、この棒剣は私

が預かっておきますから、そこの男の子と仲良くしてくださいね」

と、諭していた。

決意した私は、幼児に向かって言い放った。

「私はイディオ・グランだ。お前は第三王女のくせになぜ棒きれを持っている⁉　そして未来の夫と会うというのになぜ身支度を調《ととの》えていない⁉　今後は私の言うとおりにしろ！　常に私の後ろに付き従い、私の言葉を至上のものと思え！　でなければ、力ずくでわからせてやるぞ！」

――うん、ちょっと脅しも入ったかもしれない。

だが、あくまでも脅しだった。

そうしなければパシアンは従わないと直感的に思ったからだ。

……まぁ、両親から説教された上で会ったら、ガッカリにガッカリを重ねた姫だった、という八つ当たりも過分にあったが。

場が凍《こお》ったのはわかったが、これは脅しだ、とあとで両親と騎士には弁解するつもりだった。

次のパシアンの行動がなければ。

私が話すまではボーッと座って菓子をみつめているだけだったパシアンは、私の発言を聞いた途《と》端《たん》キラリと目を光らせ、椅子《いす》からテーブルの上に飛び乗り、さらにテーブルからジャンプして私の顔の正中めがけて棒きれを打ち据《す》えたのだ。

騎士は棒きれを取り上げなかったのか⁉　やーやー言って嫌がったからって甘《あま》やかすな！

と、後になって思ったが、私は打ち据えられた衝撃で頭が真っ白になっていた。

――いつの間にか馬車に乗り、帰途《きと》に就《つ》いていた。

どうやら私はあれからギャン泣きして、両親は大声で泣く私を連れてそのまますぐ離宮を去ったらしい。

この件がきっかけとなり、以降私は衝撃的なことが起きると頭が真っ白になり、気づいたら大声で泣くようになってしまったのだった……。


それから数年。

私はパシアンに負け続けた。

両親は「もう婚約を解消していいから」と言ってくれたが、負けっぱなしはこのイディオ・グランの名が廃《すた》る!

……いや、さすがに腕力《わんりょく》で幼女に勝つのはどうかと思うので控《ひか》えるが、どうにかしてパシアンに私がすごい奴だと認めさせたかったのだ。

そこに現れたのが、プリエ・ルミエール男爵令嬢だった。

私という人間を理解し、褒めたたえる。

気に入ったのでそばに置いてやった。

「金がない」というのが口癖《くちぐせ》なので、憐れに思い買い与《あた》えてやった。

善行を施《ほどこ》すのは気分が良いな!

プリエに施しを与えているうちに私はふと、「コイツ《プリエ》はパシアンへの評価上昇《じょうしょう》に使えるのではないか?」と思った。

彼女から私の評価をパシアンに聞かせたら、パシアンも少しは私を見直し言うことを聞くようになるかもしれない、あと切実に避雷針《ひらいしん》がほしい。

……と考え連れていくことにした。

その結果、パシアンはまったく変わらなかったが、避雷針としては使えることが判明した。

プリエも嫌がっていな……嫌がってはいるが、ひきつりながらも笑顔なのでそこまで嫌ではないのだろう。……泣いているときもけっこうあるが……。

私もパシアンの嫌がらせには慣れてきて多少のことでは動じなくなったが、アイツ、顔面に虫や蛙をくっつけようとしたりするからな。そうなると頭が真っ白になってしまうのだ。つまり泣いてしまうのだ……。


最終的に、プリエもパシアンの仕打ちに耐えきれなかった。

泣きそうな顔で、

「イディオ様、もう勘弁《かんべん》してください。離宮には行きたくありません。姫さまの仕打ちに耐えられないのです」

と拒絶《きょぜつ》されたら、さすがに連れていけない。

「……ここまでかな」

と私も嘆息《たんそく》して諦めた。

どうやってもパシアンには勝てない。

だから、婚約を破棄するしかない。

プリエはひそかに私のことを好いているのだろう。なのにパシアンと引き合わせるなど、かわいそうなことをしてしまった。

両親はもともと『好きな女と結婚していい』と言ってくれている。

グラン公爵家は王家の遠縁だが、政治からは離れているため政略結婚をしなくていいのだ。

パシアンは王命だったので受けたが、強制ではなく両者の合意があるのなら、という程度なので婚約は解消してもかまわないはずだと言われていた。

両親に伝えればすぐにでも婚約は解消されるだろうが、それでは面白《おもしろ》くない。なんとかパシアンにひと泡吹《あわふ》かせてやりたいのだ！

大々的に宣言すればあのパシアンでも思うところはあるだろうと、パシアンが珍しく出席したパーティで、私（の名で両親）が贈《おく》ったドレスを珍しく着ているパシアンに、堂々と宣言した。

「王女パシアン！　貴様にはいいかげん愛想《あいそ》が尽《つ》きた！　婚約を破棄する！」

いつも俺にドヤ顔をかましてきたパシアンが呆《ほう》けた顔をしたぞ！

『してやったり！』と、私は初めてパシアンに勝利した歓喜《かんき》に震《ふる》えた。

なのに、次の瞬間勝利の歓喜は消え去った。パシアンが、『やれやれ』と言わんばかりの態度で私を挑発《ちょうはつ》してきたのだ。

負けを認めろ！

私はあまりに頭に血が上ったせいで、支離滅裂《しりめつれつ》なことを言ってしまったかもしれない。だが、どうやっても負けを認めないパシアンが悪いのだ！

どうやって認めさせようかと沸騰《ふっとう》した頭で考えていたら、従者が「旦那様《だんなさま》が、至急お話ししたいことがあるとのことです。ただちにお越《こ》しください」と、私に告げ、グイグイと押してきた。

それどころではない、今一番大事なときなのだ！

放せと抵抗したが、従者の圧がすごい。

囲まれて、移動させられ、控え室まで連れて行かれた。

そこには、真っ青を通り越して真っ白な顔色をしている両親がいた。

さすがの私もパシアンへのこだわりを一時忘れ、両親の顔色の悪さを心配して「どうしたのですか」と、気遣《きづか》おうとした途端。

「何をやっているのですか貴方は⁉」

と母上に怒鳴られた。

母上に怒鳴られたことなど一度もなかった私は、硬直した。

この後、怒りのあまり真っ白な顔色になっている両親から、代わる代わる叱《しか》られ怒鳴られた。今までこれほど叱られたことはなかった、というくらい叱られた。


……その日以降の出来事は、まるで雲の中に入ってフワフワと浮《う》かんでいるような面持《おもも》ちで、まるで現実感がなかった。

だが、現実に起きたことだった。

パーティの後、怒り心頭の両親は私を連れて帰ってきて、すぐに私を軟禁《なんきん》した。

私に反省の色が見えないので表に出せない、ということを言われたのだが……。

確かに言いすぎたかもしれないが、パシアンは気にしていないぞ？　ちょっと驚いていたが、すぐ言い返してきたし。

と、言ったらまた怒鳴られ叱られた。なぜだ⁉

大したことではないし早く謹慎《きんしん》を解いてほしい、と説得するため両親の様子を探《さぐ》っていたら、二人は毎日のように二人で出かけ、ぐったりと暗い顔で帰ってくるので、話す隙がなかった。

それどころか、日に日に憔悴《しょうすい》していく二人の様子を見て、徐々に『まずいことをしたのかもしれない』という気分になってきた。

だが……それでもわからない。

何度も言うが、パシアンは気にしていないぞ？


それから十日ほど経《た》っただろうか。両親に呼ばれたので応接室に向かった。

両親は、すべてを諦めたような顔で、向かい側に座っている。

私は嫌な予感がしつつも、両親の言葉を待った。

「……お前の大失態は、どうやっても取り繕《つくろ》えない。パシアン姫との婚約は、私たちの有責で破棄だ。お前がプリエ嬢を気に入ったのならそれでいい。結婚するといいだろう」

私は父上の言葉が引っかかった。

婚約破棄はいいとして……なぜうちの有責になる？　それだとパシアンが婚約破棄したことにならないか？　そもそも、大失態とは失礼な！　あれは、私が唯一パシアンから奪《うば》った勝利だぞ！

だが、まぁ、プリエと結婚は構わないけどな。私が気に入っているのではなく、プリエが私を好いているので情けをかけてやるだけだけどな！

と、憤りつつも、憔悴した両親にこれ以上負担をかけるのは良くないな、と思いやって、うなずいて見せたら、最後に父上が突き放すように宣告した。

「だが、男爵家に婿入りしてもらう」

…………………は？

血の気が引くとはこのことだろう。

「ど……どういうことですか⁉　私はこのグラン公爵家の嫡男《ちゃくなん》であり一人息子なのですよ⁉　私が婿入りするなんて、おかしいではないですか！」

私は両親にくってかかった。だって、どう考えてもおかしいだろう⁉

「落ち着きなさい！」

と父上に怒鳴られ、私は震えながら二人の話を聞いた。

私は、公衆の面前で王女に不敬を働いた。王女が気にする気にしないの問題ではない、不敬を働いた行為そのものが罪なのだ。

二人きりならまだしも、大勢の前で王女を罵倒《ばとう》したのだ。

それはどうやっても取り繕えない。

本来なら毒杯《どくはい》を賜《たまわ》るところだったが両親が奔走《ほんそう》して、ルミエール男爵令嬢にも責があるとし、また、パシアン姫が気にしていないことも考慮《こうりょ》して公爵家を勘当処分、ただしルミエール男爵家へ婿入りするのならば貴族籍《せき》は男爵相当を残す、という最上級に軽い処分で済んだ、そう伝えられた。

「深く反省しなさい。貴方は今までパシアン姫の寛容《かんよう》さに助けられていたのですよ」

そう説教され、私はうなだれた。

今になって冷静に考えれば不敬だったとわかるが、あの頃は無理だった。というか、あんなんでも王族だったかと、今さら思い出した。

私はしかたなく、謝罪をしに離宮へ赴《おもむ》いた。

あの後、落ち込んで部屋にこもっていた私に母上がこっそりと伝えてきたのだ。

反省したのなら、パシアンが私をかばい鷹揚《おうよう》に対応したことの礼と、恥《はじ》をかかせたお詫びをしてきなさい。そして、もしも公爵家を継ぎたいのなら、再度婚約してくれるようパシアンに頭を下げてきなさい。パシアンは私を気に入っているようだし、パシアンが私の謝罪を受け入れ再度婚約するのならば、私を公爵家当主にせざるを得ないから処分が覆《くつがえ》るだろう、と。

……なんとなくひどい言われようだが納得した。

だが、母上は勘違いしている。確かにパシアンは私を気に入っているだろうが、意味合いがちょっと違う。私とパシアンは好敵手なのだ。

まぁいい、細かいことはともかくパシアンとは再度婚約せねばならないことは理解した。

だから離宮へ赴いて宣誓《せんせい》した。

「パシアン！　今後、私に従うのであれば、再度婚約してやっても良いぞ！」

…………。

…………。

…………。

返事はない。

離宮にはパシアンはおろか侍女も護衛騎士もいなかった。

『よいぞー……よいぞー……よいぞー……よいぞー……』と、木霊《こだま》だけが虚《むな》しく響《ひび》いている……。

その後、現れた衛兵によって私は離宮から叩き出されたのだった。


それ以降、私は何度も離宮へ押しかけたが、誰もいない。

期限が迫《せま》り焦った私は恥も外聞もかなぐり捨てて叫びながら捜《さが》し回ったら、衛兵に捕まってしまった。飛んできた両親が釈放《しゃくほう》してくれたが、また部屋に軟禁されることになった。

結局、パシアンに会えないまま時間切れとなり、私は公爵家から離れ、プリエと婚姻《こんいん》を結ぶことになったのだった。

公爵家に舞い戻れるかもしれない、という希望があっただけに絶望しかかったのだが、私を愛するプリエが満足する……必死でそう自分を鼓舞《こぶ》した。パシアンと違い、プリエは私に尽くしてくれる。それがせめてもの慰《なぐさ》めだ。

なに、私の手腕《しゅわん》でルミエール男爵家をもり立てていけばいい。そう自らに言い聞かせつつ、私と両親はルミエール男爵に会いに行った。

「どうも、遠路はるばるお越しいただきありがとうございます。うちはまったくもって貧乏ですので、本当になんのお構いも出来ませんが！」

ルミエール男爵は、プリエによく似た笑みを浮かべつつ、そしてプリエと似たような言葉で挨拶《あいさつ》してきた。うむ、親子を感じるな。

ただ、慇懃《いんぎん》無礼《ぶれい》な態度で、何か怒《おこ》っているようなのが気にかかる。いぶかしんでいると、次にこう告げられた。

「プリエは勘当しました」

「「「は？」」」

私たち親子は呆けた。

私だけでなく両親も、この展開には驚いたようだ。

「どういうことです⁉」

「なぜ勘当を⁉　イディオが婿入りするという話では⁉」

と代わる代わるルミエール男爵を責める。

「そんなお約束、私どもは決してしておりません。そちらが勝手に決めたことでしょう？」

ルミエール男爵はニコニコしながら突き放すように返してきた。

私と両親は絶句した。

笑顔で怒るルミエール男爵が語るところによれば、プリエはイディオ様……つまり私にだまされた、と言ったらしい。

婚約者の存在も、婚約を破棄することも聞いておらず、またプリエ自身は私との婚約を望んでいない、巻き込まれただけの完全なる被害者《ひがいしゃ》だと憤っていたそうだ。

ただ、巻き込まれてしまったからにはもう男爵家にはいられない、勘当してくれと言われ、しかたなく勘当したのだ、と告げられた。

「――私も、かわいい娘を勘当などしたくなかったのですが……娘はこうなることを予期していたのでしょう。男爵家とは関《かか》わりのない者としてくれと懇願《こんがん》されました。ですので、娘……いえプリエとイディオ様が婚約することに関して、当男爵家とは一切《いっさい》の関わりはございません。どうかお引き取りを」

最後、笑顔の消えたルミエール男爵は吐き捨てるように言った。

私は呆然としながら帰路についた。……いや、もう帰るところは公爵家にも男爵家にもないのだ。

放心する私の肩を叩き、父上が言った。

「こうなったらもうどうしようもない。これは、すべてお前の招いたことだ。周りの声に耳を傾《かたむ》け
もう少し謙虚《けんきょ》になるべきだったのだ。これを教訓に、平民となったら謙虚に生きなさい」

だが私はあまり聞いておらず、じわじわとここに至った原因に思いを馳《は》せていた。

つまり、私は……私こそプリエに騙されたのだ。

私はプリエと結婚することで爵位が保てるはずだった。だが、プリエが平民になってしまったこ
とで私も平民落ちすることになったのだ。

そもそも、プリエがあんなことを言わなければパシアンに婚約破棄など突きつけなかったのだ‼

……いまさらそれがわかったからとて、何もかもが手遅《ておく》れだった。

男爵家から帰ってきたら、両親はすぐさま王都に住む家と当座の金を用意した。私がいつまでも
屋敷《やしき》に居続けるのは違約《いやく》になり重罪になるということだ。

家が用意出来たら金を渡され、追い出された。

父も母も、私にどうしろというのだ……平民の暮らしなどしたことがないのだぞ！

途方《とほう》に暮れ嘆《なげ》き悲しみ絶望しつつも、この元凶となったプリエを捜した。

一言言わねば私の気が済まない。泣いて許しを乞《こ》うたら、私を頼ってきたら、もしかしたら前向

きになれるかもしれない。

そう思って捜し、ようやく見つけた！

フン、貧乏人《びんぼうにん》はいいな、平民に交じってもまるで暮らしぶりが変わらないだろうからな！

周りに愛想をふりまくプリエに腹を立て、勇んで乗り込んだら……。

「バカじゃないですか？」

って言われた！　バカって！　今まで誰にも言われたことないのに！

それだけじゃない。プリエから、今まで見たこともない冷めた表情で見下されたのだ。

あの、かわいかったプリエは……あれは演技だったのか……。

気づいたらギャン泣きしていた。


——どうやら私は失恋《しつれん》したらしい。

と、今さら気づいたが、あの時は気づけず、認められず、元のかわいいプリエに戻ってほしくてつきまとってしまった。

そうしたら憲兵に捕まり、説教された。

「そんなんで、女が元に戻るわけねーだろ？　つーか、女はな、いろーんな仮面を持ってて、その時その時で付け替《か》えてんだよ。それをドーンと受け入れてやるのが男ってもんだろ！」

その言葉に、私はかつてない衝撃を受けた。

……そうか、そうなのか。……その通りだ！

目を見開いた私を見て、憲兵が満足そうにうなずいた。

「理解出来たみたいだな？　なら、ここを出たらキチンと詫びを入れろよ！」

「わかった！　心に刻んだぞ！　恩に着る！」

反省を込めて、しばらく留置所で過ごすことにした。

憲兵から『男とは』という訓誡《くんかい》を説かれ、生まれ変わった私は憲兵に別れを告げて留置所をあとにした。

さっそくプリエのもとへ謝罪の言葉を伝えに向かったら、ちょうどプリエが道を歩いていた。

私は駆け寄り声をかけたが……見事無視された。

だが、今の私はひと味違うのだ！　刮目《かつもく》して私を見よ！

プリエの腕を掴《つか》んだら、物語に出てくるオグレス《鬼女》のような恐ろしい表情をしたプリエが私を思いきり振り払《はら》った。

私は振り払われた勢いよりもプリエの表情に恐れおののき、思わず後退《あとずさ》りし……。

「あっ⁉」

石畳の段を踏《ふ》み外してしまった。

後ろ向きに倒《たお》れ転がり、そこに馬車が突っ込んできて……。

激しい衝撃を受け、私は物のように弾《はず》み石畳を転がり、痛みを感じる間もなく意識を失った。

＊

「……生きている」

恐らく医療室《いりょう》らしきベッドで目を覚ました私は、不思議に思ってつぶやいた。

あれだけの怪我をしたのだ、あちこち折れて動けないかと思ったのだが……。

手を持ち上げて眼前にかざしたがなんの問題もない。なんなら痛みも無い。包帯すら巻かれていない。

「……夢だったのか？」

もしや、今までのことすべてが夢だったのだろうか。ならば、私は……。

「あら、目を覚ましましたか？　ちょっと待っててくださいね」

目を覚ました私に気づいた看護師がやってきて声をかけ、退室した。

再びドアが開くと、医者を伴《ともな》って現れた。

医者だけでなく、他にも貴族……王宮に仕える文官のような者たちがいる。

医者が声をかけてきた。

「気分はどうだね？　はねられた記憶《きおく》はあるかな？」

残念ながら、夢ではなかったらしい。

私は医者に問われるままに答え、それを文官たちがメモしていく。

問診《もんしん》と触診《しょくしん》が終わり、医者と文官たちが何かを話した。

「記憶も問題なく、完全に完治しております。どこにも不具合は見当たりません」

「わかりました。診察ありがとうございます」

医者と看護師が去ると、文官たちが私を囲んだ。

「平民のイディオ。貴方は、回復魔術にて奇跡《きせき》的に命をつなぎました」

「は？」

いきなり告げられ、私は混乱した。

「プリエ・ルミエール男爵令嬢が、光魔術に目覚めました。即死でもおかしくなかった貴方が怪我一つ無く在るのは、プリエ・ルミエール男爵令嬢が光魔術の中でも稀少な回復魔術の遣い手で、貴方を回復させたからです」

私は目が飛び出すほどに驚いた。

あのプリエが……ひたすら他人にヘコヘコして褒めちぎっていたプリエが、稀少な魔術の遣い手だったというのか⁉

それこそ夢じゃないのかと疑った。だが、夢ではなかった。

問題なく動けると判明した私は王宮に連れて行かれ、そこでもう二度と会うことはないと思っていた両親と再会した。

そして両親から、驚くべきことを聞かされた。

プリエは、陛下からルミエール男爵家の次期当主に指名された、ということだった。

だから、私がプリエと婚姻を結ぶのであれば男爵の位を授《さず》かることが出来るのだが――その可能性が皆無《かいむ》だということは、今や火を見るよりも明らかだ。

プリエのあのオグレスのような表情を見た今では、さすがの私もプリエが私を好いているなどと勘違いはしない。

私が暗澹《あんたん》たるため息をついたら、父上が話を続けた。今の話はまだ前哨戦《ぜんしようせん》だったようだ。

「現在、パシアン姫は護衛騎士とともに冒険者の真似事《まねごと》をしている」

「は？」

もっとおかしな話を聞かされたぞ。

……いや待て、あのパシアンだ。離宮から飛び出してもおかしくはないか、と思い直した。

私が離宮へ謝罪をしに行ったときは、冒険者になるための準備を（護衛騎士が）するため、一時王宮にいたのだそうだ。なんというタイミングの悪さだ……。

そして現在、パシアンは護衛騎士とともに王都を出て、あちこち旅をしているらしい。

それを聞いた私は、ちょっとメラッと燃えるものがあった。

あの姫が、平民の……しかも下層で荒くれ者の集まりという冒険者稼業《かぎょう》に身をやつしているだと？　この私でも、冒険者には手が出せないと思っていたのに？

ふ、フフフフフ……。なるほど、そうか。ならば私もここを出たら、さっそく冒険者に登録して活躍《かつやく》してみせよう！

パシアンに出来て、私に出来ないことはない！

そう決意していたら、さらなる衝撃的な話を母上から聞かされた。

「パシアン姫は、勇者である可能性があります」

「は!?」

今までいろいろと耳を疑うようなことを聞かされ続けていたが、極《きわ》めつきだった。

――母上いわく、供を連れて旅に出て、各地の被害《ひがい》状況などを確認《かくにん》し、必要とあったら魔物を退治する。今まで王族から何名かそのような行動に出る者がいて、いずれも勇者の血が濃《こ》いとされていた。

何代か前のグラン公爵家当主もそうだったらしい。長い視察から帰ってきた後、王室から抜けグラン公爵籍を賜ったという。その子孫が我々なのだと……。

「先祖からの言い伝えでは……。たびたび先祖のように勇者の血の濃い者が現れ、魔王《まおう》の封印《ふういん》の調査に向かい、封印を強化するそうです。ですが、いくら封印を強化しても弱まってしまうとか……。いつか魔王が復活する時が来ますが、その際、勇者も現れるのではないか、ということでした。……近年の魔物の活発化を考えると魔王が復活したかもしれず、そこからパシアン姫が勇者である可能性が導き出されました。そうでなくても、パシアン姫は先祖のように魔王復活の調査に出向かれたと思われます。……パシアン姫がお前にしていたことは、『勇者の供の選別』だったのではないかと考えられるのです」

母上の言葉に私は衝撃を受けた。

私は……アレに耐えられれば、勇者の供に選ばれるはずだったのか……。

膝《ひざ》から崩《くず》れ落ちそうになったが、踏みとどまった。


いいや、私はまだパシアンに負けていない。

公爵家から勘当されても、平民になっても、私は冒険者として活躍して、いつか必ずパシアンに私を認めさせてやる！

虫がなんだ！　蛙がどうした！　すべて叩き斬ってやるとも！

私が新たに決意を固めていると、最後に両親が告げた。

陛下と私の処遇《しょぐう》について再度話し合った結果、今度は婚約者としてではなくパシアンの供として仕えろ、ということだった。

光魔術を発現させたプリエもパシアンを追いかけるので、その護衛の任に付き、プリエを守りつつパシアンのもとへ赴き、合流したらそのままパシアンの護衛となり、旅のサポートをするようにとの命だった。

見事パシアンを守りきれば、『失態が失態ゆえに公爵家当主に返り咲《ざ》くことは無理だが、活躍によっては叙爵《じょしゃく》する』というお言葉を賜ったということだ。

私は、深くうなずいた。

「拝命いたします」

もはや私にとって爵位はどうでもいいものとなったが、その言葉だけはありがたくいただこう。

いいか、私は絶ッ対に、パシアンが認める勇者の供となってやる‼

＊

私は冒険者として登録し、皆に『アニキ』と慕《した》われる先達《せんだつ》に鍛えてもらった。

憲兵の例があったので、平民の漢《おとこ》という者は貴族よりもなかなかに見どころがある者が多いと考えたのだ。

そして、その考えは当たっていた。

アニキはさまざまなことを知っており、私にいろいろと教えてくれた。

「お前、意外と鍛えがいがあるじゃねーか！　ヒョロヒョロのボンボンだと思ってたのによ！」

そんなことを言われバシッと背中を叩かれた。……確かに私の太ももよりも太い二の腕の者に言われたら、うなずくしかないな。

私はもともと剣筋は良かった。これでも、学園でトップの成績を収めてたのだからな。

あとは対魔物戦を意識した戦い方を教わり、パシアンがやっていたような「卑怯《ひきょう》な‼」という手口を教わった。

アニキは戦いの他にも、騙されやすい私に対人用の対策を、いろいろと伝授してくれた。人を見《み》抜《ぬ》くセオリーも教わったのだった。

私はさらにひと皮むけたのだ！

アニキは腕を組み、満足げに私を見下ろして何度かうなずいた。

「よし、冒険者としてはまだまだだが、戦いに関してはそこそこは仕上がってきているぞ！　危険を感知するスキルはかなり上々だし、ようやく騙されにくくなってきたな！」

「押忍《おす》！　アニキ！」

なかなか直らない貴族の言葉遣《ことばづか》いも、少しは砕《くだ》けて言えるようになった。成長しているぞ！

もちろん、考え方も成長している。昔の私なら一人で何もかもを守れるとうぬぼれていただろうが、今の私は己《おのれ》の実力を理解している。

ゆえに、騎士団へ旅のサポートを求めていたのだが、返答の書状が届いたので読んでみた。

『騎士団は、溢《あふ》れ続ける魔物の討伐で、これ以上の人手が割けません。魔物の凶悪《きょうあく》化も、ますます進んでおります。どうしても護衛が足りないと考えるのなら、そちらで冒険者に依頼《いらい》をかけてもらうのが最善策ではないか、と考えました』

……要約すると、そんな感じだ。

冒険者の助力か……。

最初に思いついたのはアニキだ。だが、頼む直前に、王都周辺は魔物の間引きがされているため私一人でもどうにかなる、とアニキが言っていたことと、確かに今のところは一人でやっていけてるなと思い、ひとまず様子を見てからにしようと考え直した。

本当ならアニキに頼み、一緒に旅をしてさらなる教えを請《こ》いたいが……アニキを貴族のいざこざに巻き込むのもためらわれるし、私が元貴族だったと知られるのも恥《は》ずかしい。アニキには、勇者の供として認められてから再会したいものだ。

書状を受け取った数日後、『プリエがもう出立しそうだ』という報告を聞いて、慌てて準備を調《ととの》えることにした。

アニキにもう少し鍛えてもらいたかったが……。しかたがない、後は自分でなんとかしよう。

『パシアンのサポートのため』という名目でなら両親に頼っていい、という許しを得ている。

アニキに鍛えてもらう前の私ならば、「そんな必要は無い！　己のみで出来るわ！」と、突っぱねていただろうが、ひと皮むけた私は『利用出来るなら親でも使え』という言葉を知っている！　おおいに利用させてもらうとしよう！

準備は両親に丸投げした。

両親は快く引き受けすぐ準備してくれた。……が、荷物を使用人から受け取った直後、『プリエが出立した』という連絡《れんらく》が入ったのだ。

おいプリエ、間に合ったがギリギリだぞ！　お前は勅令をなんだと思っているのだ⁉

慌ててプリエを追いかけ追いつき説教した。プリエのようなか弱い……気がする令嬢に旅をさせるのは私も不本意だが、勅令ならばしかたがないので、せめて私と合流し、安全を確保してから出立してほしい。

……だがその後、いろいろショックなことを言い返された。

確かに、野営の経験はまだだった。この近郊《きんこう》での訓練しかしていない。

だが、私はすでに覚悟《かくご》を決めている。虫や蛙、蛇などはパシアンからけしかけられなければ平気だとわかったし、冒険者としてアニキにある程度は鍛えられているので、そこまで動じない……はずだ。

というかプリエ、意外と強《したた》かなんだな⁉　お前、そんな女だったのか⁉　……いや、憲兵から諭されたではないか、女は複数の仮面を持つと。鷹揚に構えろ、イディオ。

と、ここまではなんとか平静を保てていた。

だが……極めつきのひと言がプリエの口から発せられたのだった。

「私、アンタのこと嫌いだから」

そうとうショックだった。

怒っているとは思っていたが、まさか嫌われているとは思わなかった……。

私は頭が真っ白になり、気づいたら泣いていた。ギャン泣きだ。

涙《なみだ》で曇《くも》った私の視界には、逃げ去るように足を速めるプリエが霞《かす》んで見える……。

いや待て。

冷静になった私は涙を拭《ぬぐ》うと、慌てて追いかけた。

「ついてくるな！」って……。ヒドイ！

4　姫《ひめ》さま、蟻《あり》と王子を退治したってよ

冒険者《ぼうけんしゃ》ギルドに寄ったら、騎士《きし》団長から手紙が来ていると言われた。

手紙を受け取り開けて読んだら……ふざけるなよ！　って怒鳴《どな》りつけたい内容だった。


どうやら姫さまは俺《おれ》の言葉を真に受け、辺境伯《へんきょうはく》当主の件とともに俺の給料を上げるようにと、陛下に信書を送ってくれたらしい。

そのとき、俺の給料が正当な価格じゃないんじゃないか、とも書いたそうだ。

それを読んだ陛下は、直々に命じて俺の給料を調べ……ピンハネされていることが発覚した。

倍どころの騒《さわ》ぎじゃないくらい、中抜《なかぬ》きされたり減らされたりしていたそうだ。

本来なら、一桁《けたちが》違う金額をもらうはずだったんだとよ!!!

それを聞いた騎士団長が怒《おこ》り、財務部門に乗り込《こ》み財務担当を問い詰《つ》めたところ、ソイツいわく。

「平民にしてはずいぶん高く払《はら》ってやっていた。本来ならもっと減らしても良かったのだから、私に感謝してもらいたい」

涼《すず》しい顔をして、そうほざいたらしい。

ここまで読んだとき俺はブチキレたんだが、顛末《てんまつ》がすごかった。

　驚《おどろ》くことに陛下自らが音頭《おんど》をとり、組織ぐるみの犯罪として財務部門全員から事情聴取《ちょうしゅ》、加担した人間は全員捕縛《ほばく》し身ぐるみ剥《は》がされ所有物はすべて売り払われ、それらをすべて俺への慰謝料《いしゃりょう》にした、ということだ。

　ソイツらは土地も爵位《しゃくい》も売り払われたので、つまりは平民になったということだ。その前に犯罪者だけどな。

　……と、ここまで読んだら溜飲《りゅういん》が下がるというより「やり過ぎなんじゃねーか？」って、ちょっとビビった。

　俺の給料を使い込んだソイツらは、ちょうどいいからって犯罪奴隷《どれい》として辺境伯領に向かわせたそうだ。

　今後はさらに魔物《まもの》との戦いが熾烈《しれつ》になるだろうから、人手不足解消のためにどんなふうにでも使えって送りつけるらしい。

　姫さまの手紙の件もあるので、第二王子がソイツらを連れて辺境伯の様子を見てくる、と添《そ》えられていた。

　……まぁ、すんなり当主交代とはいかないだろうな。

　そもそも辺境伯当主の彼女《かのじょ》、ヤバい感じにガリガリだったたし。でも、最後の方は武器を突《つ》きつけて言い合い出来るほどだったたから、やっぱ辺境伯当主となる人間は強いんだなって思った。

　この手紙とともに、支払《しはら》われた慰謝料と差額の給料分の手形が送られてきていた。冒険者ギルドや商業ギルドで換金《かんきん》してもらえるヤツだな。

　今後の俺の給料は、正規の護衛騎士給料プラス特別手当金（護衛一人だけってのと姫さまのワガママで旅に出ている分）、ここまでが今までの給料で、さらに報奨《ほうしょう》手当金（〝勇者の供〟として姫さまに随従《ずいじゅう》する手当だと思うが、騎士団長は知らないのでこんな名目になっていると思われる）が加わり、平民だと今後困ることがあるだろうからと、騎士爵が授与《じゅよ》された。

姫さまが無事に帰ってきたら、さらに報奨が与《あた》えられるってよ。スゲーな。

あと、現在お供が一人ってことで、それも給料に加算されるそうだ。他に供が加わったら減るそうだが、リーダーになるならそのままにすると書いてあった。

………他のお供って、イディオ様だろ？　あ、プリエ様もいたか。

ちょっと考えるなぁ……。

でも、下手にイディオ様にリーダーになられても困るので、ひとまずリーダーになっとくか。

俺は騎士団長に、謝礼の言葉とリーダーになる旨《むね》を書いて返信した。

そして、もらった手形をそっくり妹に送った。

俺たちの両親は幼い頃《ころ》に亡《な》くなり、俺は妹と二人で暮らしていた。俺が冒険者なのは、ガキの頃から手っ取り早く稼《かせ》げる職業がこれしかなかったからだ。

――妹は長い間病気だった。今はほとんど治ったがまだまだ身体《からだ》が弱く、無理が出来ない。

これだけあれば、万が一再発したとしても大丈夫《だいじょうぶ》だろう。

もっと早くこの金が手に入っていれば、妹も長く苦しまずに済んだのにとは思うが、今さらどうしようもない。むしろ姫さまと陛下に感謝だ。これで、俺が死んだとしても、妹は金に困ることなく暮らしていける。

実際のところ、財務担当の言った「平民にしてはずいぶん高く払ってやっていた」って言い分がまかり通る国だもんな。

手紙を読み終えた俺は姫さまのところに戻《もど》り、今後の動向を尋《たず》ねた。

「姫さまは、今後どうされるおつもりですか？　『冒険者になりたい』という言葉は本来の目的を隠《かく》すものだとわかりましたので、本当は何を目的にどう動かれるのかを知っておきたいのですが」

本を読んでいた姫さまは顔を上げた。

……また、『姫さまの大冒険』を読んでいた。

本当に好きだなぁ。俺、読んだことないから今度借りて読もう。

姫さまは、俺と本を見比べた後、本をパタン、と閉じて俺と向き合った。

「お供を増やしたい。おにいたちも騎士団も強いし辺境伯当主も勇者の武器が使いこなせれば一騎《いっき》当千《とうせん》の強さだろうから、魔物との戦いは苦戦を強《し》いられる、くらいで済むかもしれない。けど、魔王を再度制圧し鎮めるにはもう少しお供がほしい。勇者の道具を使える奴《やつ》を探し出しつつ、勇者の道具を持っている者たちを見回って、来るべき時に備えるように促《うなが》したい」

模範《もはん》解答みたいな答えをもらったぞ。

だよなー、と思って頭をかきつつ、俺はさらに尋ねる。

「当座の目的は、お供を探す、ですかね？　ちなみにどうやって探すんですか？」

姫さまが、こてり、と首を横に倒《たお》した。

「……お供は、自然と集《つど》うらしい。だから、あっちこっちに旅をしていればつかまえられるみたいだ。初代はそうだったから、私もそれでいこうかと」

……俺以外のお供がいない未来しか視《み》えないのだが。

俺は痛む頭を抱《かか》えつつ、姫さまにさらに尋ねた。

「勇者の道具を使える人間について、もう少し具体的に教えていただけますか？」

姫さまはキッパリ言った。

「私が供と認めた者だ！」

……そういうことかよ。マジで俺しかいない結果かもしれん。


勇者の道具を貸し出した勇者の供は、一部を除き魔の森付近にいるそうだ。ちなみに魔の森は、魔王が封印《ふういん》されている場所だ。

勇者の供で有名なのは辺境伯が代表だが、あれは勇者の武器がかなり強力だったからその地位についたということで。

他はそうでもないので、何か異変を感じられたときに調査に赴《おもむ》き、魔物がいたら間引きする程度だという。

また、武器を返上して普通《ふつう》に貴族になった供もいるらしい。……アレだ、きっとプリエ様の一族とかだな。

魔の森に行くときに様子を見て、先のジャステ伯爵夫人のようなことになったら注意喚起《かんき》するか武具をふさわしい者に渡《わた》すために返してもらう、という話で落ち着いた。

そうなると、勇者の供を探しつつ魔の森へ近づくルートで冒険者として……いやもう前回なんてまるで隠さない感じだったので表向きは冒険者……のお遊びに興じている、やんごとなき身分の御《お》方《かた》、という方針で行こうと俺は決意した。

魔の森方向へ進む俺たちは、途中《とちゅう》で必ずギルドに寄った。

俺としては魔物の動向と勇者の供の噂《うわさ》を尋ねるためなのだが、姫さまとしては、むしった薬草を納品するためだな。

今回も、ギルドに飛び込むや否《いな》や脇目《わきめ》も振《ふ》らず受付嬢《うけつけじょう》のところへ走っていった。

にこやかに薬草を受け取った受付嬢がギルドカードを見て、「あら」と声をあげる。

「おめでとう。今回の納品でギルドランクが上がりましたよ」

受付嬢が伝えると、姫さまはビックリした顔をして目を見開いた。

「ホントか!?」

「ええ。ギルドカードを作り直しましょうね」

「やった――――!」

姫さまは、それはもう大喜びだ。

ぴょんぴょん跳《と》んでいるのを、周り中が微笑《ほほえ》ましく見ている。

その後姫さまが駆《か》け寄ってきて、出来上がったカードを自慢《じまん》げに見せびらかしたので、

「はいはい、よかったですね」

と、おざなりに答えたら、姫さまがカードと俺とを見比べ始めた。

「どうかしましたか?」

「アルジャン、お前のカードはどうした」

ギックーッ！

――俺、もともとAランクなんだよね。ただし騎士団に入った時にいったん返上していて、今回は仮復帰ということでBランクへ降格している。

姫さまに言ったら絶対に「ズルイ」とかいろいろ文句を言われそうなので、こっそりカードを作って、ランクについては黙《だま》ってたんだよ。

俺は、引きつりながらも笑顔《えがお》を作る。

「…………姫さま。私は、騎士団員なのですよ？　冒険者だったのは過去の話です。私は騎士団に所属していることを誇《ほこ》りに思っていますし、給料《ばんざい》も騎士団から受け取っています」

と、はぐらかしつつ騎士団最高！　騎士団万歳！　な意見を熱心に言った。

「なるほど。それもそうか」

あっさり納得《なっとく》する姫さま。まったく、冷や汗《あせ》をかいたぜ……。

＊

さて、俺と姫さまはある村へやってきた。

ギルドでとある依頼《いらい》を聞きつけてだ。

その村の近くの林から魔物が現れるので、調査してほしいという。

出てくるのは大した魔物ではないが、量が尋常《じんじょう》じゃない。討伐《とうばつ》しても翌日にはまた大量に湧《わ》く。

最初は村人総出で倒していたが、あまりにも頻繁《ひんぱん》かつ数が多いので仕事にならないと、途中から冒険者ギルドに頼《たよ》っていた。

だが、それが数か月も続くと、さすがにおかしいと村人たちは思った。

このままずっと続いたら依頼金で村が干《ひ》からびてしまうので、調査をして魔物湧きの原因を突き止めてほしい――という依頼を受けていた冒険者の隣《となり》にいた姫さまが、

「私が行くぞ！」

と割り込んだのだった。

俺は慌《あわ》てて姫さまを取り押《お》さえた。

そういえば、姫さまの懸念事項《けねんじこう》には魔物の活性化の調査もあったな、とは思ったが、正直幼い姫さまに無理をさせたくない。……が、群れで現れても村人が倒せる程度の魔物なら、俺と姫さまでもなんとかなるかもしれないと考え直した。

姫さまが身を守れるのであれば許可しようと、俺は屈《かが》んで姫さまに耳打ちした。

「――姫さま。数の暴力は以前のワーグの比ではなさそうですよ。勇者グッズにその対策用のはありますか？」

「ふふふのふ。もちろんだぞ。お前に新たな勇者グッズを教えてやる！」

姫さまが自信たっぷりなのにちょっと不安を抱《いだ》きつつも、最悪は勇者の剣《けん》を使えばなぎ払えるかもしれないな、と思った。

何しろ勇者の剣だから、そりゃあもうすさまじい威力《いりょく》なのだろう。少なくとも前ジャステ伯爵夫人の持っていた指輪と同等くらいに強くあってほしい。何せ勇者の剣なのだから！

隣では、呆《あき》れた顔の受付嬢と依頼を受けた冒険者。

俺は笑顔で、

「あ、こちらを気にせず話を続けてくれ。横ヤリを入れてすまないな、姫──ンッ、いやこちらの御方は冒険者のイロハをわかっていないから、大目に見てもらえればと思う」

と弁解し、姫さまに『話をつけるからちょっと待っててくれ』と言い聞かせてギルドマスターを呼んでもらった。

嫌《いや》そうな顔をしてやってきたギルドマスターに、『詳《くわ》しくは言えないが、やんごとなき身分の御方が身分を隠して魔物調査や国内情勢を見て回っている、それなりの地位と権力を持つ御方なので見た目は幼女だけれどお遊びではない………ま、お遊びの部分もあるので、なんか低ランクの依頼をギルドでテキトーに見繕《みつくろ》って渡してやってくれないか、で、はした金を渡せば依頼を達成した気になってご機嫌《きげん》になるから』と、頼《たの》んだ。

ギルドマスターは聞いている間中も終始渋《しぶ》い顔をしていたが、俺とは旧知の仲なので、やれやれといった感じで了承《りょうしょう》してくれた。

「お前も大変だな……。『あの【光闇《こうあん》の剛剣《ごうけん》】が、ガキのおままごとに付き合わされているとは』ってみんな同情してるぜ」

え。やめて変なあだ名で呼ぶのは。姫さまの教育に良くないから！

「おいおい、不敬罪で捕《つか》まるようなことは言うなって。それに、あれでも姫……あの御方は頭もいいし意外としっかりしているんだ。ガキはガキだけど、さすがというかそこらのガキとは違う。あと泣かせたことはあるけど泣かされたことはないってくらい強いよ」

イディオ様なんか、大きくなっても泣かされていたもんな。姫さまは、もっと泣いてもよかったのにぜんぜん泣かないし。

……確かにそういうところは勇者の片鱗《へんりん》があるのか。精神力《メンタル》が強すぎる。

そんなやりとりを経て強引《ごういん》にテキトーな依頼を出してもらい、姫さまがそれを喜んで受注し今に至る。

腰《こし》に手を当てフンス、と意気込んでいる姫さま。あんまり派手に暴れないでくださいよ……。

「さて姫さま。まずはどうされますか？」

変なことをやらかさないよう、最初に動向を尋ねた。

「もちろん調査だ！　大量に湧いているというところに向かうぞ！」

……いきなりやらかしそう。

「その前に、大量の魔物から身を守る武具を教えていただけませんか？　その効果のほども。魔物の脅威《きょうい》は姫さまの予想を超《こ》えているかもしれません。その場合……いえ、姫さまは勇者でしたね。調査は行わなければならないでしょう。ですが、勇者が斃《たお》れてしまえば魔王に対抗《たいこう》出来なくなります。今はまだ勇者の供が少ないので、勇者の道具と私だけでは姫さまを守りきれないと判断した場合、私は迷わず姫さまを連れて撤退《てったい》します」

俺が真剣《しんけん》に釘《くぎ》を刺《さ》すと、姫さまは面食らったように目をまたたかせた。

「う……うむ。……えと、だな。実はもうその勇者の道具を使っているのだ」

姫さまは、言いづらそうに俺を上目づかいで見ながら言った。

「私も、アルジャンの腕前《うでまえ》を信じていないわけではないんだぞ？　ただ、魔王の侵略《しんりゃく》を防ぐには勇者の道具を使わないとダメなことがあって……。そうなると、私以外に勇者の道具は使えないから、アルジャンの言うとおり、私が元気でいないとダメなのだ。だから、出立のときから勇者の身を守る〝反射の装身具〟を身につけていた」

装身具。

……そういえば、珍《めずら》しくブローチをつけているなーとは思っていたんだよ。

小さい頃、「アクセサリー類は壊《こわ》すし無くすから身につけない」って言ってたのにつけ始めたから、やっぱり女の子なんだなお気に入りを見つけたのか、って感心していたら勇者グッズだったという。

「それがあれば大量の魔物に襲《おそ》われても大丈夫なのですか？」

「数は問題じゃない。攻撃《こうげき》というか、私に一定の速度以上で触《ふ》れようとしたとき反射する」

俺の問いに姫さまが答えた。

俺は考え込んだ。

一定の速度以上で触れたときか……あ。思い出した。以前、御者《ぎょしゃ》が姫さまにつかみかかったとき、ものすごい音がして倒れたな。あれって、御者を反射して弾《はじ》いたのか。

ただソレ……俺が緊急《きんきゅう》事態の時に姫さまを抱《だ》き上げようとしたら弾かれるんじゃないか？　あと、じわりじわりと襲う敵には効果が無いじゃん。

俺があごに手を当てて考え込んでいると、姫さまはまた上目づかいで見る。

「……どうだ？　それでも危険か？」

そう聞いてきたので、俺は今思いついた危険なパターンを挙げる。

「そうですね……たとえば、足が遅《おそ》くじわりじわりと捕食《ほしょく》していくスライムなんかだと、姫さまの言ったような条件には当てはまりません。その場合は私が姫さまを抱えて逃走《とうそう》、あるいは安全な場所まで運んだ後に戻って一掃《いっそう》するほうがベターだと思いますが、抱え上げようと手を伸《の》ばしたら弾かれた、となると、私にも隙《すき》が出来ますし、姫さまも危険です」

姫さまが感心したように目をみはる。

「そうか！　ならひとつは安心しろ。アルジャンは勇者の供だ。勇者の供には適用外だ！」

姫さまが言い切った。

あ、そういう取捨選択《せんたく》も出来るのね。さすが勇者グッズ。

姫さまが続けて説明する。

「あと、スライムからの攻撃は防げるけど、脅威でないと判断されて攻撃を防げなかったときは、身代わり人形が引き受ける。アルジャンのと、馬のもあるぞ！」

姫さまの言葉で、馬車の中がぬいぐるみだらけの理由が分かったのだった。

俺、姫さまがようやく人形遊びを覚えたと思って感動したのに……。あの数々のかわいらしい姫の人形って、自分だったのかよ！　しかも身代わりって！

……騎士の人形は俺か。ブリキだったり木だったりと統一性はないけれど、騎士ばかりだなって思ってたんだよな。どうせなら王子にしたほうがいいんじゃないかって思っていたら俺の身代わりだった件について。

……馬も……なんで馬？　ウサギとかのほうがかわいくない？　って思ったら、そうか、身代わりか。

「身代わり人形は、私や馬はともかく姫さまのはもっと大量に用意した方がいいかと思いますが」

俺が進言すると、姫さまがムムム、とうなった。

「……いちおう、あるぞ。パパとママに頼んで大量に人形を用意してもらったので、ぜんぶ身代わり人形に仕立ててある。無限収納にあるが……無限収納内だと身代わりになれない。出さないとダメなのだ。でも、あれ以上馬車に積めるか？」

「私や馬は減らしてかまいません。もっと言うなら、私は万が一ということで身代わり人形は一つでもじゅうぶんです。残りはすべて姫さまの人形に替《か》えてください。姫さまの安全が一番ですし、私は騎士ですから」

俺が重ねて言うと、姫さまがしぶしぶとうなずいた。

ま、守りは及第点《きゅうだいてん》だな。あとは攻撃だが……。

そちらは俺が頑張《がんば》るしかないか。これでも俺、姫さまの護衛だし、勇者の供らしいしね。

最後に姫さまに説教した。

「姫さま。勇者の道具があるからと、油断はされないようにしてください。……あ、ダメですよ、人形を入れ替えたら出発しましょう」

俺の説教を聞き流して元気よく歩き出そうとした姫さまの襟首《えりくび》をつかんで、ニッコリと笑いかけた。

姫さまを馬車に放《ほう》り込んだら、ぶーぶー言いながらも入れ替えをしたようだ。チラリと見たら馬車の中がもう人形だらけになっていたが、女子力が高い、としておこう。

辟易《へきえき》としながら馬車から出てきた姫さまとともに、まずは場所を尋ねるために村人を探した。

見かけた村人に声をかけて現状と様子を尋ねると、『さほど強くはないが整然と行進していて、森の奥《おく》から湧いている気がする』と、全員が同じことを言った。

常にやってくる方向は一緒《いっしょ》だということで、皆《みな》、同じ方角を指さした。

森の奥となると……剣だとなかなかに不利だな。だが逆に、大量湧きしていても数の有利が活《い》かせないから、相殺《そうさい》って感じかな。

加えて、姫さまの魔法銃《じゅう》の腕前はかなりのものだ。正確に急所を狙《ねら》い撃《う》ち出来る。と、なると、何もない平原で群れに襲われるよりも、危険性は下がるか。

戦い方や危険性の判断をして立ち止まっている俺の手を、姫さまがめっちゃ引っぱってくる。妹がまだ幼い頃にねだられたときを思い出すなぁ。姫さまは、魔物の出没《しゅつぼつ》地点に早く行こうって引っぱってきているんだけどね。

やれやれと思いながら、姫さまに引っぱられて森へ向かった。


森へ入るとさっそく魔物がいた。

「これはまたやっかいな……」

俺は思わずつぶやいてしまう。

ジェアンフォルミが《変魔蟻》ゾロゾロと列をなしてやってきた。

ジェアンフォルミとは、蟻が魔物化したものだと言われている。

コイツらは、育つとアルミニールウルスよりも大きくなる。大きく育ったジェアンフォルミの群れは、ワーグの群れに匹敵《ひってき》するほどやっかいなのだが、コイツらはさほどでもないので群れでも脅威度は低い。

だが……うじゃうじゃいるということは、ドミナシオンフォルミ《母魔蟻》が巣穴にこもりジェアンフォルミを産みだしている可能性が高い。

これは、普通の蟻が魔物化してジェアンフォルミになるよりも困ったことになる。なんせ、ドミナシオンフォルミを倒さないと、ジェアンフォルミを際限なく産み続けるからだ。

生態に詳しいわけじゃないが、ドミナシオンフォルミはジェアンフォルミを産み、餌《えさ》を狩《か》りに行かせ、狩ってこられなくても産んだジェアンフォルミを喰《く》ってさらに産む。このサイクルを繰《く》り返す。

そのサイクルの速さと数は、ジェアンフォルミをすべて駆逐《くちく》してドミナシオンフォルミを餓死《がし》させるより直接叩《たた》いた方が被害《ひがい》が少ないってくらい尋常じゃないそうだ。

姫さまは、苦い表情でつぶやいた俺を見て、

「倒すのが難しい魔物なのか？」

と、尋ねてきた。

俺は首を横に振った。

「いえ、もっと育つと別ですが、今のところ倒すのはさほどでもありません。それこそ、村人たちで倒せるレベルですよ。ただ……こいつらは際限なく生まれてきている可能性があります。そうなると、すべて駆逐しきる前にこちら側の体力が尽《つ》き、被害がさらに広がる可能性はあります」

俺がそう答えると、姫さまがうなずいた。

「コイツらを産み出している頭を探し、駆除《くじょ》する」

さすが勇者、ってことを言ってきた。

ドミナシオンフォルミから産まれたジェアンフォルミは、通常の蟻とは生態はもちろん行動が変わる。基本が団体行動になるのだ。

群れというよりも歩兵隊のように行進し、連携《れんけい》しつつ波状攻撃を仕掛《しか》けてくる。少ない隊列なら問題ないのだが、ここまで大部隊になると少人数で正面から叩くのは得策ではない。

「行進している連中のルートは避《さ》けて進みましょう。連中は行進から逸《そ》れることを厭《いと》うので、それだけでも少し戦闘《せんとう》が避けられます」

とはいえ、連中の目的は餌探しのはずなので、そうそう見逃《みのが》してはもらえないだろうが……。

姫さまのことだから、「連中すべてを倒すぞ！」とか言い出すかと思ったが、すんなりうなずいたのでホッとした。

まずは頭を叩かないときりがない、ってことを理解していたか。

ていうか、姫さまスゲェ。経験を積んだ冒険者や騎士でもない限り、そこに至らないと思うんだけど。

俺たちは、行進するジェアンフォルミを避けつつ奴らの進行方向とは逆に進んだ。

寄ってきた〝はぐれ〟と呼ばれる探索蟻《たんさく》は俺が剣で斬《き》り捨てた。

だけど、進めば進むほどにジェアンフォルミの数が増してくるな……。

奴らの巣からはいくつもの進行方向があるので当然のことながら近づけば密集していく。今はまだ避けられるが、そのうち大群と戦わなければならない。

「姫さま……」

俺がそのことを進言しようとしたが、姫さまはうなずいた。

「わかっている。もう少し巣に近づいてから、新しい魔道具をお前に教えてやる」

……姫さまが、めっちゃ勇者だった。


恐《おそ》らく、だいぶ巣に近づいてきたのだと思う。これ以上近づけばこちらに向かってくる列が出そうだというところまでやってきていた。

俺は姫さまに小声で止まるように声をかけた。

ジェアンフォルミに気づかれれば一斉《いっせい》に襲ってくるだろう。いくら弱いとはいえ、やむことのない波状攻撃を喰らったら、その性能もわからない勇者の剣の底力に賭《か》けるしかなくなる。

さてどうするか、と考えていたら姫さまが魔法鞄《かばん》から無限収納の帯を取り出し、地面に置いてそこからまた何かを取り出した。

「……それは……？」

強いて言うなら、小さな小屋。両側は開いていて、中に何かが入っている。

「魔物が好む毒餌だ。小屋に入っているので雨に濡《ぬ》れないし、匂《にお》いは一定方向に流れていく。……離《はな》れるぞ、奴らがやってきた」

姫さまの解説を聞いた後、姫さまの言うとおり寄ってきたジェアンフォルミを確認《かくにん》して、慌てて姫さまを抱えると走って逃走した。

ジェアンフォルミは、餌を見つけなければルートから大きく外れることはない。はぐれが何匹《びき》かやってきたので殺し、しばらく身を隠して奴らの隊列がどう変化するかを見ていた。

やがて、列が途切《とぎ》れる。無事、毒餌を見つけてそちらに向かったようだ。

後続がいなくなり、気配が消えたのを確認すると、姫さまに告げる。

「後続がいなくなったのを確認しました」

姫さまはうなずいて、

「よし、巣まで行ってみよう」

と言った。

あれほどゾロゾロと無限湧きしていたジェアンフォルミは、綺麗《きれい》さっぱりといなくなっていた。

連中が来た方向を辿《たど》っているが、さっきと違ってまったく見かけない。

ずっと歩いていると、大きな洞穴《ほらあな》が見つかった。——どう考えてもこの先に、ドミナシオンフォルミが巣を作っているとしか思えない。

姫さまもそう考えるだろう。

「……正直、中に入って確認するのは安全面を考えるとお勧《すす》め出来ません」

俺一人だったら特攻《とっこう》をかますが、今は姫さまの護衛騎士、安全第一なので別の誰《だれ》かに特攻かましてほしいと思っている。

案の定、姫さまは駄々《だだ》をこねた。

「ジェアンフォルミなら、餌を見つけるまでは戻ってこないだろう？　確認するのなら今だ！」

確かにそれは一理あるので俺も迷うところだが……。

「いつ戻ってくるかわからないからこそ、退路を断《た》たれるような巣穴に潜《もぐ》り込むのは困るのです。ギルドに報告し別の冒険者に確認してもらうか、毒草を手に入れ巣穴に焚《た》き込むか……。どちらにしろ一度引き返した方がいいかと」

姫さまがむーむーとうなっている。

「……巣穴に行くのは決定だ。アルジャン、お前の強さならもしも戻ってきても退路を切り開けるだろう？　他の冒険者には任せておけないのだ。これは、勇者案件だ！」

姫さまがキッパリと言い切った。

「――御意《ぎょい》」

それが勇者である姫さまの判断なら、俺が勇者の供ならば、従うしかない。

苦渋《くじゅう》の思いで巣穴手前までやってきたら、姫さまがまた勇者グッズを出してきた。

「〝暗視眼鏡〟、暗闇《くらやみ》でも見える道具だ！　目を覆《おお》うように装着すると、灯《あか》りで照らされているように見えるぞ！」

「勇者グッズ、ヤバいの多過ぎですね」

松明《たいまつ》がいらないとか、すごい有利じゃん。

俺と姫さまは暗視眼鏡を装着して巣穴を歩く。

これヤヴァイ。ホントに灯りに照らされているように隅々《すみずみ》まで見えるよ。

巣穴の途中途中に卵があったが、すでに孵化《ふか》して殻《から》だけのようだ。だが、時間が許せば油を撒《ま》いて焼いておいたほうがいいな。

いくつか横穴があったが、基本はうねりながら奥へ進んでいる。横穴には恐らく卵があるんだろう。それらは後回しにし、とにかく最奥《さいおう》へ進む。

けっこう深いな……。俺は帰り道を心配しながら進み、とうとう最奥まで辿り着いた。

最奥は、かなり広かった。しかも、なぜかあちこちが発光しているように輝《かがや》いていて、暗視眼鏡がなくても見える。

中央には、一際《ひときわ》大きく白いドミナシオンフォルミがひっくり返っていた。

かなり暴れたらしい。体液があちこちに飛び散っていて、さらにはここまで這《は》ってきたように体液が伸びていた。どう考えても死んでいる。

そして、部屋が明るい理由がわかった。体液が、なぜか発光しているのだ。

辺り一面に飛び散っているため、部屋が明るく照らされている。よくよく見れば、毒餌と運んできたであろうジェアンフォルミが食い散らかされ、残骸が散乱していた。

「すごい効き目ですね」

俺は毒餌の効果に感心した。さすがにこれだけ強力な毒餌を食って死んだ魔物は持って帰れないなぁ……。売るのは諦《あきら》めるしかないか。

未練を断ち切り姫さまを見たら、姫さまはキョロキョロと辺りを見回していた。

「アルジャン、もう少し調べるぞ」

「姫さま？」

姫さまはどうやら何かを探しているようだった。あちこちをウロウロしている。

「姫さま？　何を探しているんですか？」

俺が声をかけても、むーむーと言いながらウロウロしている。

しばらくして、けっきょく見つけられなかったらしい姫さまが諦めたように言った。

「……とりあえず、煙《けむり》を出して消毒する魔道具を設置していく。消毒が終われば煙が消える。いぶされる前にここを撤退する」

俺はまた繰り返し尋ねた。

「それで、何を探していたんですか？」

姫さまは準備をしつつチラッと俺を見て、むくれたように言った。

「……アレが発生した原因がどこかにないか調べていた。私では見つけられないのか……知識が足りないのか、原因はわからなかった。時間をかけると脱出《だっしゅつ》出来なくなるかもしれないので、今回は諦めた」

なるほど。そういうことか。

俺は合点《がてん》がいったのでうなずき、姫さまの準備をそばで眺《なが》めた。

見つけられなかった姫さまの機嫌は悪い。

むくれたまま筒状《つつじょう》のものをセットして床《ゆか》に置く。そして、筒状のものの上にある蓋《ふた》を思い切り剥がした。

…………!?

「姫さま！」

俺は素早《すばや》く姫さまを脇《わき》に抱えると急いで踵《きびす》を返し、一目散に逃走した。

姫さまのセットした筒状のものから、天を衝《つ》く勢いで煙が噴出《ふんしゅつ》したからだ。しかも、なんか有害そうなやつ！

なんせ、色が毒々しい紫《むらさきいろ》色なんだぜ!?　絶対吸い込んだらヤバいだろ！

走りながら姫さまに尋ねる。

「アレ、大丈夫なんですか⁉」

「わからん。ただ、消毒効果は抜群《ばつぐん》らしい。魔物が巣くう建物や密閉空間で焚くと一網打尽《いちもうだじん》だぞうだぞ！」

「焚いた勇者も一網打尽って、意味なくないですかね⁉」

チラッと振り返ると……うわぁあああ！　煙が追いかけてきたぁ！

俺は鈍足《どんそく》というほどではないが、俊足《しゅんそく》というほどでもないんだよ。俺の全速力だと追いつかれそうなんですけど‼

「姫さまー！　そこまで迫《せま》ってるんですけどー！　マジでヤバいんですけどー！」

「うむ。そうかもしれん」

うむ、じゃねーよ！　追いつかれて煙に巻かれたらコレ、どうなんだよ⁉


――人って、限界を超えることが出来るんだなぁと思った。

途中から俺、加速したからね。


前方にジェアンフォルミが見えた。

戻ってきたんだろう。けっこうな数がいた。

……が、奇跡《きせき》がおきて戦闘にならなかった。

俺の背後に迫る煙に戸惑《とまど》って、俺たちが眼中に入らなかったからのようだ。

そして俺も、ジェアンフォルミは眼中になかった。ヤバいとすら思わなかったよ。むしろ、そこ

で壁《かべ》になって煙を食い止めてくれとすら思ったね！

　戸惑うジェアンフォルミの脇をすり抜《ぬ》け、ひたすら出口を目指して走った。必死すぎて、煙に呑《の》み込まれたジェアンフォルミがどうなったか気にする暇《ひま》もなかった。

「明かりが見えてきた‼」

　必死の形相で走っていると、外の光が見えてきている。

　俺はさらに加速してそのまま走りきり、出口を抜けた。

　そのまま風上に向かって走りつつ振り返ると、煙は出口で留《とど》まっていた。

　外だと煙が散ってしまうのだろう。それを見てようやく足を止め、姫さまを下ろすと膝《ひざ》に手を置いて息を整えた。

　マジで胆《きも》が冷えた。

　再度振り返ったが、ジェアンフォルミは洞窟《どうくつ》の中から出てこなかったし、入っていくジェアンフォルミは煙に呑まれて見えなくなった。

　何あの煙、めっちゃ怖《こわ》いんですけど！

「姫さま……」

　俺がジロリと睨《にら》むと、姫さまがモジモジし出す。

「……たまにはあぁいう効果が分からないものも交じっているようだ。……でも、これで魔物も産まれてこないし中に入った魔物は死ぬし、これにて一件落着だぞ？」

　一件落着じゃねーよ！　危《あや》うく巻き込み事故で死ぬところだったんだよ！

一気に疲《つか》れが押し寄せてきて、ガックリとうなだれた。

気を落ち着けた後、もう一度洞窟を観察した。

洞窟の煙はやはり外には出てこないようだ。勇者グッズだから、そういう仕様なのだろう。

巣穴に戻ったジェアンフォルミも出てこない。

明らかにヤバそうな煙だったもんな。あれに巻かれたら死ぬよな。

なら、あとはジェアンフォルミの巣へは近づかないよう冒険者や村人に注意しておけば大丈夫だろう。

ジェアンフォルミがうじゃうじゃといる巣に特攻かます奴はそうはいないとは思うが、いたらどっちみち死ぬ覚悟《かくご》なんだろうから、あまり心配しないことにした。

*

機嫌が直り、やりきった感溢《あふ》れる姫さまとともに村に戻った俺の目に飛び込んできたのは、大勢の騎士団が歩き回る光景だった。

——なぜここに？

俺は驚いて思わず立ち止まる。

何の変哲《へんてつ》もないこの村は、全くもって重要な地点ではないし、小さいので拠点《きょてん》にするのも不向きだと思う。

もしかして……。

ジェアンフォルミの大群が湧いた話を聞いたから、退治に来たのか？

……だとするとまずいな、騎士団なら巣に特攻をかましそうだ。依頼でもないのにジェアンフォルミを退治しようと巣穴に入っていく騎士団を、「死ぬ覚悟は出来ているだろう」と見過ごすことはさすがにしない。騎士団の隊長に毒煙の話を伝えないと。

「姫さま、巣穴に入らないよう騎士団に注意喚起をしてきます」

俺は姫さまにことわると、

「うむ。私も一緒に行こう」

と姫さまが言うので、一緒に騎士団員の集まっているところへ向かった。

気付いた団員たちが、近づいてきた俺と姫さまを怪訝《けげん》な顔で見る。

「なんの用？」って思われているよね。

うーん、騎士団長がいたら話が早いんだけど、この程度の魔物で騎士団長が出張るとは思えない。

とりあえず、こちらを見ている騎士団員に騎士団所属の証《あか》しである剣を見せた。

「第三王女パシアン姫の護衛騎士、アルジャンです。現在、身分を隠したパシアン姫とともに魔物の調査を行っておりました。この地で現れた魔物について報告したいことがありますので、至急小隊長に……」

絶句している騎士団員に俺が口上を述べている途中、

「パシアァ――――ン‼」

という、絶叫《ぜっきょう》と言えるであろう叫《さけ》びが聞こえた。

何事？

と思った俺たちが一斉に声のほうを向くと、姫さまがつぶやいた。

「あ、おにいだ」

え。……おにい？

——声のほうから、輝く金髪《きんぱつ》の美青年がものすごい勢いで走ってきているな。あれがおにい……つまりは姫さまの兄、王子ってこと？

で、なんで走ってきてるの？　ちょっと怖いんですけど。あと、姫さまにぶつかりそうなんですけど。

俺は、姫さま目がけて走ってくる美青年を止めるべきか一瞬《いっしゅん》悩《なや》んだが、姫さまは反射の装身具をつけていることを思い出したので踏みとどまった。

ヤバかったら弾かれる、はずだ。

姫さまも呑気《のんき》におにいを見て、手を振っている。

そして。

バシイッ！

……と、姫さまに抱きつこうとしたのであろうがものすごい音を立てて弾かれ、見事なまでに吹《ふ》っ飛《と》んだおにいがいた。

……この惨状《さんじょう》に、姫さまを除く全員が放心している。

静まり返る中、姫さまは吹っ飛んでひっくり返っているおにいのところへトコトコ歩いていくと、顔を覗《のぞ》き込むように座《すわ》り込み声をかけた。

「おにい、だいじょぶ？」

ひ、姫さま⁇

いまだかつて聞いたことのないようなかわいい口調でかわいい声で姫さまが尋ねたので、あごを外すくらい口を開けて驚いてしまった。

「……パ……パシア……ン」

おにいは震《ふる》える手を姫さまに伸ばしたが、パタリ、とその手を落とした。

……なんだろう。

小隊を率いていた王子を再起不能にしたのって、けっこうな罪に問われそうな気がするんだけど、『笑っていいのかな？』って聞きたくなる感じなんだよなぁ。


その後。

『おにい』こと第二王子であるジルベール王子殿下《でんか》は騎士団員たちに運ばれ、急ごしらえの王族用介護《かいご》テントに寝《ね》かされた。

小隊長であるジルベール王子殿下が倒れたため、俺は副長にドミナシオンフォルミの巣を見つけたことと、毒を出す煙を焚いてきたので近寄らないでほしい旨を伝えた。

「……冒険者は面白《おもしろ》いことを考えつくな」

と副長に呆れたような口調で言われたので、

「いえ、やったのはパシアン姫です」

と、答えておいた。

確かに冒険者はやるけど……騎士団じゃ、やらないのか。巣穴に特攻かますのが騎士団セオリーなのね。

副長に報告を終えると、パシアン姫とともにジルベール王子殿下の様子を見に行った。

姫さまが、『おにいの目が覚めるまで付き添う、でないとまた突撃《とつげき》してくるから』と言ったので、それはそうだろうなと全員が同意して、姫さまにテントにいてもらうことにしたのだ。

……いやはや、先ほどのジルベール王子殿下の様子を見たら、とうてい姫さまを冷遇《れいぐう》しているようには見えないのだが……。

姫さまとテントに入ると、すぐにジルベール王子殿下の護衛騎士が姫さまが座る用の椅子《いす》を用意してくれた。

その気の利《き》きっぷりに感心する。

初めて姫さまを王女扱《あつか》いしてくれたんじゃないかな。マジで今までされたことないぞ。

俺が護衛騎士に感謝の念を送っていると、ほどなくしてジルベール王子殿下が目を覚ました。

姫さまが、頬《ほお》づえをつきながらジルベール王子殿下を覗き込んで言った。

「おにい、目が覚めた？」

……姫さま、家族に対してだと口調が変わるんだね。いや、かわいくていいんだけど、ちょっとびっくりするなぁ。

まだ本調子じゃないジルベール王子殿下が切れ切れに返事をした。

「……パ……パシアン……。無事だったか……」

突撃してきたおにいのほうが弾かれて無事じゃないくらいに、無事ですね。

ジルベール王子殿下が護衛騎士に支えられて身体を起こした。

――姫さまの反射の装身具って、もしかしなくてもハンパない威力なんじゃないか？　さすが勇者グッズ。

ジルベール王子殿下の容態《ようだい》から推測するに、弾くとともに麻痺《まひ》と気絶の効果が入っていると思われるな。

ジルベール王子殿下はあんな目に遭《あ》わされたというのに、姫さまに笑顔を向け語りかける。

「……パシアンが、冒険者の真似事《まねごと》をすると言い出し旅に出たと聞いて、心配で胸がつぶれるかと思ったぞ」

「だいじょーぶだよ！　アルジャンはうーんと強いんだから！　姫も強いんだぞ！」

と、かわいく胸を張る姫さま。

……もしやその『姫』って自分のコト？　いつも『私』って言ってるよね？

きっと俺はすごい顔をして姫さまを見ていたのだろう、姫さまが俺をジロリと睨んだ。

「公私は使い分けるのが王族であり貴族だぞ」

ごもっともな意見を言われたので、俺は姫さまから顔を逸らし、キリッと引き締《し》めて正面を向く。

姫さまはまたジルベール王子殿下のほうを向くと、かわいい口調と大げさな身振り手振り《みぶてぶ》で話す。

「さっきだって、デッカいアリンコを退治したんだよー！」

それを聞いたジルベール王子殿下が心配そうな顔で叱《しか》る。

「パシアン！　そんな危ないことをしちゃダメじゃないか！　かわいいお前に傷がついたらどうするんだ？」

――その前に、すでに離宮《りきゅう》で傷だらけの泥《どろ》んこになって遊び倒していましたが、何か？

と、ジルベール王子殿下の言葉に思わずツッコみそうになったが、必死に呑み込んだ。

……思った以上というよりも、想像すらしたこともないほどに兄妹《きょうだい》仲がいいのは結構なことだよな、うん。

ただ、こんなにかわいがっているのなら、なんで冷遇していたんだろうって考える。あと、そんなに心配するなら護衛騎士を増やしてください。お供もイディオ様じゃなくて、ちゃんと訓練をした者をつけてくださいよ！

二人の会話を聞きながら、直訴《じきそ》しようと決意した俺だった。


俺は姫さまの話に付け加えるように、いくつかの魔道具を用いて巣穴にいるドミナシオンフォルミおよびジェアンフォルミを姫さまが退治したことを報告する。

その中の一つの影響《えいきょう》で、現在巣穴およびその付近は危険な毒がまん延しているため近寄らないように指示してほしい、とも伝えた。

「ジルベール王子殿下がお休みの間に、副長には伝えておきました」

「……そうか、ご苦労だったアルジャン」

「はっ！」

俺は一礼する。

ジルベール王子殿下は護衛騎士を呼び指示を出し、森の奥には行かないようにと、念のため顔に布を巻き解毒剤《げどくざい》を携帯《けいたい》しておくように、とも指示を出した。さすが、指示が的確だ。

ジルベール王子殿下の声が徐々《じょじょ》にしっかりとしてきた。指示を出し終えるころには、顔色も良くなってきている気がする。

体調が戻ってきたことを見てとった俺は、ジルベール王子殿下に内密に話がしたい旨を告げた。

最後に付け加える。

「姫さまを、ジルベール王子殿下の護衛騎士に預けてもよろしいでしょうか？」

――正直、姫さま一人でいたほうが安全な気はするが、体裁《ていさい》としてはそうはいかないだろう。

俺は姫さまに向き直り言い聞かせる。

「姫さま、話が終わりましたら迎《むか》えに行きますので、おとなしくしていてくださいね？　本でも読んでいてください」

「うむ！」

あぁ……。かわいいバージョンの姫さまはもう終わりか。おっさん返事をした姫さまに、内心ガッカリした。

天幕の入り口は開けておいて、俺とジルベール王子殿下の動きは見えるようにしておいた。

内密とはいえ、俺は聞かれてまずい話じゃない。

「ジルベール王子殿下は、姫さま、もしくは陛下から何か姫さまのことについてお聞きしていませんでしょうか？　いえ、内容に話されなくてけっこうなのですが」

俺はジルベール王子殿下を手で制しながら尋ねた。

ジルベール王子殿下が俺を鋭《するど》い目で見たが、俺はその視線を気にせず、さらに続けた。

「……姫さまは呑気に構えているのですが……。姫さまから伺《うかが》った話から判断すると、あまり呑気に構えてはいられない状況《じょうきょう》かと愚考《ぐこう》いたしました。ですので、姫さまの供は学園に通い学んでいる最中の方ではなく、ある程度魔物討伐の経験のある者を加えていただきたいとジルベール王子殿下に願い出た次第《しだい》です」

俺の話を最後まで聞き、ジルベール王子殿下は視線を落とすと、ハァ、とため息をついた。

「……そうか。パシアンが話したのか。私も父上から聞いて嘘《うそ》だと思ったのだが……。それならば、宝物庫の話を聞いたのか？」

「勇者の剣を姫さまから賜《たまわ》りました」

それを聞いたジルベール王子殿下が肩《かた》を落とした。

「……あぁ、そうか。お前は勇者の供だったな。確か、騎士団長からも信を得ている【光闇の剛剣】とか」

やめて！

変なあだ名で呼ばないで。もしかして、直訴した嫌がらせかな？

私は咳払《せきばら》いをすると再度願い出た。

「いくら騎士団長からの推薦《すいせん》があったとしても、供が私一人とは、姫さまの真の立場としても王族としてもあり得ない状況です。ジルベール殿下の口利きで、腕《うで》が立ち信用における騎士団員を融通《ゆうずう》していただけないでしょうか」

「………………」

なぜか、ジルベール王子殿下が黙ってしまった。

え？　さっきまであんなにかわいがっていたのに、アレって演技だったの？

俺が軽く眉《まゆ》をひそめたのがわかったのだろう。チラ、とジルベール王子殿下が俺を見て、ため息をつく。

「……私はそもそも、パシアンが冒険者の真似事をすること自体が反対なのだ」

ボソリとジルベール王子殿下がつぶやいた。

「別に、誰かと婚姻《こんいん》を結ばずとも、ずっと離宮にいればよい。なんなら私がパシアンの面倒《めんどう》をみよう。妻も義両親も人柄《ひとがら》が良く、婚約破棄《はき》された幼い姫を、領地でひきとり育てても良い、と言ってくれている」

ジルベール王子殿下の発言を聞き、俺は考えた。

ジルベール王子殿下はむしろ、姫さまとずっと一緒にいたいから供をつけないつもりなのか？　だけど、姫さまの役割を考えれば、それは難しいと分かっているはずなのに……。

それに、だ。そんなにかわいがっているのなら、今までの姫さまへの仕打ちはなんなんだ？

あの離宮での扱い、姫さまは気にしていなくても俺は気にするぞ。特に風呂《ふろ》！

近所のガキ連中を行水させるのとは訳が違うんだからな！　せめて、まともな侍女《じじょ》くらいはつけろよ！

考え出したらだんだん腹が立ってきて、思わずジルベール王子殿下に突っかかってしまった。

「失礼を承知でお聞きします。――それほどまでにかわいがっているのなら、なぜパシアン姫にあんな仕打ちをされていたのですか？」

俺の厳しい視線にジルベール王子殿下がとまどった。

「あんな仕打ち、とは？」

「姫さまを、離宮で放置されていたことです。……侍女も教育係も、どちらもほぼ世話をしていませんでしたし、最後の方は姿も見せませんでした。しかたなく、平民で護衛騎士の私が一人で姫さまのほとんどの世話をしていた状態です。さすがに入浴はまずいと思ったので、姫さまに頼んで自分で入れるようになってもらいました。――これが王族の普通なのですか？　上の姫さまたちも同じような目に遭っていたのですか？」

俺の話で、ジルベール王子殿下の顔色が変わった。どうやら知らなかったらしい。

だが構わず俺はジルベール王子殿下を糾弾《きゅうだん》する。

「姫さまは野良《のら》の犬猫《いぬねこ》ではありません！　寄ってきたときだけ構ってかわいがるのは――」

「待て。今言ったことが信じられん。そもそも、そんなことがあっていいはずがない！」

俺の言葉を遮《さえぎ》ってジルベール王子殿下が叫んだ。

「我々は王族だぞ⁉　しかもパシアン姫は歳《とし》の離れた末っ子だ。多少甘《あま》やかしてもかまわないだろうと兄弟で話していた。ゆえに、教育係も厳しくない者を選抜《せんばつ》したはずだし、侍女も優《やさ》しく気が利く者を選ぶように手配したはずだ。私は直接指示していないがそう話し合っていたし、父も母もそうしようと言っていた」

ジルベール王子殿下の話を聞いて、やはり王族は姫さまを甘やかそうとしていたのがわかる。姫さまも嫌《きら》っていないどころか懐《なつ》いているし。

……じゃあ、あの仕打ちはなんなんだよ⁉

勇者への試練だったとでもいうのか？　それを納得しろと？　そんなん、姫さまが納得しても俺が許さねぇよ！

「……ジルベール王子殿下の話からすると、王族の方々が直々に姫さまにつらく当たったのではないとわかりましたが……」

「当たり前だ!!」

俺の言葉にジルベール王子殿下が憤《いきどお》った。

ですが、と俺は続ける。

「私がパシアン姫の護衛騎士の任に就《つ》いたのが姫さまが三歳《さい》の時です。その時点でかなりひどかったのですよ。ほとんど放置状態です。そもそも、幼い末娘《すえむすめ》とはいえ王族の護衛が平民上がりの男一人ってあり得なくないですか？」

ジルベール王子殿下がぐっと詰《つ》まった。いや、言い負かしたいわけじゃないんだけど。

うつむくジルベール王子殿下を見て、俺はため息をついた。

話は終わってないんだよ。むしろこれからが本題なのに……。

「……いくら護衛騎士とはいえ、私にも訓練や休憩《きゅうけい》がありますので、姫さまに四六時中ついて回っていたわけではありません。ですので、姫さまが陛下や王妃《おうひ》殿下、王子殿下方がたと仲良くされていたことを私は知りませんでしたし、なぜ姫さまが自分の窮状《きゅうじょう》を訴《うった》えなかったのかもわからないのですが――ただ、交流があったのならば姫さまの状態を、もう少しだけ気に掛けていただいても良かったのでは……と愚考します」

俺が見据《みす》えると、ジルベール王子殿下は口をはくはくと開閉したあと、ガックリとうなだれた。

「……ずっとついていたお前がそう言うのなら、そうなのだろうな」

ジルベール王子殿下がポツポツと話し始めた。

「そして、面倒をみてくれていたお前からしても、私自身が今聞いた話からしても、パシアンに対する仕打ちは王族としては考えられないし、私たち家族の誰かが少しでも目を配っていれば防げたはずだ。だが――パシアンが生まれる少し前からいまだかつてない被害が出始めた。それに王族全員が対処に当たっていて、本当にそんな暇が無かったのだ。私も、王宮で業務をこなしたらすぐに地方に出かけ視察や討伐に明け暮れていた。今では野営の方が王宮に滞在《たいざい》する時間より長いし、婚姻を早めて良かったと思えるほど今は余裕《よゆう》がない。妻の顔も、数か月に一度見られれば良い方だ」

ジルベール王子殿下が何やらブラック勤務について語り始めたぞ～。

そして、それを言われるとつらいな。いや、ジルベール王子殿下を責めるのはそもそもお門違《かどちが》いかもしれないけどさ。

俺は黙ったままジルベール王子殿下の話を聞いた。

「姉たち第一王女第二王女も、隣国《りんごく》の嫁《とつ》ぎ先から友軍を出してくれているし、母上が倒れてからは時々一時帰国し執務《しつむ》を手伝ってくれている。隣国も、この国が斃れると次は自分の国だからな、わりと融通を利かせてくれているのだ。そんな中では、どうしてもパシアンの待遇《たいぐう》の確認は後回しになる。パシアンも特に何も言わず懐いてくれていたから――貴族らしい反応ではなかったが、それがまた愛らしく、皆が癒《い》やされていた。『このまま無垢《むく》に育ってくれれば』と家族全員が願っていたかもしれない」

ジルベール王子殿下の語りを聞き終えた俺はつい、天を仰《あお》いだ。

…………姫さま～。

姫さまのあのかわいこぶりが、むしろ姫さまの待遇改善の阻止《そし》につながっていましたよ！

俺は顔を戻すと息を吐《は》き出した。

「王族の方々の激務を知らず、不敬な発言を申し上げてしまい誠《まこと》に申し訳ありませんでした。いかような罰《ばつ》もお受けいたします」

俺が頭を下げると、ジルベール王子殿下は手をひらひらと振った。

「よい。パシアンの唯一《ゆいいつ》の護衛騎士であり勇者の供であるお主に罰を与えるつもりはないし、むしろパシアンの離宮での状況を教えてくれて感謝する。城に帰ったら確認しよう。仕える主君を想《おも》い忠言するお前へ、パシアンに代わって礼を言う」

「もったいなきお言葉」

よかった、減給とかされなくて！

内心で胸をなで下ろし、俺は最初の話に戻した。

「それで、姫さまの供の件ですが……。ぜひとも護衛の心得のある侍女を一人はつけていただきたく思います。パシアン姫はずっと侍女のいない生活でしたので一人でなんでも出来るのですが、今後を考えると侍女は必須《ひっす》かと愚考します」

俺が頼むとジルベール王子殿下はしっかりとうなずいた。

「わかっている。それも、城に戻ったらすぐに手配しよう。……私もお前に頼みがある」

ジルベール王子殿下が俺に向き直り、真剣な顔で訴えた。

「パシアンに、離宮に戻るように言ってくれ。……私が言うと丸め込まれる」

丸め込まれるのか。

……姫さまは、ジルベール王子殿下の中ではとっても愛らしい妹なんだろうね。おにいの前ではかわいい感じだったものな。実際、うちの妹と比べても姫さまのかわいこぶりは、かなり〝兄殺し〟って感じだった。

ジルベール王子殿下の頼みを聞いて、今度は俺がうつむいた。

「……護衛騎士の分に余ります。私としても戻ってほしいですし、旅立った当初はすぐ戻ると思ったのですが……。恐らく姫さまは、『冒険者になる』と言いだしたときには、すでに勇者としての自覚があり、冒険者は口実で、実際は勇者として魔王や魔物の状況、他にはかつての勇者の供の現状、そしてこの国の危機状況を視察して回る考えだったようです」

俺の推察を聞いたジルベール王子殿下は絶句した。

確かに、そこまで聡《さと》いとは思ってないだろう。おにいの前では天真爛漫《てんしんらんまん》のフリをしているしね。でも、姫さまは聡いんですよ。ふだんはおっさん言葉ですし！

俺は絶句したまま「本当か？」という顔になってきたジルベール王子殿下にうなずいてみせた。本当なんですよ。

「姫さまには、出来るかぎり無用な戦闘は避けるよう忠言いたしますし、まずはかつての勇者の供の子孫の現状を探《さぐ》り、勇者の供として随従してもらうか貸し与えた勇者の道具の返却《へんきゃく》をうながすか、これらを優先するよう進言いたします。ですが……そもそも姫さまは私が思うよりもかなり聡い方ですし、勇者としてのふるまいも素晴《すば》らしく思います。そして、姫さまから告げられてはいませんが、私もまた〝勇者の供〟として選ばれたのだと自覚しております。ならば、姫さまが勇者、い、いて判断し決定したこと、に異を唱えることは出来ません。私が出来るのは、護衛騎士として、また勇者の供として、姫さまを守り抜くことだけです」

俺が口上を述べ終わると、ジルベール王子殿下は頭を抱えてしまった。

俺はジルベール王子殿下に念を押す。

「ですので、護衛の増員を、くれぐれもよろしくお願い申し上げます」

「………わかった」

頭を抱えたまま、ジルベール王子殿下は返事をした。


天幕外に控《ひか》えていた騎士に終了《しゅうりょう》したと声をかけてから姫さまのもとに向かうと、第二王子の護衛騎士が何やら騒いでいた。

そして俺を見つけて慌てたように駆けよって叫んだ。

「パシアン姫が、消えました！」

マジかよ！

……いや、もしかして、認識阻害《にんしきそがい》の護符《ごふ》の効果か？　『俺がそばにいないときは貼《は》れ』って言ったから貼ったのか？

俺は礼を言ってから、馬車に向かった。

馬車の中を覗《のぞ》くと……姫さま、いたよ。おとなしく本を読んでいた。

「姫さま。護衛の者がそばにいる場合は、目くらましの札を貼らずとも良いのですよ」

俺が声をかけると、姫さまはパタンと本を閉じてこちらを向いた。

「うむ。少々ウザかったので本を読みながらアルジャンを待っていようと思ったのだ」

ウザい？　どういうこと？

俺がハテナ？　という顔をすると、姫さまが説明した。

「あの者たちはおにいの命令を絶対だと思っているし、おにいから私の話を聞いていたのだろう。私を心配しガッチリくっついて離れない上に、虫を捕まえようとするといちいち止めるのだ。さすがに騎士団員ともなると虫を突き出しても恐れないし……。しかたなく、まいた」

「何もしかたなくありませんよね」

即《そく》ツッコんだ。

「姫さま？　公私を使い分けるのですよね？　ならば、おにいの護衛騎士の顔を潰《つぶ》すような真似はおやめください。姫さまを守るのは王族に仕える者としての使命なんですよ、わかりますか？」

「……うむ」

俺が説教をするとしぶしぶうなずく姫さま。

「ほら、謝《あやま》りに行きますよ」

俺が促すと、姫さまはしぶしぶ馬車から出てきた。

「馬車におられましたか……！」

第二王子の護衛騎士たちがものすごくホッとした顔をした。

俺は第二王子の護衛騎士たちに歩み寄り頭を下げた。

「わが主であるパシアン姫が、ジルベール王子殿下の護衛騎士のお二人にご迷惑《めいわく》をかけて申し訳ありません。どうも、一人で本を読みたくて隠れていたようです。……ホラ、姫さま」

頭を上げると、姫さまの背をそっと押す。

「……ゴメン」

ぶすっとふくれたまま謝る姫さま。

「いえ、ご無事で何よりです」

「パシアン姫に何かありましたらジルベール隊長がたいそう嘆《なげ》かれますので、本当に良かったです」

第二王子の護衛騎士たちが謝罪を受け、朗《ほが》らかに言った。……確かにたいそう嘆きそう。

姫さまも、それがわかったのだろう。ちょっとばつが悪そうな顔をした。


ジルベール王子殿下率いる騎士団は、森にいたジェアンフォルミをすべて退治したそうだ。さすがだな。

冒険者に依頼して巣穴からジェアンフォルミが出てこないかも確認し、さらに、巣穴近辺には柵《さく》を張り、毒を撒いたことがわかる看板を立てたそうだ。

尻拭《しりぬぐ》いをさせてしまったな……とはいえ姫さまのせいだから、ジルベール王子殿下は嬉々《きき》としてやってくれただろう。

後始末も見届けたので、俺と姫さまはジルベール王子殿下のもとへ別れの挨拶《あいさつ》に向かった。

「おにい、がんばってね。姫もがんばるよ！」

小さくガッツポーズする姫さま。

……本当に、家族の前でだけはかわいくなるよなぁ。ふだんからやってくれれば、あの離宮の侍《じ》女《じょ》たちだって陥落《かんらく》したんじゃないか？　……いや無理か。アレらは最初ッから姫さまをナメきっていたもんな。

姫さま付きの侍女には通用しなかっただろうが、ジルベール王子殿下には簡単に通用する。とたんにデレッとするジルベール王子殿下。

デレッとしつつも懊悩《おうのう》しているようだが……。

「危なくなったらすぐに戻ってくるんだぞ？　離宮に住むのが嫌なら私の妻の実家に行くといい。侯爵《こうしゃく》家の侍女は優秀《ゆうしゅう》だし、妻の両親にも話をしてある。パシアンをかわいがってくれるぞ」

ジルベール王子殿下が姫さまに諭《さと》すように、両肩をつかんで揺《ゆ》すぶっていた。

……確かに、離宮に戻っても待遇が変わらないようならば、いっそ侯爵家にお世話になった方がいいとは思う……が、姫さまはジルベール王子殿下が思うような姫ではない。

いや、わかっているのかわかっていないのかは知らんけど、深窓の姫とか思っていたら大間違いだからね、虫とか蛙《かえる》とか蛇《へび》とか捕まえちゃうからね？　義両親、ひっくり返っちゃうよ？

姫さまはだいじょぶを繰り返し、俺はくれぐれも侍女と護衛の件をお願いしますと念押しして別れた。

馬車を走らせながらため息をつくと、姫さまが俺をじっと見た。

「おにいに侍女を頼んだのか？」

「頼みました。……姫さまは気にしておられないかもしれませんが、姫さまの待遇は王族として異常です。貴族としてもあるまじき扱いでしょう。騎士団では侍女の斡旋《あっせん》など出来ませんし、そもそも護衛騎士の増員も私は何度も頼んでいるのですが……誰かが阻止しているのか、いっこうに受諾《じゅだく》されません」

姫さまに答えると、再度ため息をつく。

……なんとなく、ジルベール王子殿下に頼んでも、侍女が来ないような気がするんだよなぁ。気のせいだといいんだけど……。

いくら多忙《たぼう》な第二王子とはいえ、かわいい末妹《まつまい》のためならば時間を作って侍女を探し出してくれるだろう。

そう信じたい。

そんなことを考えていると、姫さまが俺の腕をポンポンと叩いた。

「別にいいじゃないか。今でも二人でやっているのだから。道中で侍女みたいな勇者の供が見つかるかもしれないぞ？」

慰《なぐさ》めてくれているんだろうけどね……。

「姫さま。私はそんな野良の侍女よりも、ジルベール王子殿下のお眼鏡にかなった、戦闘訓練およびきちんとした教育を受けたプロフェッショナルな侍女に姫さまをお任せしたいのですよ。わかります？　姫さまは勇者ですが、その前に王家の姫君なのですからね？」

俺がキリッと言い返すと、姫さまがたじろぐ。

……もしかして姫さま、侍女がいない方がいいって思ってるってことないよな？

いや、そんなことはないよな。

侍女がいれば気を配ってもらえるし、いろいろやってもらえるものな。

お世話する者を自分で遠ざける理由はない。

侍女にいい思い出がないから、なんとなく派遣《はけん》されてきた侍女に良い印象を抱かないだけだろう、きっと。

「ジルベール王子殿下はきっと、素晴らしい侍女を派遣してくれますよ。虫も蛙も蛇ももののともしないような、ね」

俺がそう言ったら、なぜか姫さまはしかめっ面《つら》をした。解《げ》せぬ。

S2　馬車をゲットしよう

みなさまごきげんよう。プリエ・ルミエールです。

私は今、姫《ひめ》さまを追いかけながら旅をしています。

とはいえ向こうは馬車、私は徒歩なので追いつくわけがないんですが！

はぁ～、なんでこんな目に……これなら貧乏男爵《びんぼうだんしゃく》領でやりくりしていたほうがマシだったな。

どうせ借金は返せないんだし、踏《ふ》みたおすつもりでもっと借りまくって、学園も入学式だけ顔出してすぐ家に帰ればよかった……。そうしたら、こんなことにならなかったのにな。

現在、お金に不自由はしていないけど、他すべてが不自由です。

なぜかって？　私の将来は男爵家当主に指名され、目下の行動は姫さまを追いかけて旅をし続けなければならないという、現在も未来もすべて行動制限されている状態だからだよ！

『極力金がかからないように、且《か》つ、他の貴族に絡《から》まれないように学園で慎《つつ》ましく過ごす』なんて、そんな甘《あま》っちょろいことじゃないのよ。

いくら貧乏が板についている私とはいえ、それでも貴族の端《はし》くれ。冒険者《ぼうけんしゃ》みたいな暮らしはさすがにこたえるんだって……。

あ、そうそう。なんか付属物がくっついてきている。姫さまの元婚約者《こんやくしゃ》とかいう奴《やつ》ね！

……くやしいけどコイツ、けっこう役に立つのよ。それが腹立たしい！

公爵家に生まれた生粋《きっすい》のお坊《ぼっ》ちゃまだから、お綺麗《きれい》な環境《かんきょう》じゃなければ生きていけないんじゃないかって思っていたけれど、意外や意外、平気だった。

虫も、私よりも平気になっていた！

「なんでよ⁉」

って思わず叫《さけ》んだら、イディオはキョトンとした後、見下したようにふっと笑った。ムカつく。

「伊達《だて》に二年も、あの暴れん坊の婚約者をやってきてはいない。この程度なら慣れた。……さすがに眼前に突《つ》き出されれば驚《おどろ》くが、こうなった今はもう、何をされても平気だろう」

最後は遠い目で言った。

まぁね、私も最初、蛙《かえる》を眼前に突き出されたときには意識を飛ばしたっけな……。

そう。

私も姫さまに鍛《きた》えられ、ある程度のことに驚かなくなっていたことに驚いた。だけど、それにも増してイディオがどんどんと環境に順応《じゅんのう》していくのがめっちゃ悔《くや》しい。

虫が平気になった以外にも、野営やときどき出没《しゅつぼつ》する魔物《まもの》退治も難なくこなせていたりするのよ。……くっそー、単なる頭でっかちの成績優秀者《ゆうしゅうしゃ》かって思ってたのに！

歯ぎしりしながらも、てくてく歩いて姫さまを追いかけてます。

なんで馬車ではなく徒歩かというと、引き返してきた姫さまと合流したいのよ。

私は冒険者をするつもりなんてまったくないし、遠くまで旅をしたいとも思ってない。行きで合流したらそのまま拉致《らち》されそうなので、あの護衛騎士《きし》さんと二人で適当に旅をして、飽《あ》きたか音を上げた姫さまが引き返してきたときに合流したいなーと、祈《いの》りを捧《ささ》げている。

……祈りもむなしく、行く先々の町で『偉《えら》そうで身分の高そうな幼女ととぼけた感じの強そうな青年コンビの冒険者』の向かった先を尋《たず》ねれば、どんどん王都から離《はな》れていってるんですけどね！

今日もまた、立ち寄った町の冒険者ギルドに姫さま（らしき二人組の冒険者）の行方《ゆくえ》を尋ねたところ……。

「……ダメだぁ～。ますます王都から遠ざかった……」

どんどん彼方《かなた》へ進んでいます。このまま行くと、魔の森方向だよね。マジ勘弁《かんべん》して……。

私は受付から離れて肩《かた》を落としてうなだれる。

そんな私をイディオがチラリと見た後、ため息をついて言った。

「アイツには王女としての自覚はないのだ。出会った当初から『王女なら王女らしくお淑《しと》やかにしろ、でなくても公爵夫人になるのだから、落ち着きを持て』と、さんざん言っていたのに、まるで聞く耳を持っていなかったからな」

私は肩をすくめた。

……だって姫さまは、勇者だもん。

勇者なら窮屈《きゅうくつ》なドレスを着て狭苦《せまくる》しい（とはいえ我《わ》が屋敷《やしき》よりも広いけど）離宮《りきゅう》に閉じこもっているよりは、冒険者で活躍《かつやく》した方が楽しいって思うのかもね。王族の冒険者仕様ならきっと、馬車も持ち物も最高級品でしょうし。

「はぁ～っ」

私は大きなため息をつくと、開き直った。

「もうダメ。背に腹は代えられない」

「はぁ？」

イディオが私を見て、何を言い出すのかと構えているので、キッパリ言ってやった。

「馬車を買う。徒歩じゃ追いつかないというか、私がもたない」

これでも私は貴族だし！　このまま永遠に歩き続けるのかと思うと無理！

そりゃあ、町に入ればしばらくは休憩《きゆうけい》しますけどね？　元貧乏貴族だから、無駄遣《むだづか》い出来なくてすぐ出発しちゃうのよ。

なら馬車を買って、その馬車を経費で落としてやる！　使わなくなったら売ればいいんだしー。そのお金はしっかりネコババしようっと。手間賃としてね！

「……お前、私が馬車を買う提案をしたときには即却下《そくきやつか》したくせに……」

イディオがワナワナ震《ふる》えつつ何か言ってるけど、聞こえませーん。

私は馬車を買うべく、再び受付に向かった。


「この町にはない？」

「ええ。申し訳ありません。ここには馬車を作る職人がいませんので、売る商人もいないんです」

基本的に町の中の人たちで売買しているため、必要とされないものは売っていないそうだ。

受付嬢《うけつけじよう》にそう言われて、そういえばそんなに大きい町じゃなかったか、と思った。村よりもほんのちょっとだけ大きくて整備されている、という程度の小さな町だもんね。

姫さまの向かった先とは真逆の方角なのだけれど、隣町《となりまち》はここより栄えているので馬車も売っているという。

「……しかたない。逆方向だけど隣町に向かうか～」

私がつぶやいたら、イディオが「待て」と言い出した。

「パシアンを追いかける命令を出した者へ、馬車の手配をするよう手紙を出そう。そもそも、馬車に乗って出て行った者に徒歩で追いつくのは初めから無理だとわかっていたことだ。本来ならば、命令を出した者はあらかじめ馬車を用意しておくべきだった」

と、もっともなことを言う。

「お前がいらんと言うし、パシアン姫がすぐ戻《もど》ってくるかもしれないという可能性もあったので思いとどまったのが、今の時点では戻るどころか遠ざかっている。このままでは追いつけるわけがないのだから、馬車を用意してもらうのは当たり前だ」

私はイディオを見直してしまった。

「……珍《めずら》しくマトモなことを言ったわね」

「言うに事欠いてそれか⁉」

イディオが叫んだわよ、うるさいなぁ。

「そうね、間違《まちが》えたわ。『珍しく』じゃなくて、『初めて』だったわね」

私が言い直したら、

「……もういい、わかった」

肩を落としたイディオが黙《だま》って手紙を書いて、受付に送付を頼《たの》んだ。

馬車が手に入るまではこの町から出られない。

そうしたらイディオが、

「長旅で疲《つか》れてきたし、少しばかり贅沢《ぜいたく》をしても許されるだろう。私が払《はら》うから、良い部屋に泊《と》まり疲れを癒《い》やそう」

って言い出し、この町で一番良い宿の一番良い部屋に宿泊《しゅくはく》することになった。一番良い宿、とはいっても小さい町なので高が知れているんだけどね。でも、自分じゃ払わないなって金額だった。

ひさしぶりにゆっくりと町で過ごしていたら、しばらくして返信が来た。

さっそく読んだら……長い！　冒頭の挨拶《あいさつ》文で便せん一枚使ってない？　どこに結論が書いてあるのよ！

イライラしながら長ったらしく回りくどい表現の文章を読み解くと、つまりは『用意してくれる』って書いてあった。

ただし、『御者《ぎょしゃ》は用意出来ないので、そちらでみつけてほしい』とのことだった。

イディオは手紙を読み終えた後、ため息をついてつぶやいた。

「……こんなことなら、王都で手配しておけば良かった」

それを聞いた私はムッとした。

「どういうことよ」

「冒険者ギルドで修業をしていたので、そこでなら信用出来る人間が分かる。ここだと分からん」

はーん。そういうことね。

でも。

「アンタの信用度は当てにならないから大丈夫《だいじょうぶ》よ。ギルドで紹介《しょうかい》してもらいましょう」

ニッコリと笑って言ったら、イディオにしかめっ面《つら》された。

さて。町の大きさから考えると、隣町に行って紹介してもらったほうがいいのだろうけど……。馬車の受け渡《わた》しはここだし、いつ着くかわからないからここに待機していないといけない。そして、ここで馬車を受け取ったらすぐに御者を探さないと馬車が動かせない。

というわけで、御者を紹介してもらいにこの町の冒険者ギルドへ行った。

え？　なんで冒険者ギルドなのかって？

確かに、ギルドが紹介する御者は〝馬車も扱《あつか》える冒険者〟で、ちゃんとした御者を雇《やと》う場合は斡《あっ》旋所《せんじょ》から紹介してもらうのがセオリー。

今回の場合なら、私の……ルミエール家の御者として紹介してもらうことになるかな。イディオは元は貴族でも今は平民だもん。

だがしかし！　ルミエール家で雇ったとしたら、姫さまの旅が終わった後もルミエール家に仕えることになってしまうではないですか！

なんで私が姫さまを追いかけるために身銭《みぜに》を切って、いらない御者を雇わないとなんないのよ？

……ってことで、一時的に御者をやってくれる人がほしくて冒険者ギルドに頼んだのだけれど、そうなると今度は『いつまでか』という契約《けいやく》が必要になってきた。

まず、条件に『一時雇用《こよう》で期間は未定。行き先も未定』って挙げたところで受付の人の顔が引きつったわ。

わかってる、わかっているのだけど、どうしようもないのよ。

イディオが横で、

「否定しようのない条件だが、じっさい言葉にするとひどいな」

とか吐《ぬ》かしたわ。

考えた末、イディオが妥協案《だきょうあん》として、

「もしも、私と彼女《かのじょ》に御者の手ほどきをしてくれたのなら、『覚えるまで』という期間でもかまわない。念のため、次の町までは一緒《いっしょ》に行ってほしいが」

と、付け加えた。

さらに、『戦闘《せんとう》が出来ること』と私が条件を出すと、受付の人が呆《あき》れたような顔をして首を横に振《ふ》っている。

「冒険者でしたらある程度は戦闘出来ますが、御者も出来るとなると……。御者とは、馬に車を引かせるだけではありません。客車の手入れや馬の世話もありますから、それなりの知識と経験が必要になります。そういった者は引く手あまたなので、この町でなくともなかなかご紹介出来る人はいないかと思います」

と、ごもっともな返答を受けた。

「……自分で身を守れる程度、ってのもダメ？」

と、私が妥協案を出すと、受付の人が難しい顔をした。

その顔を見たイディオが、

「そこは妥協しよう。私が守る。だが、あくまでもプリエを守るついでになるが……。『第一優先で守ってほしい』という御者は私たちの旅ではさすがに無理だ」

と、告げた。

その後も渋《しぶ》い顔をしている受付の人と、要望出しまくりの私と、妥協してばかりのイディオとで討論し出た結論は、

「それならば……隣町だともう少し紹介出来たかもしれませんが、ここですと一人だけ紹介出来ます」

ってことだった。


受付の人が打診《だしん》してみる、とのことで、いったん保留となり数日待機していると、その間に馬車が届いた。

騎士団の方が引いてきてくださったようだ。騎士団の鎧《よろい》を着ているさわやかな騎士様が挨拶して、馬車の説明をしてくれた。

二頭立ての馬車で、やっぱりというか、御者は別途《べっと》雇ってくれってことだった。

「ちょっと容量の大きいタイプを用意したそうです。馬も乗馬用ではなく、牽引《けんいん》用の頑健《がんけん》な良馬ですよ！　馬車を操れる商人などに頼めば『荷物を載《の》せる』という条件と引き換《か》えに御者を頼むことが出来るので、それで町を移動していけばいいですよ。それでなくても目的地が一緒の御者は探せばいるものですし、操作自体さほど難しくないですから、自分たちで習得してもいいんじゃないですか？」

と、朗《ほが》らかに教えてくれた。

……難しくない、っていうのは騎士様の主観の気がするので鵜《う》呑みには出来ない。あと、騎士様

は騎士だけに平民のずる賢《がしこ》さを知らないな。

そんな無料の御者なんて、どこに連れて行かれて何をされるかわからんわよ。いくら私がケチでも、ちゃんと契約したいって思うわ。

イディオも騎士様の言葉に苦笑《くしょう》している。

お坊ちゃまは騎士様の言葉に納得《なっとく》するかと思いきや、平民生活で揉《も》まれてずる賢さを知ったらしいわね。

さわやか騎士様は、私たちに馬車を渡した後は一緒に連れてきた自分の馬で周囲を見回って、魔物を間引きしてから帰るそうだ。

さすが……やっぱり騎士様は仕事熱心というか、真面目《まじめ》というか、すごいなと感心する。お給料がいいなら騎士様と結婚《けっこん》したいわぁ。

それはどうでもいいとして、御者はいないことが決定！　さて、どうするか……。

ひとまず御者が決まるまで馬車を預けるために、馬車置き場まで騎士様に引いてもらった。ついでに馬車に乗せてもらった！　前側が客車、後ろが荷台となっている造りでとても広かった。客車の座席で寝《ね》ることも余裕《よゆう》で出来そう。

「着きましたよ」

騎士様の声をかけられたので馬車から降りたら、すでに騎士様が馬車置き場の管理人らしきオッチャンと、なにがしかの話をつけてくれていた。

お金を払えば馬の世話をしてくれるんですって。よかった！

だって、馬の世話なんてわからないもん。馬車なんて高級なものはおろか、馬自体がうちにはいなかったからね！　高い上に維持費《いじひ》もバカにならないしさ。徒歩でがんばりますわよ。

騎士様が馬車を預けてさわやかに去っていくと、私たちは、

「御者はそのうち雇うので、それまでお願いしまーす」

とオッチャンに頼んだ。

オッチャンは、立派な馬車にちょっと驚いたようだ。もしかしたら騎士様に驚いたのかもしれないけど。騎士団は、平民の憧《あこが》れだからね！

オッチャン、慌《あわ》ててうなずくと、

「——アダン！　お待ちかねの仕事だぞ！」

と誰《だれ》かに怒鳴《どな》った。

……お待ちかね、ってなんぞ？　仕事があんまりないってことかな？　確かに馬車置き場に停《と》めてるのは現在のところ私たちのみですが。

オッチャンの怒鳴った方から、マントにフードまで被《かぶ》った小柄《こがら》な人がヒョコヒョコとやってきた。

全体的に私と同じくらいなんだよね。

……え、大丈夫なのかな？

そう思った途端《とたん》。

「フォオオオオ！」

という謎《なぞ》の雄叫《おたけ》びをあげるフードマントの怪人《かいじん》。

「！？？！」

私とイディオは驚愕《きょうがく》し、互《たが》いに顔を見合わせた。

そして同時にオッチャンを不安そうに見る。

オッチャンは慌てたように私たちをなだめてきた。

「いや大丈夫だ。アイツは馬とそれに関連するものが好きすぎるだけで害はないし、ちゃんとやるから安心しろ」

馬と関連グッズが好きすぎるって……ナニソレ怖《こわ》い。

世の中にはいろんな人がいるのね。

イディオ然《しか》り、姫さま然り、目の前にいる馬車フリーク然り。

「………世界は広いな。パシアン姫以上の変わり者がいるとは思わなかった」

と、自分を棚《たな》に上げて発言したイディオだった。


世話はちゃんとやるから大丈夫、とオッチャンに二度目の念押《ねんお》しをされたので、私たちは馬車置き場をあとにして、ギルドに急いで戻った。

御者の手配を早急に行わなくてはならない。

だって……。

「とっても大きいでちゅね～。お目々も毛並みもとっても綺麗でちゅよ～。長旅でちゅかれちゃいまちたか？　ごはんたべまちょうね～」

って馬に話しかけつつ鼻息荒《あら》く世話をしているフードマントの怪人が怖すぎるんだもの！

馬の貞操《ていそう》は大丈夫だろうか。フードマントの怪人が蹴《け》られて死んでも責任取らないからね？

「……思うところは一緒のようだな」

「そりゃそうでしょ」

イディオとそんな会話をしながら大急ぎでギルドに駆《か》け込《こ》み、さっそく受付に行った。

「御者の手配って、どうなりました？」

ダメなら隣町でスカウトしてこようと決意しつつ尋ねたら、

「ええ、二つ返事で引き受けてもらえました！　護衛や戦力にはならないけれど、自分の身を守るだけなら大丈夫だそうです！」

受付の人が笑顔《えがお》で伝えてくれた。マジか！

「わぁ、ありがとうございます！」

良かった！　御者ゲットだぜ！

イディオもホッとしたようで笑顔で礼を言っていた。

「では、さっそく向かうか」

「そうね。いい人だといいわね！」

イディオと二人で良かった良かったと言いながらギルドを出て、紹介された場所に向かった。

マトモな人だといいなー。奇人《きじん》変人はもうたくさんだよ。

……って考えながら歩いていると……ん？　んん⁉　なんだろう、勘違《かんちが》いかな？　来た道を引き返しているような気が……？

不安と疑問を抱《いだ》きつつ地図を見ながら歩き……到着《とうちゃく》したのは先ほど預けた馬車置き場だった。

私とイディオは立ち尽《つ》くした。

えっと、まさか、違うわよね？　道を間違えたのかなー？　イディオが手にしていた地図をひったくって何度も確かめてみる。

………………ダメだ。合ってるわ。

「……とてつもなく嫌《いや》な予感がしてきたんだが」

「……アハハ、まさかぁ。だ、だってさ、『旅が出来る人』って希望だよ？　さっき会った人たちは馬車置き場のスタッフだから無理でしょ。ここからさらに誰か紹介してくれるんじゃない？」

諦《あきら》めて死んだ目をしているイディオを励《はげ》ますように、私が希望的観測を言う。

オッチャンは、戻ってきた私たちを怪訝《けげん》そうに見てきた。

「……ん？　どうかしたか？」

イディオがオッチャンの前まで歩き、

「ギルドで御者を紹介してもらったら、ここを訪《おとず》れるように指示されたのだが……」

と、紹介状を見せた。

オッチャンは大きくうなずく。

「あー、それなら……アダンー！」

「「マジか～～～」」

御者として呼ばれたのは、さっきの馬が好きすぎるフードマントの怪人だった。

いいえ、諦めるのはまだ早いわよプリエ。聞いてみましょう。

「あのー……。彼《かれ》じゃなくて、貴方《あなた》に御者をやってもらうっていうのはダメですかねぇ？」

私が尋ねると、オッチャンがキッパリと首を横に振った。

「俺《おれ》はここのオーナーだからな。御者はやってねぇよ。アダンにやってもらいな。アイツはもともとここの町の出身じゃなくて流れてきた奴だし、長く勤めているってワケでもねぇ。そのうちまたどっかに流れていく奴だから、ちょうどいいんだよ」

ダメもとで尋ねたらダメでした。残念すぎる。

そりゃあさ……。

オッチャンにとってはちょうどいいのかもしれないけど……。けど！

私がさらにごねようとしたら、イディオに制された。

「……隣町に行くまでは我慢《がまん》しよう。隣町なら他にもいるかもしれない」

と、イディオが提案した。

「というわけで、隣町まで御者を頼む」

フードマントの怪人に向けて言ったら、フードマントの怪人が愕然《がくぜん》としたような感じで立ち尽くした。

かと思いきや！　イディオの足にすがりついた！

「ヒィッ！」

イディオが女の子みたいな悲鳴をあげたわよ。気持ちは分かるわ〜。

「そんな、殺生《せっしょう》な！　あんな素敵《すてき》なお馬さんと馬車を扱えるなんて……って夢見心地《ごこち》だったのに！　お願いします！　給金なんてちょびっとでいいですから、ずっと御者をやらせてください！」

フードマントの怪人はグネグネしながら半泣きでイディオにしがみつき、イディオは必死で剥《は》がそうとしている。ちなみに、オッチャンは危険を察知して、すでに遁走《とんそう》していた。

私はさりげなく距離《きょり》を空けつつ、適当に言いくるめて隣町で解雇《かいこ》しようそうしよう、とひそかに決意していたのだけれど、この後の出来事で方向転換《ほうこうてんかん》することになった。

イディオが必死でフードマントの怪人を剥がそうとしたことで、被っているフードがずれたのだ。

「「「！？？！」」」

そこには、美少女と見まがうほど線の細い絶世の美少年がいた。

そして、彼は、エルフ族に見られる非常に特徴《とくちょう》的な〝耳〟をしていた。


「あ、あわわあわわわ」

フードマントの美人は、変な声を出しながら慌ててフードを被り直す。

おかげで足が自由になったイディオだったが、衝撃《しょうげき》で固まっていた。

「……君は……エルフ国の者なのか。なぜこんな危ない国に来ているのだ？」

イディオの言い方がひどいけど、他所《よそ》の国から見たらうちの国って危ない国らしいからね。

「……じ、実は……」

かくかくしかじか。

フードマントの美人が語るところによると、住んでいた村が魔物に襲《おそ》われ、村人は散り散りになったそうな。

村は魔物に蹂躙《じゅうりん》され跡形《あとかた》もなく、村人の行方もわからない状態で戻れない。

これを機に他の国を巡ろうと思い立ち、働きながらあちこちを旅しているらしい。

「基本、動物が好きなのですが、とりわけ馬が好きです！　馬車って最高の乗り物ですよね⁉　考え出した人って素晴《すば》らしいと思います！　ふひひ、最高～」

あの顔なのに、話し方がキモいわ～。鼻息荒いわ～。

……とは思ったけれど。

「ちゃんとお世話をしてくれるなら、いいんじゃないかしら？」

と、私は意見を変えた。

「ハァ⁉」

イディオが目を剥《む》いたので、耳打ちした。

「コイツこの国出身じゃないし、もやしっ子だから、たとえ私たちを襲っても返り討《う》ちに出来るわよ。下手に腕《うで》の立つ冒険者が御者だと、身元が不確かな分危険でしょ？」

イディオは苦りきった顔をしたが、私の説明で納得したようだ。

「……言われてみれば確かにな。エルフ国の者は魔術が得意だそうなので、油断は禁物だが……。私もお前も、魔術はその辺の冒険者とは比べようもなく強い。ちょっと……どころではなく気持ち悪いが、こんななら、むしろ私やお前を襲おうと思わないかもしれない。馬を盗《ぬす》もうとするかもしれないが、なんとかなるだろう」

たぶん大丈夫だよ、馬もキモいって思ってるみたいだもん。

フードマントの美人が、地面に頭をこすりつけて懇願《こんがん》する。

「誠心誠意、馬を愛しお世話をいたします！　馬車も愛します！」

うわ、怖い。

……と思ったけど、まぁいいや。

そういうわけで、私プリエは、馬車と言動はキモいけど顔は麗《うるわ》しい御者をゲットいたしました！

この馬車で、姫さまを追いかけます！

5　姫《ひめ》さま、三面六臂《さんめんろっぴ》の異形《いぎょう》と出遭《であ》ったってよ

俺《おれ》は、姫さまの指示でとある町へやってきた。

「ここにはどういう目的で来たんですか？」

俺が尋《たず》ねると、姫さまが答える。

「ここには確か、錬金術師《れんきんじゅつし》がいるはずなのだ」

俺は声に出さずに驚《おどろ》いた。

錬金術師。

今だと回復薬やマギ・ルーロー（特定の魔術《まじゅつ》が一度だけ使える巻物型の使い捨て魔道具）を作っているが……かつては驚くような魔道具を産み出したと言われている。

そして、姫さまがそう言ったということは、その錬金術師がかつて勇者の供であり、勇者の武器を作ったかもしれない人間の子孫、ということだ。

俺は、期待を込《こ》めて姫さまに言った。

「それは、ぜひ勇者の供にスカウトしたいところですね」

『マトモな奴《やつ》だったら』という但《ただ》し書きはつくけどな。

まずは冒険者《ぼうけんしゃ》ギルドに行く。錬金術師の噂《うわさ》も聞きたいが、情勢を調べないといけない。

ギルドマスターを呼んで、最近の魔物の出没状況《しゅつぼつじょうきょう》を尋ねた。

いつもは姫さまが薬草を納品しているか、どっかに気を取られているか、馬車で本を読んでいるか、の隙《すき》に話すんだけど……なぜか今回は俺の服の裾《すそ》をつかんで離《はな》さないので、姫さまを連れたまま話すことになってしまった。

ギルドマスターが変なことを言いませんようにと祈《いの》っていると、

「【光闇《こうあん》の剛剣《ごうけん》】じゃないか。冒険者に復活したのか？　ちょうどいい、Aランクで滞《とどこお》っていた依頼《いらい》があるんだ。引き受けてくれよ」

……いきなりぶちかましてくれた。

姫さまの、俺の服の裾を握《にぎ》る力が強くなった。そして、詰《つ》まったように声を出す。

「――な」

その声で、姫さまの存在に気づいたギルドマスターが、

「ん？　どうした嬢《じょう》ちゃん」

と、声をかける。

内心大慌《おおあわ》ての俺が声を出すより先に、姫さまが怒鳴《どな》った。

「なんだソレは⁉　アルジャンには、そんなカッコいい名前がついているのか⁉」

姫さまやめて。カッコよくない。むしろ痛々しい。

若かりし頃《ころ》に呼ばれて得意になっていたのを思い出すから、よけいに心にくるものがある。

ひそかに大ダメージを負っていると、ギルドマスターが追い打ちをかける。

「ん？　嬢ちゃんはアルジャンの連れか？　そうなんだよ、コイツは冒険者の中でも頭一つ抜《ぬ》けて強いからなぁ。そういう奴にはカッコいい名前がつけられるんだよ」

とか言ったけど、カッコよくない。

「………若い頃はそんな二つ名をつけられて喜んでいたけどな、もういい歳《とし》なんだから普通《ふつう》に名前で呼んでほしいよ。というか、ツライ」

血を吐《は》くような思いで言った。

姫さまが、ズルイズルイ私も二つ名つけられたいとか言いだしたので、

「私の心の傷を抉《えぐ》るような真似《まね》をしないでください。そして姫さま……恐《おそ》らく、そう遠くないうちに姫さまにもつけられるでしょう。が、あと十年か十五年くらい成長したとき、とてもツライ気持ちになりますよ」

と真顔で諭《さと》したら、神妙《しんみよう》な顔でうなずいてくれた。

「〝黒歴史〟」

「姫さま。このまま城に帰りますか？」

姫さまのつぶやきを聞いた俺が切り返したら、姫さまはブンブン顔を横に振《ふ》る。

ギルドマスターにも、変なあだ名で呼ぶのはやめてくれと頼《たの》んだ。

なんとか気を取り直して、ギルドマスターに錬金術師がいるかどうかを尋ねた。

「錬金術師……？　あぁ、バジルのことか」

ギルドマスターいわく、言われてもピンとこないくらいの変わり者の変わったモノばかり作る奴だそうだ。

それは……。まぁいいんじゃないかな？　姫さまの持っている勇者グッズも変わったモノといえばそうだし。

「どこにいるんだ？」

「ここからだと少し遠いな。工房《こうぼう》も兼《か》ねた商店が集まる地区がこの先にある。そこの中ほどにあるが……見ればわかるよ。変わってるから」

曖昧《あいまい》だなー。まぁいいか。その工房街で聞いてみよう。

礼を言って去ろうとしたら、ギルドマスターに止められた。

「あ、おい待てまだ話は終わってないぞ！　Aランクの依頼をこなしていけよ！」

やめて。

姫さまが瞳《ひとみ》を輝《かがや》かせちゃったじゃないの。

「悪いな。俺、Aランクじゃないから」

ギルドマスターにお断りを入れたら姫さまがふくれっ面《つら》をする。

が、ダメですからね？

姫さまの任務は、魔王復活の調査と、その昔、勇者グッズを与《あた》えた勇者の供の子孫の、その後の調査でしょ？

俺が首を横に振って姫さまを指し『護衛任務中』の合図を送ったのに、まるで気付かないギルドマスターがしつこく絡《から》んできた。

「ブランクで降格したのか。とはいえ、もう慣らしは終えただろう？　俺が戻《もど》しておいてやるから、カードを貸せ」

手をぬっと出してくる。

やめて。ぜんっぜん望んでないから。

――と、姫さまが叫《さけ》んだ。

「……アルジャン！　お前、Aランクなのか⁉」

あぁ～……。ホラ、姫さまが気づいちゃったよ。

「………騎士《きし》団に入団出来るくらいの実力、ってことですよ、姫さま」

姫さまに笑顔《えがお》で諭したが、ズルイズルイが始まった。

「なんで黙《だま》っていたんだ⁉」

「冒険者は仮の姿、私は今でも騎士だからです。――いいですか姫さま。私は姫さまの護衛、騎士団所属の者なんですよ、お分かりいただけますか？」

俺が笑顔で迫《せま》ると、姫さまはむぅとむくれつつもうなずいた。

「……………うむ」

「姫さまが、冒険者をやってみたい、というから私も仮初《かりそ》めで復帰していますが、別にランクなんて最低でもいいのです。私は騎士ですから。――それに姫さま。本当に冒険者をやるのであれば、ちゃあんと最低ランクからコツコツ上げてください。私だって、冒険者を始めたばかりの頃は最低ランクだったんですよ？　経験と実績を積み重ねて、騎士団に入団出来るほどの実力をつけたのです、わかりますか？」

「…………わかった」

むっすー！　とふくれながらも訥々《とつとつ》と諭した俺の言葉にうなずく姫さま。

やれやれ。たまに聡《さと》いと思うことはあるけれど、こういうところはまだまだ子どもだよな。

なんとか姫さまをごまかして胸をなで下ろした俺は念のためと思い、ギルドマスターに依頼内容を尋ねた。

あまりに危険な依頼だったら逆に姫さまを遠ざけないといけない。

第二王子の命令に従うわけではないが……つまらない戦闘《せんとう》で姫さまが命を落とすことになっては大変だ。

魔王は勇者でなければ封印《ふういん》出来ないという伝説だからな……。真偽《しんぎ》はともかく、まだまだ幼い姫さまをよけいな危険にさらしたくはない。

俺が依頼を受けるものと勘違《かんちが》いしたギルドマスターは、嬉々《きき》として語り始めた。

「今までいなかった地域に魔物が下りてきているんだよ。恐らくリーダー格が群れを率いて移動してきたんだと思う。リーダー格を殺《や》ってくれたら雑魚《ざこ》の掃討《そうとう》はどうにでもなる」

なるほど。その地域を聞き出した俺は言った。

「うん、分かった。じゃあそこには近寄らないことにする」

「「なんでだ⁉」」

ギルドマスターと姫さまがハモって叫んだ。

それこそなんでだよ。

「俺の現在の任務は護衛なんだ。依頼対象を危険にさらすことは絶対に出来ない」

キッパリ言い切ると、ギルドマスターが黙った。

姫さまが言いかけようとしたのを制して俺は言う。

「姫さま。ご自身の立場を思い返してください。もしも姫さまに万が一のことがあったらどうなるんですか？」

姫さまはぐっと詰まったが、言い返してきた。

「ジェアンフォルミの巣のときは、何も言わなかったじゃないか！」

「あれで懲《こ》りたんです」

すぐさま答えると、ぶっすー！　と見事にふくれ上がった。

俺はさらに諭す。

「冒険者や騎士団でどうにかなる魔物は、任せておけばいいんです。姫さまには他に使命があるのでしょう？　……遠くからなら様子を見るのはかまいませんが、その前に、先に錬金術師を見つけて話を聞いてみましょう。供も護衛も少ない状況での無理は禁物です。もう少し護衛や供が見つかったら、再度調査いたしましょう」

「……わかった！」

ふくれながらも返事をしてくれた。


姫さまをどうにか説得し、ギルドマスターに詳《くわ》しい錬金術師の住所を聞いてギルドを出た。

めちゃくちゃ機嫌《きげん》が悪いが、それでも姫さまを連れて討伐《とうばつ》に行くことは考えられない。

Aランクの依頼は、姫さまの安否を気遣《きづか》いながら片手間にこなせるようなものじゃない。守りの札や反射の装身具はあるにしろ、俺くらいの強さで破壊《はかい》されてしまうのなら、Aランクの魔物だったら一発で破壊してくるだろうし、身代わり人形がどのような働きをするかわからないが、たとえば踏《ふ》み潰《つぶ》し攻撃《こうげき》をしてきたとき、踏み潰されている間、延々と身代わり人形が破壊され続けるとなったら幾《いく》つあっても足りない。

ジェアンフォルミで許可をしたのは、魔物自体はEランクで、群れでもCランクだからだ。

「姫さま。姫さまの冒険者ランクは、まだAランクじゃないんですからね。決まりを守りましょう」

「うるさい！」

姫さまに説教しつつ、うるさがられつつ、該当《がいとう》住所の前まで来た。

「うっわー」

俺は思わず声を出したし、姫さまも口を開けて家を見た。

なんとも奇妙《きみよう》な家だった。

形がまずおかしい。家なのに、なぜ半円形なんだよ。さらに、家の素材が謎《なぞ》だ。これ、金属か？　少なくとも木や土ではない。あと、外壁《がいへき》に珍妙《ちんみよう》な装飾《そうしよく》がある。よく見れば左右対称《たいしよう》にあるな……。

これが勇者の供の子孫の家か……。あ、でも、扉《とびら》の横に『バジル錬金工房』って書いてある。

扉をノックしたが、反応が無かった。

「姫さま、留守のようですよ」

振り返って姫さまに言ったら、機嫌を直した姫さまは瞳を輝かせながら、ペタペタと家を触《さわ》っていた。

「うむ！　これは勇者の供として期待が持てそうだな、アルジャン！」

姫さまに笑顔で言われましたが、俺としてはこの家を見たら急激に期待が持てなくなったんですけど。

だけど、姫さまはご機嫌が回復したらしい。

「探すぞ！」

と、言われた。

しかたがないので隣《となり》の住人に尋ねると、

「あー。出かけたんじゃないのかな。いないときの方が多いよ。なんでも、材料集めが大変とか何とか」

って教えられた。

マジか……。でも、ちゃんとした錬金術師みたいだな。材料集め……ということは、魔物も狩《か》れるだろう。ちょっとだけ安心した。あとは、ひととなりがどうかだな。

俺は姫さまに動向を尋ねる。

「姫さま。いかがしましょうか？」

「戻ってくるのを待つ間魔物を……」

「遠くからならいいですが、近寄るのはダメです」

遮《さえぎ》って断ったら、姫さまがふくれっ面をする。

俺は、何度目かの説得を試みる。

「……姫さま、Aランクの依頼になるほどの魔物の恐ろしさを舐《な》めないでください。私一人ならともかく姫さまを守りながらでは、元Aランクの私ですらその依頼はこなせません。姫さまの防護のグッズもたやすく破壊されますし、魔物の群れに呑《の》み込まれたら、身代わり人形も馬車に積んである程度の数では到底《とうてい》足りません。——姫さまのおにいが、腕利《うでき》きの騎士団員を率いて倒《たお》すのが最善なのです」

　ふくれていた姫さまは口を開きかけて閉じ、そして思い直したように再度口を開いた。

「わかった。じゃあ、錬金術師を追いかけよう。そいつがどうなっているのか見届けたら、おにいに任せて次へ行く」

　俺は、そう言った姫さまの頭を撫《な》でた。

「私は命を懸《か》けて、姫さまをお守りいたします。ですが姫さま、不必要な戦闘は避《さ》けていただければ私も助かります」

「うん」

　聞きわけの良い姫さまを見ると無理をさせてしまってつらくなるが、これを呑むと俺の命だけでなく勇者の命まで散らす可能性がある。

「俺程度の腕の立つ勇者の供を数人……もっと言うと姫さまが騎士団を率いてくれれば多少無理をしてもいいんですけどね。せめて護衛をあと十人……」

　姫さまのパパも、権限と紋章《もんしょう》を与えてくれるなら、ついでに騎士団小隊を与えてほしかったね！

　第一さぁ、勇者の供の子孫かもしれない稀少《きしょう》魔術師はまだわかるよ？　でも、なんでまた学園中退の小僧《こぞう》を……しかも婚約破棄騒動《こんやくはきそうどう》を起こした坊《ぼっ》ちゃんをよこすんだよ⁉

　……ってブツブツ愚痴《ぐち》りつつ憤《いきどお》っていたら、

「アルジャン、魔物の様子を見に行くのは諦《あきら》めるから、そう嘆《なげ》くな。勇者の供は……これから真面目《まじめ》に探すから」

　と、姫さまに慰《なぐさ》められたよ。

素材はだいたい近くの山林で集めているらしい。というか、素材の集めやすい山林が近いので、この辺りに工房が建ち並んでいるのか。

ま、山林に入ることが出来るのなら、虫も爬虫類《はちゆうるい》も大丈夫《だいじようぶ》だろうし、そもそも錬金術に使う材料を自分で採れて狩れるのなら、腕は立つんだろう。

そんなことを考えながら姫さまと山林に向かっていると、同じ方向へ向かっている女性がいた。山林に向かう途中《とちゆう》なのかもしれない。——となると、どの辺にいそうとか知ってるかもな。

そう考えた俺は、その女性に声をかけて尋ねてみた。

「——ご主人様を、お捜《さが》し、なのですか？」

ヴェールをかぶった女性に硬質《こうしつ》な声で聞き返された。

え？　ご主人？　となか？

「えーと、〝バジル〟って錬金術師がご主人様のことなら、そうかな」

俺がそう答えると、ヴェールをかぶった女性が答える。

「私も、ご主人様の、忘れ物を、届けに、行きます。ご一緒《いつしよ》に、どうぞ」

「……それはどうも」

思わず肯定《こうてい》の返事をしてしまった。

しまったと思ったが今さら取り消しも出来ないし、同じ人物に会うというのに断るのも気まずい。

しかたなくこの、やたらめったら区切ってしゃべる女性と同行することになったのだが……。

護衛騎士としては、ちょっとためらうところがある。素性《すじよう》の知れない者と同行するのは、姫さまを危険にさらす行為《こうい》だからだ。

しかも彼女《かのじょ》、見るからに怪《あや》しげなんだよね。

円の中心をくり抜いて作ったんじゃないかってくらい裾が広く足下《あしもと》まで丈《たけ》のあるマントを羽織り、顔のよく見えないヴェールをかぶっている格好《かっこう》って、ぶっちゃけ道を尋ねるのも一瞬《いっしゅん》ためらうくらいに怪しい見た目だよね。うっかりしたよなぁ。

念のため、姫さまとは距離《きょり》を離すか……って考えていたら、姫さまは怪しげな女性に興味津々《きょうみしんしん》だった！　近づいてしげしげと眺《なが》めている。

「……もしかして、お前はご主人様のオリジナルか？」

「そうです」

「お前のご主人様、すごいな！」

「すごいです」

なんの話だよ。

俺がポカンとしている間に、姫さまは彼女を気に入り、いろいろ話しかけていた。

え、彼女の何をどう気に入ったんだろう？

置いてけぼりの気分で、盛り上がる姫さまと淡々《たんたん》と話す彼女と一緒に、山林へ向かった。

――――このときまで俺は、自分の判断が正しいと思っていた。

俺の、護衛任務で平和ボケしていた頭では思いつかなかったのだ。ふだんいない地域に魔物が群れで出没した理由を。

山林に入ると、不気味なまでに静まり返っていた。

この時点で異変に気づけば良かった。素材集めをするために入る山林が、静かであるわけがないはずなのに……。

だけど俺は、姫さまが魔物に襲《おそ》われなくて良かったくらいにしか思わず、特にヴェールの女性に問いただしもせず山林を進んだ。

「ご主人様は、もう少し、奥《おく》にいます」

ヴェールの女性が教えてくれたが、このときも、これだけ静かで魔物が出ないのなら安全だな、と思ってうなずいた。

「静かでいい山林ですね」

俺が呑気《のんき》に言うと、姫さまがキョトンとした。

「そうなのか？　……魔物でも出てきてくれたらおもしろいのに」

「面白《おもしろ》くなくてけっこうですよ。何事もなく錬金術師をつかまえて話を聞くのが一番です」

姫さまと会話をしていたら、ヴェールの女性が口を挟《はさ》んだ。

「静かでは、ないです」

「え？」

俺が聞き返すと、繰《く》り返し言われる。

「ふだんは、こんなふうに、静かでは、ないです」

俺はその意味をじわじわと理解していった。

「ふだんは、静かじゃない？　ってことは、この静けさは異常なのか？」

「はい。異常です」

俺は立ち止まった。

「――姫さま！　今すぐこの山を下りますよ！　危険です！」

姫さまも立ち止まる。

だが、その視線は俺ではなく前方に注がれていた。

つられて俺も見る。


――それは、静かにたたずんでいた。

俺ですら見上げるほどの身の丈《たけ》の、三面六臂の異形。

見たこともないそれは、何かの返り血で赤く染まっていた。


まずい。

まずいまずいまずい。

それは、明らかに今まで出遭ってきた魔物と異なった。

人型なのに、腰《こし》から上が背中を合わせるように、三人分の身体《からだ》がくっついているのだ。

魔王の眷属《けんぞく》。

そんな単語が頭に浮《う》かんだ。

……ちくしょう。Aランクの魔物は、避難してきたんだ。自分たちよりも強い異形の存在を感じとり、その脅威《きょうい》に脅《おび》えて山林を下りたんだよ。あるいは……すでに他のAランクの魔物とやり合ったのかもしれない。

だから、異常なまでに静かだったんだ。

異形以外、何もいないから。

それを俺は……危険を避けたつもりが、危険に飛び込んじまった‼

どうするかをぐるぐる考えていると、なぜかヴェールの女性が異形に向かって歩いていた。

というか、立ち止まらなかったのだろう。

何してんだよ⁉　見るからに危険な魔物だってわかるだろ⁉‼

「おい⁉　ちょっと待――」

止める間もない。

俺が手を挙げたと同時くらい、呑気に歩いていた彼女は一瞬で異形に吹《ふ》っ飛《と》ばされた。

思いっきり木にぶつかり、何かが折れるような嫌《いや》な音がした。

彼女がぶつかった木は、メキメキと音を立ててへし折れる。彼女の首や手が、人としてあり得ない方に曲がっているのを見て、彼女の生存を諦めた。

俺は異形に向き直り、姫さまを後ろ手にかばう。

「姫さま。俺の後ろに。ありったけの防護グッズで身を固めてください。そして、隙あらば逃《に》げてください。無事、町に着いたらギルドへ行って身分を明かし、王都へ戻り騎士団を率いてきてください。……この国の平和は、姫さまにかかっております」

俺は姫さまに伝えると、勇者の剣を抜いた。

武器に頼《たよ》るのは癪《しゃく》だが、それで勝てたら僥倖《ぎょうこう》だ。

なんせ勇者の剣なんだから、俺にそのすごさをみせてくれよな‼

「アルジャン！　私の安否を気にするな。私は勇者だ。勇者の道具をすべて使える者なのだ！」

姫さまはそう叫ぶと、魔法鞄《かばん》から何かをぶちまけた。

いや、お願いだから山を下りてくれって！

だがもう説得の余裕《よゆう》がない。

俺は地面を蹴《け》り、異形に斬《き》りかかる。

ヴェールの女性の死体を見ていた異形は、ぐるりと俺に向き直り俺の剣を素手で受け止めた。

「ッ！」

俺はすぐさま離れ、剣を構え直した。

……勇者の剣でも斬れないのかよ。

俺は久しぶりに焦《あせ》りを感じた。

俺は、謙虚《けんきょ》に言っても剣術だけならこの国で強い方だ。騎士団最強の騎士団長に肩《かた》を並べるくらいにな。これでも〝剛剣〟の二つ名をつけられる程度には斬ってきたんだよ。

……その俺の剣が通用しないとなると、わりと絶望的なんだが。

クソ……けっこうなピンチだぞ。こんなんが野放しで、しかもこれ以上に強い奴がいるとかになったら……控《ひか》えめに言って、世界的危機状況だろ‼

異形の動きを見定めながらも、心の底から護衛を増やしてくれなかった王家と騎士団に向けて、怒鳴り声をあげたかった。

異形は俺に標的を決めたらしい。

俺を睨《にら》むように見据《みす》えると、構え……勢いよく突《つ》っ込んできた！

「……もってくれよ、勇者の剣」

俺は構えた剣で異形を受け……流した。

誰《だれ》がそのまま受け止めるかよ！　俺はタンク職じゃねーんだよバーカ！

思ったよりスピードがなかったのも幸いした。速いことはやはり速いが、感じ取れないほどじゃない。

今まで戦った最速の魔物とか、姫さまの撃《う》ち出す勇者の道具並みだからな。勘《かん》で予測して、相手が動く前に避《よ》けないとダメっていうね。

受け流したことが幸いしたのか、あるいは弱い箇所《かしょ》だったのかわからないが、受け流したときに当たった異形の腕から血飛沫《ちしぶき》らしき体液が飛んだ。

よし！　斬れないことはないって証明されたぞ！

異形は傷を手で押《お》さえ、名状しがたい声で吠《ほ》えた。

「■■■■■■■■‼」

うわー……キモイ。コイツ、絶対に魔王の眷属だろ！

俺はどう攻《せ》めようか悩《なや》みつつも剣を構えた。

俺と向かい合う異形はこちらを睨んでいたと思ったら、その場でくるっと向きを変える。

「……マジかよ」

向きを変えた泣き顔の異形は手に持つ錫杖《しゃくじょう》を振る。

——すると、俺のつけた傷が癒《い》え、消えた。

「……まいったな」

思わずぼやいてしまった。

これ、勝ち目あるのか？　一撃《いちげき》で致命傷《ちめいしょう》を与えなきゃ傷を回復しちまう。とはいえ、あの硬《かた》さじゃそうそう致命傷は与えられないときたもんだ。

俺は息を吐き出し、気合いを入れて構える。

——当初の目標は、腕を切り落とす。あの錫杖を持つ腕を切り落とせば回復出来ないだろ。まずはアレ狙《ねら》いでいこう。

そして……いちいち向きを変えるのが気になる。

推測になるが、あの三面はそれぞれ役割を持ってるんじゃないか。

素手が物理で殴《なぐ》る担当、錫杖を持つ手は回復魔術で癒やす担当。

もう一つは……。

異形が向きを変えた。三つ目の向きだ。

三つ目は武器を構えている。

——ん？　あの武器、姫さまと同じ……!?

「おわっ‼」

勘で避けた！

間一髪《かんいっぱつ》、武器から光が放たれ、俺の傍《そば》を通過した。

避けたが、アレは姫さまの武器と同じ魔法銃《じゅう》とやらだ！　連射がくる！

すべては避けきれず、何発か当たって吹っ飛んだ。

……俺は奇跡《きせき》的に無事だった。

ハハ、奇跡じゃねーな。姫さまがばらまいた何かが爆発《ばくはつ》してたよ。アレ、身代わり人形とやらだろ。

マジかよ当たったらあんなふうに爆散してたのかよ！

「姫さまの武器より物騒《ぶっそう》じゃねーか！」

転がり避けながら叫ぶ。

異形は笑い顔だ。

いや、三つの顔は基本的に表情が変わらない。

物理担当が怒《いか》り顔、回復担当が泣き顔、飛び道具担当が笑い顔だ。

木に潜《ひそ》み、いったん呼吸を整えてまた再度アタックをかける。

アレはヤバい。俺が本当に勇者の供ならば、姫さまが勇者ならば、ここでアレを仕留めなければならない。

「……頼むぞ勇者の剣！」

眠《ねむ》れる獅子《しし》よ、なんかすごいことを起こしてくれ！

俺は勇者の剣に装飾されている獅子に祈りを捧《ささ》げ、気合いを入れた。

「うおぉぉおお！」

吠えつつ特攻《とっこう》かましたら、めっちゃ撃ってきた！

俺は、ほぼ反射的に剣を振る。

——斬れた‼

「マジかよ⁉」

自分でやっといてなんだけど！　めっちゃ驚いたわ！

だけど、一応言っとく。

「来いや飛び道具担当！　全部斬ってやんよ！」

いや無理だろうけどな。

その後数発撃ってきて、奇跡のように斬り、飛び道具担当に迫る。

笑い顔の飛び道具担当、笑いながら焦ってるな。

俺の剣が届く寸前、物理担当に切り替《か》わった！

物理担当にぶつかり、俺の剣をはじいた。

くっそー、相変わらず硬い。……が、ちょっと油断したらしく、刃《は》が食い込んだな！　バカめ！

物理担当はギリギリと歯ぎしりしながら俺を睨んでいる。

俺も、間合いを空けて体勢を整えた。

——慌てて物理担当に切り替わったってことは、あと二面はさほど硬くないんじゃないか？　少なくとも、物理担当に切り替わらなきゃいけない程度には斬れそうだな！

ようやく突破口《とっぱこう》を見いだした俺は、どう攻略しようかと物理担当と睨み合っていたら……。

「■■■■■■■■‼」

異形が急にのけぞって吠えた。

死角から、姫さまが回復担当に魔法銃を叩《たた》き込んだのだ。

姫さまの魔法弾《だん》は、正確に、連続して回復担当の肘《ひじ》を撃ち抜き、錫杖を持つ腕をもぎ取る。

さすが勇者‼

だが、その代償《だいしょう》として、ターゲットが姫さまに移ってしまった。

こちらを向いていた物理担当が姫さまに向き直る。

「姫さま‼　逃げろ！」

俺が叫ぶと同時に、物理担当が姫さまに走る。

俺も走った。

姫さまがやられたら本気で世界が滅《ほろ》びる。あの洞窟《どうくつ》での逃走《とうそう》を思い出しつつガチで走った。

追いつくかと思ったら……飛び道具担当が、俺をニヤニヤ笑いながら魔法銃を撃ってきやがった！

お前ら同時に攻撃出来たのかよ⁉

ガチ走りじゃ躱《かわ》すのがやっとだ。避けつつ追うが、姫さまに間に合わない！

物理担当が、姫さまに手刀を叩き込んで……！

バチッ！

反射の装身具が作動し、何度か聞いた音を立てた。

安心したのもつかの間、物理担当の腕は弾《はじ》かれたが姫さまも吹っ飛んだのだ。

マジか！　威力《いりょく》によっては姫さまにも反射がいくのかよ！

千切れた紙が舞《ま》っているのは、守りの札だろう。一瞬で抜かれたか……。

姫さまは転がり、だがすぐ起き上がる。

泥《どろ》だらけで、おまけに鼻血が出てるぞ。

――おい身代わり人形、仕事しろって！

物理担当が姫さまにゆっくり近寄っていく。

姫さまは鼻血を手の甲《こう》で拭《ぬぐ》いながら、物理担当を睨みつけた。

俺は焦って近寄ろうとするが、ニヤニヤ笑いの飛び道具担当の攻撃がいやらしく、なかなか近づけない。

剣で魔法弾を叩き斬り避けながら姫さまに叫んだ。

「姫さま！　逃げろって！」

「背を向ける方が危ない！」

叫び返された。

そりゃごもっとも！

飛び道具担当は、やたらめったら撃ってきやがる。

正確性はないが牽制《けんせい》にはなっていて、俺はなかなか近づけないでいた。

いったん木に隠《かく》れて、木々伝いに姫さまに近寄ろうとするが、異形の方が圧倒《あっとう》的に近い。

ヤバいヤバいヤバい！

俺はもうなりふり構わず走った。牽制でめっちゃ撃たれているが気にしてられるか！

――それでも間に合わない。

「姫さまーッ！」

俺が姫さまに手を伸《の》ばしたとき。

「……クモコ！　かわいこちゃんを守れ‼」

若い男の叫び声が聞こえた。

その言葉が発せられた途端《とたん》、木に叩きつけられて死んだはずのヴェールの女性が俊敏《しゅんびん》に起き上がり、這《は》うように、しかし這うよりも速く異形に突っ込んでいった。

軽くホラーだが、それどころではない。

ホラー的ヴェールの女性はそのまま回復担当にぶつかっていき、回復担当の脇腹《わきばら》と飛び道具担当の片腕を吹っ飛ばした。

ええ⁉　ぶつかられた程度で異形が簡単にやられたぞ。

……もしかしてこの異形、不意打ちされると弱いのか？

あ、誰だってそうか。

ただ、この異形にはことのほか効くらしいな。生きて戻れたら騎士団に伝えよう。隠れて遠距離武器もしくは魔法罠《わな》で仕留められるぞ、と。

俺はそんなことを考えつつ、異形に駆《か》けよった。

二度目の不意打ちに異形はそうとう驚いたらしく、そちらに意識がいっていて俺を認識《にんしき》するのが遅《おく》れたようだ。

「不意打ちじゃねーけど、勇者の剣なら斬れてくれよ！」

ほとんど願望みたいなことを叫びつつ、剣を振りかぶる。

バシュッ！

避けられたが、回復担当の顔から首を半ば切り裂《さ》いた。

「やったか⁉」

「■■■■■■■‼」

異形は気持ち悪い声をあげ、のけ反りながら痛がっている。

チッ、痛がっているだけか。死んでほしかった。

――とか考えていたら飛び道具担当が撃ってきたので、慌てて避けた。

が、右腕に当たった。

その途端に、どこかで爆発音《ばくはつおん》がした。身代わり人形が吹っ飛んだようだ。

……今日で俺、何度死んだのかな？

飛び道具担当の追撃を警戒《けいかい》し転がって避けたが、どうやら片腕を吹っ飛ばされたせいで追撃が鈍《にぶ》っているらしい。そこまで必死に避けなくてもいいとわかった。

跳《は》ね起きると、奴に向かって剣を構える。飛び道具担当も攻撃を止め、物理担当に切り替わり俺を睨んでいる。

互《たが》いに睨み合いながら観察した。

現在、異形の頭二つと腕四本が残っていて、回復担当の顔と片腕と脇腹、飛び道具担当の片腕を吹っ飛ばしている。

恐らく、回復担当は死んだっぽい。残った回復担当の腕はだらんと垂れ下がり、治癒《ちゆ》しようとしないからな。

……よし、だいぶこちらに有利になったな。

俺は異形との間合いを計りつつ、さらに状況を確認《かくにん》した。

死んだと思っていたヴェールの女性は生きていた。だが、様子がおかしい。

――うん、現実をみよう。様子がおかしいというより、容姿がおかしい。ヴェールとマントが取れて彼女の姿が露《あら》わになったため、いろいろわかったのだ。

首、やっぱり折れてるよね？　真横に倒れてますけど？

そして、手と足の数もおかしいよね？　手が四本、足が四本ですか。異形より異形っぽいんですけど？

最後に、顔をヴェールで隠していた理由がわかった。彼女は……人間でも、魔物でもなかった。その顔は、人形のそれだったのだ。

異形にぶつかりぶつかられ、ヒビが入ってしまっている。

俺が敵か味方か、それ以上になんなのかを図《はか》りかねていたら、さらに異形が降ってきた。

「ッ⁉」

その異形は……うん？　なんだコレ？

二足歩行の大きな鳥……みたいな感じで、胴体《どうたい》部分に若い男が乗っていた。

それは、姫さまをかばうように異形の前に立ち、そしてヴェールの女性に声をかける。

「クモコ！　無事か⁉」

「腕を二本、足を二本、損傷。頭部が半壊《はんかい》。右腕ワイヤー以外の機能が使用不可――」

「くそぉおお！　俺のクモコをぉお！」

テンション高いな！

そして異形ではなさそう。少なくとも若い男の方は、鳥の魔物みたいな乗り物に乗っている人間のようだ。

姫さまは若い男をチラリと見て尋ねた。

「……助勢か？」

「未来の美少女を見殺しにしたとあっちゃ、ご先祖様にも子孫にも申し訳がたたねぇからな！　それに……クモコはお気に入りの魔人形《オートマタ》だったのに、よくもぶっ壊《こわ》しやがって！　コイツ、絶対殺してクモコをバージョンアップするための素材にしてやる！」

つーか、魔人形言った？

もしかしてその女性、魔道具なのか⁉　それじゃその乗り物も魔道具か！

つまり……。

「お前がバジルって錬金術師か⁉　すまん、助勢ついでに頼まれてくれ！　姫さまを安全な場所へ移してほしい！　礼は、騎士団か王家が支払《しはら》うから！」

俺は払わない！

俺は叫んだのち、再び異形に斬りかかる。眠れる獅子は眠ったままだが、剣自体はめっちゃ硬くて刃こぼれひとつしないので、それでよしとしよう。

回復担当がいなくなり、目に見えるくらいに異形は動きが雑になった。

時々意味不明に怒鳴っているのは、痛いのだろう。

俺は接近戦に持ち込み、物理担当とぶつかる。

飛び道具担当には、クモコと呼ばれた魔人形が攻撃をしていた。ワイヤーを飛ばして飛び道具担当の魔法弾を難なく弾いている。

マジかよクモコ、わりと手練《てだ》れだな！

バジルと姫さまは何やら相談している。早く逃げてくれ……と叫びそうになったら奥に撤退《てったい》していったのでホッとした。

「よし、とりあえず勇者は逃がせたぞ。……クモコ、悪いけど最後までつきあってくれ」

「牽制、および、魔法弾の、処理のみ、可能」

「じゅうぶんだ！」

飛び道具担当の魔法弾をクモコに任せて、俺は物理担当に斬りかかった。

物理担当は、拳《こぶし》で俺を殴ってこようとする。

俺はそれを勇者の剣で受ける。手が痺《しび》れそうなほどの衝撃《しょうげき》だな……物理担当の腕、硬すぎるんですけど！

腹を切り裂こうとしても弾かれた。マジかよ。

俺は舌打ちしたが、先ほどクモコが不意打ちで回復担当側を攻撃したら上手《うま》くいっていたので、全身が硬いわけではないようだと推測した。

姫さまも飛び道具担当の腕を吹っ飛ばしていたし、俺が迫ったときに焦って物理担当に切り替わったので、物理担当以外はそうでもないはずだ。

……となると、飛び道具担当がクモコと戦っていることだし、俺は回復担当側から突きを入れて内臓を破壊したいところだが……。

そっち側に回ろうとすると物理担当に牽制される。

俺は思わず舌打ちしてしまった。

ふざけんな、ぜってー斬ってやるかんな！　じゃないと勝ち目ないから！

「オラァッ！　いいかげん斬れやがれ！」

本腰《ほんごし》を入れ、物理担当の拳に勇者の剣を叩きつけた。

――あ、ちょっとだけ物理担当の拳が削《けず》れてきているな！　ほんのかすり傷だけど。

「かすり傷も重なれば重傷になるってな！　拳を真っ二つに斬ってやるから覚悟《かくご》しとけ！」

って、怒鳴りながら何度も拳とぶつける。

物理担当も、このままだと拳の方が当たり負けする、とわかってきたのだろう。飛び退《すさ》り、飛び道具担当に切り替わろうとした。

――その瞬間《しゅんかん》を狙い、俺は同時に反対方向へ動く。

「三面なら、同時に反対方向へ向きを変えたら一面飛び越《こ》し、ってな！」

回復担当側に回ってやったぜ！

慌てて向きを変えようとする異形と同方向に周回し距離を狭《せば》めていく。異形はまたもや飛び退ろうとしていたが、クモコが牽制してうまく動けないでいた。

よし！　俺の間合いに入った！

「おらぁああ！」

斬りつけながら急に反対方向へ動く。

異形の勢いと俺の勢いが合わさり、かなりの手応《てごた》えを感じながら剣を振り切った。

「[redacted]!?」

異形は思いっきり叫び声をあげた。

「やったか!?」

かなり深く斬ったはずだ。骨も半ば断てた手応えがあったからな！

異形は、俺の斬った勢いで吹っ飛び転がった。

クモコが追撃し、ワイヤーで飛び道具担当の頭を潰す。これは、いけただろ。

死んでるだろうな死んでてほしいなーと願いつつ、油断なく構えながら見ていたら……跳ね起きた！

そしてそのまま逃走に移った。

「マジかよ逃げんな‼」

「追いかけます」

つぶやいて走り出したクモコと一緒に異形を追いかけた。……待ってクモコさん速いわよ。

必死で追いかけていると、異形の逃走先に姫さまがいるのが目に映った。

最悪だ‼

「姫さま！　逃げろ！」

俺が叫ぶと姫さまが叫び返す。

「アルジャン、伏《ふ》せろ‼」

姫さま、何かをこちらに構えてド派手に撃ってこようと……

「どぁあああぁあああ!!!」

俺は慌てて地面に飛び込む形でスライディングした。

同時にクモコが、姫さまに気づいて避けようとした異形をワイヤーで搦《から》め捕《と》る。

――直後、光の奔流《ほんりゅう》が異形の上に降り注いだ。

なんで上⁉

構えてたの、なんだったの⁉


俺は起き上がると油断なく剣を構えて異形に近づいた。とどめを刺《さ》すためだ。

静かに異形を覗《のぞ》き込んだが……これは、死んでなくてもすぐには起き上がれないだろ。ってくらいボロボロだった。

俺が斬った背骨は上空からの攻撃で完全に裂け折れている。

そして異形の、最後まで残った物理担当の頭も潰されていた。

ヤバい威力だな……。うまく当てれば一発で仕留められそうだ。

俺はひとまず安心かな、と息を吐き、剣を収めた。

「姫さま。すべての頭が潰され、背骨が折れています。……確証はありませんが、死んだと思われます」

急所がわからないから確証はない。

だけど、頭がないので見て攻撃することは出来ないだろう。

……と、木の上にいたらしい、鳥型乗車魔道具に乗ったバジルが降りてきた。

冒険者風の格好だが、ゴーグルをしていたり、スカーフで口元を覆《おお》っていたり、道具を腰にじゃらじゃらつけていたり、なかなか派手な格好をしている。

乗り物から飛び降り、頭をかいてぼやく。

「あー、焦ったぁ。当たんなかったらお供のおっさんに殺されるぞ、とか脅《おど》されるしさぁ。でも、ドSの姫さまもちょーかわいい」

そう言いながら姫さまに近づき、うぇーい、と姫さまとハイタッチしている。

……なんか、ずいぶん軽い男だな。そして俺は殺さないよ？

俺は息を吐き、異形を足で仰向《あおむ》けに転がすと開胸し開腹した。

心臓を潰さないと復活する魔物とかいるからな……。心臓が複数ある魔物とかもいるし。念には念を入れないとね。

調べていたら、声をかけられた。

「あんまぐちゃぐちゃにしないで。ソレ、素材としてもらい受ける話だからさー」

「は？」

顔を上げると、バジルがビビっている。だから、殺さないよ？

「ひ、姫さまからそういう約束を取り付けてるの！　その素材を使って、助太刀《すけだち》したクモコを修復、バージョンアップしていい、って！」

いつの間にそんな仲良しに⁉

姫さまは、貴族の子息じゃなけりゃ仲良くなるのかな？

あるいは、姫さまのやんちゃな遊びに付き合えそうな奴ならいけるんだろうか。

……と、姫さまが無事城に帰ったのち婚約者を探す際のアドバイスについて考えていると、

「見ろ！　戦えそうな供をゲットしたぞ、喜べアルジャン！」

フンスフンスと、鼻息高らかに姫さまが言った。

異形の死体を開いてわかったのは、人間に近い形態をしている、ということだった。

ただ、内臓がほぼない。かろうじて心臓と肺らしきものはあったが、それ以外の臓器はわからなかった。

……これ、よく生きて動いていたな？　って感じだよ。

俺は異形の死亡を確認し、姫さまのもとへ歩く。

姫さまの前に屈《かが》むと魔法鞄から手拭《てぬぐ》いを取り出し、姫さまの顔の汚《よご》れを拭い取りつつ尋ねた。

「それにしても姫さま。なぜ異形の逃走経路がわかったのですか？」

絶対にまぐれじゃない。姫さまは確信を持って逃走経路に立ち塞《ふさ》がっていた。

「この先に逃げ場があるのだ。前回はわからなかったが今回はわかったぞ！」

逃げ場？

姫さまの言葉に首をかしげる。

「行けばわかる。ついてこい」

「その前に身だしなみを整えましょう。鼻血の他に怪我《けが》はないですか？　どこか痛めたなら回復薬を飲みましょうね」

意気揚々《ようよう》と歩き出そうとする姫さまを引き止めた。

姫さまの怪我の具合を確認しながら、俺は思わずつぶやいた。

「身代わり人形があっても怪我をするとは……」

「うむー。油断したのだ」

どうやら、身代わり人形には欠点があるらしい。

それは、攻撃対象以外からの攻撃だ。

姫さま、弾き飛ばされるとは思ってもみなかったらしい。弾き飛ばされたときに打ち所が悪くて鼻血が出てしまったそうだ。

この理屈《りくつ》でいくと、たとえば岩石が落ちてくるとか、火事に巻き込まれるとかで、命を落としてしまうんだが……。

俺の心配を見てとった姫さまが、先回りして言った。

「そこは反射の装身具と守りの札だ。不意打ちは、たいていこの二つがあればカバー出来るのだ。だからこそ、弾き飛ばされるとは思ってなかったのだが」

なるほどね、と思った。

……だが、やはり守りが弱い。こんなんがたくさん出たら、非常にヤバいぞ。

今回、一匹《ぴき》だからどうにかなった。

俺だって、姫さまのばらまいた身代わり人形がなけりゃ、間違いなく死んでたしな。

弱点とパターンがわかったので、次にまみえても今回ほど苦戦はしないと思うが、徒党を組まれるとまたパターンが変わりそうだ。

——と、姫さまの手当てをしながら考えていた。

その間に、バジルはクモコの手当てをしていた。

「くっそー！　あの魔物、マジで許せねぇ！　もう死んでるけど！　……クモコ、帰ったら直してやるからな！」

「かしこまりました」

応急処置らしきものが終わってから、自分の乗っていた魔道具にクモコを乗せている。

「いや、助かったよバジル。礼を言う。クモコもありがとう」

実際、クモコの乱入がなかったら姫さまが危《あや》うかったからな。

その後の戦いで牽制もしてくれたので、飛び道具担当に悩まされることもなかったし。

何気ない俺の言葉に、バジルは驚いたように俺を見た。クモコも。

「礼には、及《およ》びません。ご主人様の、命令どおり、動いたまでです」

そう返してきたクモコに、またバジルが驚く。

「クモコ？　お前……」

バジルはクモコをじっと見ていたが、やがてふいっと視線を逸《そ》らした。

「……そんなわけないか。プログラムの通りに回答したんだよな」

と、小さくつぶやいていた。


姫さまにたいした怪我はなく、すり傷がほとんどだったので、王家の軟膏《なんこう》を塗《ぬ》るだけで済んだ。

……そうそう、姫さまに新武器を教わった。

『アームキャノン』とかいう名前で、腕に取り付けて撃つらしい。威力はあるが、溜《た》めが必要で連射が出来ない。あと、弾速が遅《おそ》いって欠点がある。

で、それを撃ったのかと思ったら全然違って、あの構えはフェイクだったそうだ。

異形の気を引いて、本命の攻撃はバジルに任せたとのこと。バジルの乗っていた魔道具に、勇者の道具を取り付けたらしい。

どこに撃ってもマークした敵を追尾《ついび》して攻撃するっていう、怖《こわ》い魔法弾だそうで……。

ただし、追尾状況によっては威力が激減する（弾の勢いが減るため）のと、追尾したとしても割り込みされると当たらない。

今回のような、上から降らせるって使い方をするのが一番効果的だから使った……と、姫さまがドヤ顔をかましながら語った。

俺は姫さまの話を聞きながら手当てを終え、服や髪《かみ》についた土埃《つちぼこり》を払い髪を整えた。

「よし、いいですよ姫さま」

「うむ！」

姫さまは腰に手を当ててバジルに向き直る。

「バジル！　お前は勇者の供の子孫だな⁉　ならば私とともに旅に出るのだ！　魔王の眷属を倒し、魔王を再度封印するぞ！」

「ハァ⁉」

バジルは突拍子《とっぴょうし》もない声をあげて驚いた。

「マジで⁉　いやいや冗談《じょうだん》でしょ？　俺、戦えないし――」

両手と首を横に振ってお断りしているバジルに、俺はツッコんだ。

「いや何言ってんだよ。戦えるだろ。たった今戦っただろうが」

バジルが愕然《がくぜん》として俺を見た。そんな顔をされても……。

「戦えるだろ」

「でも……だって俺……。俺が勇者の供の子孫って…………あ」

何かに気づいたようなバジルがフリーズした。

「…………マジかよ」

バジルは何かに気づいたように、ガックリとうなだれた。恐らく、勇者の道具に心当たりがあったんだろう。

気づいたものの、だからといって勇者の供として旅に出るのには同意しかねるらしい。

いろいろ理屈を捏《こ》ねたが、主には「その期間、魔道具が作れない」そして「戦うのは作った魔人形になるけど、壊されるのが嫌だ！」ということだった。

話を聞いていた俺は、伝家の宝刀である『王命だ』を使おうと思ったが、その前に姫さまが言った。

「なら、初代勇者が貸し与えた〝錬金道具〟と〝疑似魔核《ぎじまかく》〟を返してくれ。別の錬金術師に渡《わた》す」

ずい、と姫さまが手を出した。

これにはバジルも驚き、固まった。

姫さまはクモコと乗車魔道具をチラ、と見て迫った。

「独学でそこまで作ったのは褒《ほ》めてやる。だが、初代勇者が勇者の道具をお前の先祖に貸し与えたのは、子孫に玩具《おもちゃ》を作らせるためじゃない。各地の魔物の異常発生を抑《おさ》えるため、そして次代の勇者に協力させるためだ。自分の好きなものを作り出すためだけに使うのなら返せ。ならば、別の者に与える」

　バジルは反論しようとした。

「でも、それは……」

「アルジャン、やれ」

　姫さまが俺を顎《あご》でしゃくってうながす。

　……何をどうやればいいんですかね？

　だが、バジルには効果てきめんだったようだ。

「待って待って待って！　わかったから！」

　俺を見て怯《おび》え、慌てて手で制してきた。だから、殺さないよ？

「……疑似魔核は、まだ俺には創れないんだ。似たものは作れたけど、完成にはほど遠い」

　ポツリとバジルが言った。

「完成に至らない理由が、『もともとは初代勇者が創り出したものだから』ってことなら、半分くらいは納得《なっとく》する。だけど、俺はこの手で創り出したいんだ！　それを、俺のじーちゃんも夢見てたんだ……」

　バジルが拳を握る。

「……もしも、姫さまが初代勇者と同じくらいすごいんだったら、ハナコを診《み》てくれないか？　俺たち一族は、ハナコを治すために魔人形を研究してたんだ」

　ハナコ？

　俺は首をかしげた。

姫さまが腕を組み、軽く眉根《まゆね》を寄せた。

「診るのはかまわないが、修理は出来ないぞ。アレは、そういうモノじゃない」

うーん。またしても姫さまが、もったいぶったような言葉を言ってるよ。

それにしても……ジャステ伯爵《はくしやく》夫人のときもそうだったが、姫さまは勇者グッズに関してめっちゃ博識だな。自分の持っている道具はもちろんのこと、貸し与えた道具まで詳しい。

宝物庫でその知識を得たんだろうか。

と、考えつつ見ていると、姫さまはバジルに通告した。

「とにかく、勇者の供をやる気がないなら勇者の持ち物を返せ。〝クモコ〟というその魔人形は、今後の戦いで有用だとわかった。なら、初代勇者の疑似魔核を埋《う》め込んだ魔人形なら、アルジャンのサポートにじゅうぶん使えるからな！」

いやいやいや、もしもその魔人形が有用なら、俺のサポートにするよりも姫さまの護衛に使いたいかな。

俺は、近衛《このえ》騎士だけど元冒険者だから、戦って倒すのが得意なんだよね。

姫さまの守りを固められたなら、俺はもう少し戦いやすくなる。

……って、それって俺のサポートになるのか。

俺はうなずいて姫さまに同意した。

「そうですね。先ほどの戦いでかなり有用なのがわかりましたし、勇者の道具として用いられた魔人形ならば懸念《けねん》材料だった『護衛の増加』が期待出来ますね」

「…………わかった」

これでバジルが折れた。

ただし、と付け加えてくる。

「今のクモコじゃ強度が心配なんだよ。一発喰《く》らったくらいでここまでやられたら、魔人形がいくつあっても足りないじゃん？　魔人形は消耗品《しょうもうひん》じゃないし、ちゃんとした工房がなけりゃ作れない。だから、機体はもっと頑丈《がんじょう》で機能豊富にしないとさ、あんなのに対抗《たいこう》出来ないって！　俺、作った魔人形を壊されるの、ぜってー嫌だから！」

うーん、確かに一理ある。が、時間がないんだよなぁ……。

俺が渋《しぶ》っていると姫さまは、

「そこはあとで詰めよう。今は、先ほどの魔王の眷属の逃亡《とうぼう》先を見に行くのだ！」

と言い、歩き出した。

＊

姫さまの案内した先には、初めて見る光景があった。

「なんじゃこら……」

「え、気持ち悪……」

俺とバジルは感想を言い合う。

俺たちの視線の先には、なんとも奇妙な歪《ゆが》みがある。

形容しがたい、この世のモノとは思えないような亀裂《きれつ》。

それが、蠢《うごめ》いている。

「これが、魔王種……魔王の一部だ」

姫さまが厳《おごそ》かに言い、俺たちは仰天《ぎょうてん》した。

これが魔王の一部なのか。……倒すの無理じゃね？

ってのが、俺の感想だ。

バジルもそう思ったらしい。

諦めと絶望がないまぜになった表情をしている。

俺たち二人の絶望感を気に留めず姫さまは、魔法鞄から何かを取り出した。

それは姫さまの小さな手でもつかめるくらいの球で、輪っかがついている。

姫さまは、その輪っかに指をかけると引き抜き、魔王の一部に投げつけた。

はい？

って思うような気軽さで。

魔王の一部は球を呑み込み……一瞬の後、急激に蠢き、収束するように消えた。

はい？

あまりの呆気《あっけ》なさにボーゼンとする、俺とバジル。

姫さまは、くるりと俺たちに向き合うと言った。

「……と、まぁ、浄化《じょうか》の珠《たま》が効果ある。見つけたら即《そく》浄化だ。これらの浄化は魔王本体にも効き目があるそうだ。魔王は……復活具合によるが、浄化の珠を投げつけても効果がないパターンがあるので、これのもっとすごいのを作れる者を見つけて作ってもらい浄化するか、初代と同じく封印するか。それを判断するため様子を見に行く、というのが旅の最終目的だ！」

姫さまを虚《うつ》ろに見ながら思った。

聞いてないんですけど。

だけど、ふと思いついた。

あ……だから錬金術師が勇者の供だったのかな？

確かに魔人形は有用だけどさ、でも普通に騎士や魔術師でいいんだよな。錬金術師を仲間に入れるのは、その浄化の珠を作ってもらうのが本命。魔人形はついでって考えるべきじゃないか？

俺が浄化の珠を作れそうなバジルを見たら、バジルが首を横にブンブン振る。

「俺、残念ながら調合系アウトなんだよね。専門外。調合系の錬金術師を探して」

と、回答が返ってきた。そういうものなのか……。


俺とバジルは放心しつつ、引き返して帰路につく。

「浄化の珠は、比較的《ひかくてき》多くの王族が使えたそうだ。歴代、旅に出たご先祖様は皆《みな》使えた。もしかしたら、おにいやパパも使えるかもしれない」

姫さまが歩きながら教えてくれた。

「でも、魔王にはこの程度じゃ効かないらしくて、消えなかったんだ。だから初代は封印した。魔王の一部が出てきたってことは、封印が弱まり魔王が復活してきているんだ。完全復活されると眷属がたくさん湧《わ》くので面倒《めんどう》なことになる。他にも、復活の兆《きざ》しで魔物が活性化しているので魔王の一部も放っておけない。とはいえ、魔王の一部がどこに湧いているのかわからない。今までと違う異常事態が起きていたら魔王の一部がある兆しだと思って、それで――」

「Aランク魔物の様子を見に行きたがったんですね」

俺が引き継《つ》ぐと姫さまはうなずいた。

俺は頭をかく。

「……うーん……。理由はわかりました。最初からそう言ってくだされば私ももう少し考えましたが……。ただ、やはり護衛の増加は急務です。あと、周知させないと被害《ひがい》が出る――」

「それはダメだ」

姫さまがかぶせて否定。

「魔王は、周知させてはいけない」

姫さまがキッパリと言い切った。

え？

なんで？

「え？　なんで？」

ってバジルが俺の内心を言葉にしたが、姫さまは理由を言ってくれない。

……前々から思っていたんだけど、姫さまってちょっと秘密主義な気がするな。

「先にそれを言ってくれよ」ってことがちょいちょいあるんだが……。

俺は、ハァ、とため息をついて姫さまに言った。

「……正直、早めに語ってくださると護衛騎士としても勇者の供としても助かるのですが……。勇者の判断、というのであれば従います」

そう言うと、姫さまは酸《す》っぱいモノを食べたような顔になる。

ナニその表情は……。

「……私も、知識が無いから迂闊《うかつ》に出来ないんだ！　何が起こるかわからないから、初代や歴代がしなかった行動は取れないんだー！　わかんないんだもん！」

しまいには地団駄《じだんだ》を踏み出したぞ。

「え、姫さまかわい……」

とかバジルが言ってるけど。地団駄踏むの、かわいいの？

俺は両手を上げてなだめに入った。

「わかった、わかりましたよ。姫さまは、初代が行った行動をなぞっているんですね？　姫さま自身、手探《てさぐ》りなので後手に回っていることもあるし、しかたなしに後から公開していることがある、と」

姫さまがふくれっ面でうなずいた。

確かに、こんなに幼い姫が勇者。知識は恐らく初代勇者の行動録のようなもので得たのだろう。やらなければならないことはわかるが、やってはいけないことがわからない。迂闊にやるとどんな結果を及ぼすかわからないから、やれない。

ただ……やりたいことはやってる気がするんですけど、その辺どうなんですか？

と、思ったが。ま、それも姫さまの幼さだな。これほど幼くてすべてを正しく判断し、適宜《てきぎ》情報を渡す、など出来るわけがない。

俺は姫さまの頭をポンポンと叩いた。

「姫さまは勇者としてがんばっておられます。ですから、繰り返します。それが勇者の判断というのであれば従います。ですが、それが姫さま自身の判断であるのなら、私は姫さまの身の安全を第一に考え、意見します」

「…………うむ」

姫さまがしぶしぶうなずく。

「たとえ姫さまが失敗しても、もうそれはしかたのないことです。幼い姫さまにすべての責任を押しつけるようなことは、私を含《ふく》め誰も望んでおりません。姫さまのパパもママもおにいも姫さまの身を案じておりますし、わからないことは大人に聞いて、判断してもらってもいいのですよ？　少なくとも王族の方は勇者の末裔《まつえい》ですから勇者の支えとなるでしょうし、周知することには入らないでしょう。相談してみたらどうですか？」

姫さまはハッとしたようだ。

「……そっか。わからなくなったら聞いてみる」

と、姫さまがかわいく言った。

「姫さま、かわいい！」

――バジルのその言葉に、俺も同意するよ。

再び姫さまの頭をポンポンと叩くと、姫さまはくすぐったそうな顔をして笑った。

山林からようやく戻って、冒険者ギルドに着いた。

バジルとは途中で別れた。クモコを一刻も早く修理したいそうだ。なので、報告は俺がすることになった。

ギルドマスターに説明しながら、おとなしくAランク魔物を相手にしていれば……と、チラっとだけ思う。

だけど、アレの相手は勇者案件だろうからしかたがない。どのみち討伐に向かう羽目になったんだろう。

「……そんなんが出るようになっちまったか……」

ギルドマスターが頭を抱《かか》える。

その後、顔を上げて俺を見た。

「アルジャン、お前……勇者の供に選ばれたんだな？」

俺は頭をかいた。

……さすがに誤魔化《ごまか》せないよな。

「俺の主君、パシアン姫が勇者だ。……今はまだ内緒《ないしょ》にしてくれ。勇者案件はデリケートで、何がきっかけで失敗するかわからない。姫さまも、それが測れないので、かなり慎重《しんちょう》に事を運んでいるんだ。今はまだ、『特Aランクの魔物が発見された』ってだけにしておいてくれ」

ギルドマスターはうなずいてくれたが、難しい顔をしていた。

「うーん……。だが、そんな危ない魔物が出るんじゃさすがに各ギルドマスターと情報を共有しないとまずい。勇者の件は伏せておくが注意喚起《かんき》しなきゃならんし、Aランク冒険者を集めて討伐依頼をかけなきゃ死人が出まくるぞ。お前クラスで苦戦するくらいなんだろう？」

そう言われて、今度は俺が頭を抱える。

「……すまん。俺だと『苦戦する』なんてレベルじゃねぇ。『何度か死ぬ』レベルだ」

俺のセリフにギルドマスターが絶句した。

俺はなんと言おうかと天を仰《あお》いだ後、ギルドマスターに顔を戻した。

「詳しく話していいのかわからんので助かった詳細《しょうさい》は伏せるが、勇者の力がなければ俺は生きていなかった、とは言っておく。――Aランクの冒険者なら、数人がかりでいけば一匹倒せるかもしれんが、死ぬ奴が出るかもしれない。特に近距離……俺みたいなタイプはマジで死ぬ確率が高いんだ。隠密《おんみつ》系の遠距離が高火力の魔術をぶっ放せばいける……と、思う」

ギルドマスターは俺の話を聞いて嘆息《たんそく》した。

「隠密系の遠距離って、シーフ系のスキル持ちだろ？　そんなんに高火力の魔術が使えるわけねーだろが」

無茶言うな、みたいに言われたけど、でもそれが最適解なんだって。

俺は腕を組んで唸《うな》りつつ思いつきを伝える。

「……騎士団と連携《れんけい》だな。騎士団の盾《たて》ならそう抜かれないかもしれん。盾で囲って、魔術師が見えないところから魔術で不意打ちしまくる、もしくは足の速い奴が陰《かげ》から突撃《とつげき》しまくるのが思いつく対処法だ。近距離はとにかく不利。特に俺タイプはめっちゃ不利」

あんなんが魔王の眷属なら、俺、勇者の供としては役立たずなのでは……？　とか思うね！

バジルの作った魔人形の方が、勇者の供としてはよほどいいだろうな。あの魔人形はかなり使える。不意打ちもいけるし、囮《おとり》もいけるし、遠距離攻撃もいけるし。

だが、魔人形はバジルしか作れないし、強化しないと一発で壊れる。身代わり人形の使える俺の方が結果的にいい働きをするだろう、うん。と、自分を慰めた。

それはともかく、ギルドマスターと相談し騎士団長に手紙を送ることにした。

『今後、騎士団の遠征《えんせい》には遠距離攻撃出来る魔術師を必ず伴《ともな》わせ、魔法罠の数を揃《そろ》えて持ち歩くように』

と、書いた。

魔術師は騎士団員ではなくともいい。もやしっ子だろうが、高火力の遠距離攻撃が出来ることが肝心《かんじん》だ。不意打ちが決まれば、あとは騎士団員でもいける……かもしれない。

ともあれ、俺のような剣術バカばかりが集まったら危険だ。

不意打ちが一番効果があるんだから、真っ正面から突っ込んでいくしか能のない連中ばかりだと、全滅《ぜんめつ》する恐れがある。

これは、強さの問題じゃなくて、相性《あいしょう》の問題だからしょうがない。

受付嬢《うけつけじょう》に手紙を出すよう頼んだら、逆に「手紙を預かってますよ」と返された。

差出人を見たら、騎士団長からだった。

……あとで読むとするか。今はまだやることがあるからな。

ギルドを出た俺たちは、バジルの錬金工房に行った。

中を覗いたら、バジルが勇者の供になったことで苦悩《くのう》していた。

「なんで俺の代で……」

ブツブツ言っているが、どうしようもないからね。

初めて聞いたときは驚いて戸惑《とまど》っていたようだが、バジルは貸し与えられた勇者グッズに心当たりがあったのだ。

断りたいけど断れない。だって、その勇者グッズは非常に変わっていて、二度と手に入れることは出来ないし、バジルや歴代の錬金術師が必須《ひっす》としていたもの……錬金工房そのものだったから。

この錬金工房、変な形をしているなーと思ったら、バジルの乗っていた乗車魔道具のように歩いて移動出来るそうだ。変な装飾だと思っていたのは足らしい！

歩く家って……。勇者グッズの中で一番サイズがデカいかもな。

俺は聞いて感心した。

「すごいな。でも必須道具だから断れないだろう？」

俺がバジルに声をかけると、バジルはゆっくりと首を横に振る。

「錬金工房だけだったら、苦悩したけど断っていたかもしれない」

マジかよ。

俺が驚いていると、バジルは疲《つか》れたように笑った。

「もう一つのほう。それがあるから〝勇者の供〟として姫さまの旅に参加するしかない。それを取り上げられたら俺も先祖も今まで何をやってきたんだ、って思うことになるからな。潔《いさぎよ》く、勇者の供になるよ」

――勇者の供だったバジルの先祖が使役《しえき》していた最強の魔人形『ハナコ』、その魔人形を動かす要となる〝疑似魔核〟がもう一つの勇者グッズだったのだ。

ただし、現在は稼働《かどう》していないそう。

使役していた者が亡《な》くなったと同時に、その魔人形もまた眠りについてしまった、ということだった。

そこまでをバジルが姫さまに話す。

「うむ……。うむうむ。それはだな、その魔人形を操《あやつ》る権限が当時の勇者の供にしかなかったためと、その魔人形が他の者に使われるのを是《ぜ》としなかったため、のようだ」

姫さまがしきりにうなずきながら語り出した。

「当時の勇者の供が作り出した『ハナコ』という魔人形は、悪用したら危険極《きわ》まる道具で、かつ勇者が使用者の制限をその勇者の供のみ、としか設けられなかったのだ。本来なら機能制限がかかるだけなのだが、その魔人形自体が他の者に使われたくないと、機能を停止してしまったのではないかと推測される」

俺とバジルは姫さまの話を聞いて呆《あき》れた。

なんというワガママ魔人形！　そんなんアリなの⁉

……姫さまの話を聞いた限りじゃ、その魔人形、もうどうしようもなくない？

何とも言えない顔をバジルと俺とでしていたら、姫さまが気づいてサムズアップをした。

「大丈夫だ！　私は勇者だぞ！　権限をお前に譲渡《じょうと》してやるから叩き起こせ！　お前自身が作り出した魔人形も、疑似魔核に『所有者はお前だけ』という制限をかければパワーアップするからやってやる！　だが、その代わり勇者の供として、アルジャンの下につけ。アルジャンが、『部下がいない』と嘆いているのだ」

「マジか！　姫さまサンキュー‼　一生ついてく！」

バジルが喜色満面で、現金なことを叫んだ。

え、俺、別に嘆いてはいないよ？　護衛を増やせって言ってるだけ。

俺がそんなことを考えていると、

「あ、ただ、ちょっと時間をくれないか？　今回手に入れた素材で、俺の作った全魔人形を出来る限りは俺の手でパワーアップさせるからさ。少なくとも強度は上げないとマズい。アレがデフォなら、同じ耐久性《たいきゅうせい》を持たせたいんだよ。それから出発する、ってことでヨロシク！」

って、バジルが言ってきた。

俺は、姫さまと顔を見合わせる。

……だって、この錬金工房自体が勇者の道具なんだろ？

移動出来るって姫さま言ってたよね？

そう思ったのでバジルにツッコんだ。

「錬金工房は、持ち運び出来るって話だろ？　なら、旅をしながらやればいいだろうが」

――俺は、何の気なしのその発言を後悔《こうかい》することになった。

カッ！

と、目を見開いたバジルがまくし立て始めたのだ。

「錬金術ナメんな!!!『旅をしながら？』……ンな気軽な感じでやるモンじゃねーんだよッ！　案出しして、計画して、材料を集めて、作って、試験して、材料集めて、不具合直して、試験して、材料集めて、不具合潰して、試験して、それでようやく、ようやく！　完成すんだよ！　そんな工程、旅をしながら出来るわきゃねーだろが脳ミソ働かせて深く考えろ！　特に、これから作るのは魔王を想定してなんだろうが⁉　耐久性も上げないとだし、性能ももっと上げなきゃ簡単に壊されるのはわかってんだろ⁉　それをお前は──」

俺、正座。

バジルはヒートアップしてガミガミ説教している。

ちなみに姫さまは、瞬時に目くらましの札を貼《は》り逃亡した模様。気配すらしないよ！

「──というわけで姫さま。バジルは魔人形が完成しだい追いかけるそうです。追いかける手段は移動用の魔道具を作るとのことで、問題はなさそうです」

一時間後。ようやく解放され、ゲッソリした俺は逃亡した姫さまを見つけて説明する。

姫さまは異を唱えることなくおとなしくうなずいている。

ま、あのバジルを見たら、反論するのは嫌だよな。

……嫌だが、バジルの魔人形は有用だ。そして、あんな異形が出没しているのに呑気に魔人形ばかりを作っていられても困る。

……という気持ちが伝わったのか、バジルが弁解し始めた。

「あんま時間はない、ってのはわかってるから、ある程度は妥協《だきょう》するつもり。でも、一か月くらいは見てほしい。完成したら追いつけるから。あと──」

バジルは逡巡《しゅんじゅん》したが、姫さまを見て言った。

「ハナコは、目覚めさせられるのか？」

その問いに、姫さまはうなずく。

「所有者をお前に変更《へんこう》すれば、お前の命令をきくようになる。……そもそも勇者の命令はきくのだが。私がそばにいけば、目覚めるはずだ」

バジルは姫さまに頭を下げた。

「姫さま！　頼む！　絶対に追いかけるから！　先にハナコを目覚めさせてくれ！」

姫さまは俺をチラリと見た。

――正直、後の方がいい。保険をかけておきたいから。

だが――

「姫さまのご随意《ずいい》に」

俺は姫さまに一礼した。

勇者の供については姫さまが決めることだ。

それに、バジルの魔人形は有用だが、逃げ出したらそれまでだと俺は割り切っている。無理についてこさせても、どうせ途中で逃げ出すだろうからな。

俺がそれ以上何も言わなかったので、姫さまはバジルにうなずいた。

「うむ。では再起動させよう。私をハナコとやらのもとに連れていけ」

バジルは地下に続く階段を示した。

三人で下りていくと、狭《せま》い部屋の中央にベッドがあり、そこに人と見間違えるほどによく出来た魔人形が横たわっていた。

これが『ハナコ』か……。勇者グッズはいろいろすごいが、ひときわすごいな。

あ、でもガワはバジルのご先祖様が作ったんだっけ。すごい情熱だな。

姫さまは、ハナコをひと目見るなり眉根を寄せる。え、ダメそうなのか？

そんな姫さまの表情を見て、バジルが恐る恐る尋ねた。

「……姫さま。いけそう？」

バジルの問いに答えず、姫さまはハナコに近寄ると、思いきり頭部を叩いた。

「何百年も空寝《そらね》するな」

え。

俺とバジルは目が点になった。

姫さまは、なおもハナコに語りかける。

「起きないようなら、ドリルでその額に穴を開けてやる」

「わかったわかりました。起きます」

いきなりしゃべりだした！

ハナコは目を開けると、しぶしぶといった感じで起き上がった。

「言っておきますが、起動しない方がよけいなエネルギーを使わずに済むし、体内の不具合が起きにくいんです。ですからこれは断固として空寝ではないと抗議《こうぎ》します」

ハナコが弁解しているが、姫さまの視線は冷たい。

「それならそうとコイツらに言っておけばよかっただろう？　伝えずに、あたかも壊れたかのように眠っていたのは働くのがめんどくさいという理由しか考えつかない」

「……現代勇者さま。魔人形だからといって、働くことが好きとは限りません」

ハナコは、まるで諭すかのように姫さまに反論する。

「ならばスクラップにするぞ。ソイツの造った働き者の魔人形を勇者の供とするほうが断然いい」

「わーいハナコ、働くの大好きー」

姫さまの放った一言に、棒読みで返すハナコ。

バジルがドン引きしているよ。でも、気持ちは分かる。

姫さまがくるりとこちらに振り向いて言った。

「起動させたぞ。厳密には停止したフリをして惰眠《だみん》を貪《むさぼ》っていたのを叩き起こしたのだが。――バジル、この魔人形は怠《なま》け癖《ぐせ》がある。もっともらしい言い訳を並べて休もうとするだろうから、そんなときはドリルで頭に穴を開けてやれ」

「えぇ……」

バジルは何とも言えない顔をしていた。


さらに姫さまは、クモコに所有者制限を施《ほどこ》した、らしい。

『らしい』というのは、その工程を見せてもらえなかったからだ。バジルにも見せていなかった。

「これは勇者の秘術だから見せられないのだ！」

と言われると、俺もバジルも引き下がるしかない。

ただ、制限をかけられたクモコは話し方が滑《なめ》らかになった。

「伝達が早くなりました」

「マジかよクモコ！　……姫さま、マジでサンキュー！」

泣き出しそうに喜んでいるバジルを見据えて姫さまが言う。

「感謝しているなら、必ず追ってこい。魔王が活性化したら、優雅《ゆうが》にお人形遊びをしている場合じゃなくなるのはわかっているだろう?」

バジルは顔を引き締《し》めて言った。

「わかったよ。俺も、ハナコを作り出し勇者の供となった人の子孫だ！　クモコや他の魔人形をパワーアップして、必ず追いかけていくから！」

俺もバジルに伝えた。

「じゃあバジル、一か月後、よろしくな。もし追っかけてこなかったら、俺が追いかけまわしてやるからな」

バジルは真っ青になってクモコの陰に隠れた。

えぇー……。ちょっとした冗談なんですけど。

S3　犯罪組織、許すまじ

ごきげんよう、プリエです。

馬車をゲットした私は、付属物たちと一緒《いっしょ》に姫《ひめ》さまを追いかけています。

付属物その一は自称《じしょう》護衛のイディオで、増えた付属物その二は見た目だけ美形の御者《ぎょしゃ》、アダン。

アダンは馬に対して変態的だけど、今のところは問題なく馬車を走らせている。

最初は、自分で馬車を動かすことが出来るようになったらクビにしようと思っていたんだけど、残念ながら私には習得出来なかったの。馬と意思疎通《そつう》が出来なくて、ちっとも動いてくれない。イディオは習得出来たのに！

イディオは腐《くさ》っても元公爵《こうしゃく》家のお坊《ぼっ》ちゃま。もともと乗馬を嗜《たしな》んでいたのもあり、馬車の操作も覚えられたらしいのよ。ケッ！

ただ、馬が一番懐《なつ》いているのは私だけどネ！

コッソリと馬に回復魔術《まじゅつ》をかけているので、馬がとっても喜んでいる。疲《つか》れたり靴擦《くつず》れしたりするのが良くなるくらいの微量《びりょう》回復だけれど、あるとないとじゃ大違《おおちが》い。この回復魔術があったからこそ歩きっぱなしの旅でも弱音を吐《は》かずにいられたってものよ！　なので、回復魔術をまったくかけていないイディオが音を上げないのがむしろビックリだった。

この、ほんのちょっぴり回復魔術は優《すぐ》れもので、疲労《ひろう》回復と多少の擦り傷や痛み筋肉痛なんかは治るけど、さほど魔力を使わない。なので定期的にかけられる。さらに、魔法訓練にもなるし定期的に魔力を消費する訓練にもなるので魔力がぐんと上がってきている。

……って話が逸《そ》れたけど、とにかく馬には私の味方になってもらって、何かがおきたら私と一緒に逃《に》げてもらう予定だから！　今は言うこと聞いてくれないけど！

ただ、イディオも私も馬のメンテナンスはともかく馬車のメンテナンスがわからない。

調子が悪くなったら修理に出せばいいけど、走らせている途中《とちゅう》で故障とかされると立ち往生してしまう。

アダンは言動がキモいけど腕《うで》は確かだし、我ながらひどいなって思う雇用《こよう》条件を呑《の》んでくれているからこのままいてもらおうと考えている。

……実は、隣町《となりまち》で密《ひそ》かにギルドに御者の打診《だしん》をしたんだけどね……。

条件に合う人がいなかった。途中の町までなら……という人ばかりでさ。

なので諦《あきら》めた、っていうのもある。

現在は、ジャステ伯爵領《はくしやく》を通っている。

「ジャステ伯爵か……。確か、ジョゼフ・ジャステ伯爵令息がいたな」

イディオが思い出したようにポツリとつぶやいた。

「へ？　友達《ともだち》なの？」

コイツ、絶対ボッチだと思ってた！

思わず私が尋《たず》ねたら、イディオが私を残念な子を見るような目で見てきたぞ。イディオのくせに生意気な！

「……上位貴族ならば、中位までの貴族の名は覚えているものだ。まさか、下位貴族の者は上位貴族の名すら覚えていないとは思わなかったが」

「そんなん覚えるよりは、一番安い店の名前を覚えた方が役に立つのよ下位貴族は！」

私が噛《か》みつくとイディオは黙《だま》った。そして咳払《せきばら》いする。

「……まぁいい。友人ではないが、何かのパーティで挨拶《あいさつ》くらいはしたことがある。私より二つか三つくらい下だったはずだ」

ふーん。だから何？　って話だけどね。

「少々変わった男で、やたらと自分の型にはめたがっている上に、誰《だれ》かを悪者にせねば気が済まないような性格だったな」

「うわ、アンタとソックリ。さぞかし気が合ったでしょうね」

思わずツッコんだら、イディオが嫌《いや》ぁな顔をして私を見た。そしてまた咳払い。

「……なんというか……母親の悪口を言ってばかりいた。あの頃《ころ》はわからなかったが、あれは一種の愛情の裏返しなのかもしれないと、今は思う」

何を言っているんだろう？　と私は首をかしげる。

「そういう愛情表現もある、と私は教わったのだ。真似《まね》したいとは思わんが」

そう言って、遠い目をした。

何をかっこつけてるんだか。私は肩《かた》をすくめて無視をすることにした。

そのやりとりをしてすぐ最初の町へ入ったんだけど……私は今まで通ってきた町との差異を強く感じた。

イディオもそう思ったようで、微妙《びみょう》な顔をしている。

町の様子を一言で表すと、『活気がない』のよ。町自体は立派なんだけど……。

うちの領民はここよりも貧乏《びんぼう》だと思うけど、もっと商魂《しょうこん》たくましい感じよ？　この町は、道行く人たちにやる気がない雰囲気《ふんいき》を強く感じる。

そもそも着いたのは昼なのに、出歩いている人は少なく、閉まっている店が多い。

町全体が埃《ほこり》っぽくてくすんでいる。

にぎやかなのが酒場で、昼から飲んだくれている人が多い。

「………うちの領民はこんなじゃないぞ」

「奇遇《きぐう》ね、私も『うちの万年貧乏領ですらこんなじゃない』って思ったわ」

イディオと感想を言い合った。

この町のやる気のない領民に呆《あき》れていると、アダンが困った声で言ってきた。

「……雇《やと》い主《ぬし》様ぁ。これじゃ、この子たちのごはんが仕入れられるかわかりません……」

私はイディオと顔を見合わせた。

それは……一番困る事態かもしれない。

(アダンに強く主張されたので) 飼料は買って広ーい荷台に積んであるのだけど、次の目的地まで保《も》つかわからないとのことだ。

というか、ここだけがこんな感じなのか領全体がこんな感じなのか……。

領全体だとすると、早いところこの領を抜《ぬ》けないと馬が餓死《がし》してしまうわ。いや、平原に行って放牧して野草を食べさせれば餓死はしないだろうが、アダンいわく馬用の飼料や野菜も大事なんだそうだ。

私とイディオはいったん馬車を降りて町を回り、他の町より数倍くらい高い値が付いている食料をガンガン値切って（それでも高い）買い、次の町へ移った。


途中にある農家はまともだった。

畑の作物を見たアダンが直接交渉《こうしよう》し仕入れたのだけれど、良心的な価格で売ってくれたの。

「町の方へいったんですけど……」

と私が語尾《ごび》を濁《にご》すと、農家のおかみさんは苦笑《くしよう》と言うには苦すぎる、といった顔で笑った。

「……あぁ、うちの領主様は口達者な怠《なま》け者が好きだからね。そういう連中を贔屓《ひいき》するのさ。……うちも何度か煮《に》え湯を飲まされて、こないだ『だったらもうこの領を出てくよ！　そいつらに農業をやらせな！』って怒鳴《どな》りつけて、ようやく矛《ほこ》を収めたんだよ」

そう言うと、ため息をついた。

「先代の領主様が早くに亡《な》くなってってから、おかしくなってったんだよ。ろくに調べもしないで一方だけの話を聞いて相手を罰《ばつ》するようになった。おとなしい奴《やつ》は嵌《は》められて牢屋《ろうや》に入れられたり有り金全部巻き上げられたりで、どんどん出て行って、今じゃろくでなしかソイツらに対抗《たいこう》出来るあたしのような気の強いのしか残ってない。こんな状態で領主様たちはやっていけてるのかね……」

それこそ余計なお世話だけどね、と言って、おかみさんはまた笑った。

私は、身が引き締《し》まる思いだった。

たとえ裕福《ゆうふく》な平民よりも貧乏とは言え私は貴族。こういった平民たちの本音は聞く機会がない。というか貴族相手に不平不満を言う平民はいないだろう。

だから、お金はかけられないにしても領民がここまで不満に思わない、出来るだけ出て行かないように統治しないといけないんだと思った。

イディオもおかみさんの言葉を聞いて顔を引き締めている。承認欲求《しょうにんよっきゅう》の塊《かたまり》みたいな奴だけど、こういう生の声を聞いたらいろいろ思うところがあるのかもね。

おかみさんに礼を言い別れた後、イディオはずっと考え込《こ》んでいた。

だから私は言った。

「……アンタが友達に忠告したい、って言うのなら止めないけど。ただ、私は無関係だしアンタは公爵家のお坊ちゃまじゃないのは理解して。私と別れてアンタの単独行動で行ってね。私、巻き込まれるのはゴメンだから。私はアダンを連れて、姫さまを追いかけるわ」

イディオは私を見たが、すぐに目を逸らした。

「……もちろん、忠告する気などない。きっとわからない、ということがわかるからな。こういうのは……経験やきっかけなのだ。相手がどれほどに真剣《しんけん》に訴《うった》えようが、理解する心がなければ届かない、と私は知った」

どこか遠くを見つめながらイディオが言ったので、私は笑顔《えがお》で返した。

「大丈夫《だいじょうぶ》、アンタもわかってないから。だから忠告しに行っていいわよ。サヨナラ」

遠くを見ていたイディオがこちらを見て、顔を思いきりしかめ、

「嫌だね！」

と、吐き捨てた。

『イディオ、むしろ友達に訴えてきなさい！』と、叫《さけ》びたくなるほど手入れのされていない林道を抜け、領内で一番栄えているはずの、領主の屋敷《やしき》のある町まで到達《とうたつ》したのだけど……。

私は町を見て思った。

――ヤバいわこの町。犯罪者だらけの町、みたいな雰囲気よ。

住民の、こちらを見る目つきが怖《こわ》い。良くて窃盗《せっとう》、悪くて強盗《ごうとう》殺人してそうコイツら！

私は御者台まで行き、声を潜《ひそ》めてアダンに尋ねた。

「……ねぇアダン。貴方《あなた》、自衛はどれくらい出来るの？」

アダンも、町の雰囲気でその時が来たのを悟《さと》ったらしい。

「……実は、魔術ならそこそこ使えるんです」

「攻撃《こうげき》魔術は？　……いいえ、攻撃しなくていいわ、防衛出来ればいい。使える？」

「大丈夫です」

馬のこと以外はオドオドしているアダンがハッキリと言い切ったので、そうとう自信があるのだろう。

「プリエ様は、大丈夫なんですか？」

逆に訊《き》かれてしまった。

「身を守るだけなら大丈夫。あのバカ……イディオは、学園での成績は良かったから、まぁ、大丈夫だと信じたいわ。ダメでも放っておきましょ。まずは馬と馬車を守るのよ！」

「はい！」

アダンがめっちゃいい返事をした。

……と、イディオもこちらに来た。

「アダン、この町はそのまま通り抜けるぞ。速度を少し上げてくれ。プリエは中に入っていろ」

私はイディオを制した。

「ちょっとだけ停《と》まって。馬に魔術をかけるから。あと、私は御者台にいるわ。前側を守る。そういう魔術が使えるから」

イディオは一瞬《いっしゅん》考えたようだが、うなずいた。

「わかった。じゃあ、すぐやってくれ。その間は私が警戒《けいかい》する。発車した後は私は後ろの荷台に回ろう」

馬車が停まると私は飛び出し、馬に回復魔術を使う。馬は喜びスリスリと頭をこすりつけてきた。あ、鼻水はつけないようにね。

同じく飛び出したイディオは、私が御者台に飛び込んだと同時に馬車の後ろ側に回り、荷台に飛び乗ったようだ。

アダンが馬を走らせる。

「スピードを上げて。……これでも私は貴族だから、馬車を停めようとする平民が怪我《けが》をしても、罪には問われないわ」

本来は紋章《もんしょう》入り馬車じゃないといけないんだけど……。こちとら王命で動いているワケよ。王家の威光《いこう》は存分に使わせてもらうわよ‼

アダンは徐々《じょじょ》にスピードを上げていく。

獲物《えもの》に逃げられると思ったんでしょうね、いかにも盗賊《とうぞく》、みたいな連中が叫びながら追いかけてきたわよ。

馬車に飛び乗ろうとしたり、立ち塞《ふさ》がろうとしたり。

それでも一切《いっさい》スピードを落とさないので、襲《おそ》いかかってきた連中は弾《はじ》き飛ばされていってる。

アダンが馬車を走らせながらも驚《おどろ》いた顔で私に尋ねた。

「プリエ様、結界魔術の遣《つか》い手なんですね⁉」

「正直、自分以外の広範囲《こうはんい》にかけるのは初めてだから、どれくらい保つかわからないわ。だから、なるべく早くここから脱出《だっしゅつ》して」

「了解《りょうかい》しました！」

アダンはさらにスピードを上げた。馬たちも溌剌《はつらつ》と走っている。

時々大きく揺《ゆ》れるのが怖いわ！　たぶん、結界が届かない箇所《かしょ》に賊が飛びついたみたいなんだけど……イディオが撃退《げきたい》に成功しているようで、「ギャッ！」という悲鳴と転がり落ちる音が後方から聞こえたりする。

ようやく町を抜けるかというとき……。

「止まれ！」

領主の私兵が私たちの前に立ち塞がったのだった。

私兵が私たちを拘束《こうそく》しようとしたので、

「これは、次期男爵家当主である私、プリエ・ルミエールとわかっての所業ですか⁉　貴方たちでは話にならないわ、伯爵家当主を出しなさい！」

と、高飛車に宣言した。ちなみにイディオの物真似です。

見るからに私兵はたじろいだ。

……だけど、誰かが、

「たかが男爵家だろ？　領主サマがどうにでも握《にぎ》りつぶすさ」

とか言い出したわよ！

あまりの発言に、私は呆気《あっけ》にとられた。

平民が『たかが男爵家』って言ったわよ⁉　不敬で今すぐ斬《き》り殺されてもおかしくないのに……この犯罪行為《こうい》、伯爵家が煽動《せんどう》しているってこと？

「……つまり、この犯罪はジャステ伯爵が率先《そっせん》して行っているというわけか」

私が呆然《ぼうぜん》としていたら、イディオがそうつぶやきながら現れた。

「たかが男爵家というのならば、私ではどうかな？　イディオ・グランだ。お前らがグラン公爵家を知っているかはともかく……ジャステ伯爵とはパーティで何度か挨拶したことがあるし、ジョゼフ・ジャステ伯爵令息とは知己《ちき》だ。あの正義の塊のようなジャステ伯爵とジョゼフ殿《どの》が卑劣《ひれつ》な犯罪行為を犯《おか》しているとは思えないが、もしも本当にジャステ伯爵主導のもとにこの犯罪が行われているのなら……そして私たちがここで消息を絶ったのならば、王家や騎士《きし》団はどう思うかな？」

『アンタ、今平民でしょ』なんていうツッコミはしない。

コイツらは絶対に知らない出来事だもの。

案の定、勘違《かんちが》いした私兵たちは真っ青になった。

「う、嘘《うそ》だ！　だいたい公爵家なら、こんな馬車に乗らないだろう⁉　その服装だって、冒険者《ぼうけんしゃ》の……」

そこまで言ってから、イディオの『いかにも金持ちの坊《ぼっ》ちゃんが冒険者の装《よそお》いをしました』という出《い》で立ちに気がついたらしい。声がフェードアウトして、黙ってしまった。

イディオは不敵に笑う。

「お前たち平民にその理由を話す謂《いわ》れはない。そして、お前たち平民にそんな口のきき方をされる謂れもないのだが？」

私兵たちが、黙って考えを巡《めぐ》らせている。

イディオは連中から目を離《はな》さず、連中に聞こえないような音量で私とアダンに囁《ささや》いてきた。

「……プリエとアダンは合図をしたら馬車で逃げ、ギルドに駆《か》け込め。ギルドは領主とは別管轄《かんかつ》、平民でも下位貴族でも貴族の不正を訴えられる唯一《ゆいいつ》の機関だ。無理そうならどうにかして騎士団に連《れん》絡《らく》しろ。騎士団は、たとえ王家であっても不正を許さない。アレは、そういう集団だから。……わかったな？」

私は返事をせずにイディオを見て、アダンは黙って小さくうなずいた。

私は私兵に目をやると、息を吐いて覚悟《かくご》を決めた。

――これがジャステ伯爵とやらの主導のもとだろうとそうでなかろうと、コイツらがやっていることは犯罪行為だ。なら、コイツらは私たちを見逃《みのが》すとは思えない。むしろここで私たちという証《しょう》拠《こ》を消してしまおうと考えるだろう。

　私は声を張り上げて言った。

「ちなみに、親切に教えてあげるけど、平民が平民に対して危害を加える罰則《ばっそく》より、平民が貴族に対して危害を加える罰則の方が厳しいからね！　万が一私たちが怪我でもしたら、そりゃあもう大変な騒《さわ》ぎになるから。ジャステ伯爵が煽動していようと……ううん、もしも本当にジャステ伯爵が行っていたのなら、アンタたちはトカゲの尻尾《しっぽ》を切るように『私はあずかり知らぬところで平民が勝手にやったことだ』って言ってすべての罪をアンタたちにかぶせて極刑《きょっけい》以上の罪を問われるでしょうね！　……見せしめに、どんな処刑をされることやら」

　これに効果があり、私たちを囲みジリジリと輪を詰《つ》めていた連中が一斉《いっせい》にひるんだ。

　口々に、

「お、俺《おれ》は知らないぞ。賊かと思ったんだ」

「俺だって！　単に見物していただけだ！」

「お、俺はむしろ助けようと思ったんだ！　だけど無理そうだから退散する！」

「待てよ！」

「俺も知らない！」

　と、言い訳をしつつ逃げていく。

　おぉ、効き目があったわ。……っていうかアンタたち、今までどれだけの罪を重ねていたわけ？

　私兵や破落戸《ごろつき》に動揺《どうよう》が走っているとき。

「行け！」

イディオが叫んだ。

私はアダンとともに御者台に飛び乗り、結界魔術をかける。

アダンが馬の手綱《たづな》をふるった瞬間。

「アダン、絶対にギルドに着いてね。そして騎士団に事情を知らせる連絡をしてこちらに向かうように依頼《いらい》してちょうだい。プリエ・ルミエールとイディオ・グランの名を出せば騎士団なら動いてくれるから」

そう言って飛び降りた。

「プリエ様⁉」

「行きなさい！」

私は怒鳴ると、イディオに駆け寄った。

……正直、他人に結界魔術をかけたことがないので、アダンと馬にかけた結界魔術がどこまで保つかわからないんだけど。まぁ、切り抜けるくらいまでなら保つ……といいな。

「プリエ⁉」

残った私兵と斬り結んでいたイディオが驚いている。

「アンタだけ残ってもまずいでしょ！　私は男爵令嬢《れいじょう》だけど王家のお墨付《すみつ》きだから、アンタよりも伯爵よりも立場が上なのよ！」

……たぶんね。悪事を働いている伯爵よりは、王命で姫さまを追いかけている、稀少《きしょう》な魔術持ちの次期男爵家当主の方が偉《えら》い……と思いたいわ。

私は再び自分に結界魔術を張る。――と、胸元《むなもと》が温かくなった。

もしかして、陛下から預かった包みが効力を発揮しているの？

……って考えていたら間一髪《かんいっぱつ》、私を襲おうとしていた男が、青い光に弾かれた！

「言っとくけど、私はガチで稀少な魔術使いだから！　アンタらの親分である伯爵サマより王家の覚え目出度《めでた》いんだからね！　アンタたち全員、処刑台に送ってやるわ！」

怒《おこ》った数人が私を斬り捨てようとして……やはり青い光に弾かれている。

よし！　効いてるわ！　包みの効果も上乗せされてるみたい！

弾かれた拍子《ひょうし》に落ちた剣《けん》を拾うと、思いきり股間《こかん》に突《つ》きを入れた！

「ギャアアアア‼」

ものっすごい悲鳴をあげ、剣を落として股間を押《お》さえて転げまわっている奴をギョッとした顔で見ている数人。

そしてその隙をついてまた股間を剣で突く！

「フフフフフ……。こちとら護衛なしの貧乏男爵家出身なワケよ！　護身術はお手のもの、アンタたちに負けるもんですか！」

お母様からの直伝の、急所への打突《だとつ》は私の得意技《わざ》！　護衛を雇う金なんてなくて、自分の身は自分で守っていたからね！

私を囲んでいた連中は転げ回っていて、囲もうとしていた奴は囲んだ連中の結末にドン引きして固まっていた。

イディオがその隙に、どんどん斬り伏《ふ》せている。

決着がつきそうな頃、

「……いったいなにがあったのだ⁉」

という声が聞こえてきた。

馬に乗って現れたうちの一人は、どう見ても貴族。

その貴族は私とイディオを厳しい顔で見つめながら抜刀《ばっとう》しかけ……イディオを二度見した。

「君は……」

「お久しぶりです、ジャステ伯爵。前回のパーティ以来でしょうか」

イディオが優雅《ゆうが》に挨拶した、が、剣は構えたままだった。

「……いったい何があったのだ。我《わ》が私兵を襲うなど……しかも、私に剣を向けるとは。これは、グラン公爵家に抗議《こうぎ》すべき暴挙だぞ」

とか、ジャステ伯爵が言い出したので、思いきり声を荒《あら》らげてしまった。

「はァあ⁉」

ジャステ伯爵が思いっきり睨《にら》んできたけれど、こっちも睨み返したわよ！　王家の威《い》を借る私をナメんな！

「いったい私とイディオがどのような理由で戦ったと思っているのですか⁉　それとも、もっともらしい理由を挙げて私とイディオを始末し小銭《こぜに》を得るのが目的なんでしょうか⁉」

「なんだと⁉　――どこの家の者か分からぬが、過ぎた口を叩《たた》くのならば相応《そうおう》の報《むく》いを受けるぞ！」

ジャステ伯爵が本性《ほんしょう》を現したわ。

「迂闊《うかつ》に自白したわね」

私がせせら笑うと、ジャステ伯爵はいぶかしむような顔をした。

「……自白？」

「つまり、コイツらの黒幕はアンタってことよ！　王家に訴えてやるわ！　残念ながら男爵令嬢は仮の姿、その実態は王家の隠密《おんみつ》なんだから！」

いや違うけどね。でも、伝手《つて》はあるし騎士団ならコレは見過ごせないでしょ。

私とイディオが姫さまを追いかけているのは本当だし、どう考えても私たちが私兵に襲われるのはおかしいもの。

アダンが無事ギルドへ着いて訴えられるのかは分からないけれど、私の結界魔術があればイディオと組んでコイツらを蹴《け》散《ち》らし逃げ切って、騎士団を呼びよせられる可能性は大！

そう計算してジャステ伯爵を睨んだら、ジャステ伯爵は『王家』という言葉に過剰《かじょう》に反応し、それこそ飛び上がりそうになって私を信じられないって顔つきで見ている。

成り行きを見守っていたイディオがハァ、とため息をついた。

「……パーティでは私が失態を犯しましたがプリエは無関係で、パシアン姫の侍女《じじょ》候補です。今は事情があり……」

ここまで言うと、イディオはジャステ伯爵の反応をいぶかしみ、首をかしげる。

「…………？　もしや、パシアン姫はここを訪《おとず》れた際、ジャステ伯爵に面会したのですか？」

イディオが姫さまの名前を出すとまた過剰に反応するジャステ伯爵。

……ちょっと、コイツもしかして姫さまを手にかけてないわよね⁉

「アンタ……まさか、姫さまを亡き者にしたの⁉」

私の言葉を聞いた全員が一斉《いっせい》にジャステ伯爵を見た。

ジャステ伯爵は今度こそ飛び上がって反論した。

「バカなことを言うな！　王族を手にかけるなど、そんな真似をする貴族などいるわけがないだろう⁉　私の息子《むすこ》が賊に襲われていたときに助勢してくださり、屋敷に立ち寄って…………ちょっとした揉《も》め事を起こされたのだ」

「「揉め事」」

イディオと声をそろえてしまった。わかりみが深すぎる。

私たちの会話を聞いていた私兵たちは徐々に、『まずいことになってきた』という顔をし始めた。

連中、ようやく私とイディオが『手を出したらまずかった人たち』ってことに気がついたみたいだけど、もう遅《おそ》いわよ。

私は腕を組むと、再びジャステ伯爵を睨む。

「私とイディオはパシアン姫を追っています。私は姫さまの護衛兼《けん》侍女として、イディオは護衛として。ちなみに王命です。――で。とーぉっても治安の悪い町がありまして、長居は無用と馬を走らせていたら案の定、職業〝賊〟の町民に追いかけられ、職業〝賊〟の私兵に囲まれ戦闘《せんとう》になりました。――その者たちいわく、『私たちを殺しても領主様が揉み消してくれる』そうなんですが……賊の元締《もとじ》めのジャステ伯爵、いかに弁解をされますか？」

「ハァ⁉」

ジャステ伯爵が再び飛び上がって驚いた後、激昂《げっこう》した。

「ふざけるな！　正義を貫《つらぬ》くジャステ伯爵家の当主、メールド・ジャステを、よりにもよって賊の元締めだと⁉　訂正《ていせい》しろ！」

詰め寄ってこようとしたところを、イディオが私を後ろ手にし庇《かば》い、ジャステ伯爵に剣を向けた。

「それは、脅《おど》しでしょうか？　私たちは事実を述べているだけです。事実を曲げて発言しろとおっしゃることが、貴方の言う『正義』なのでしょうか？」

ジャステ伯爵がぐっと詰まった。

そして、私兵たちを見渡《みわた》すと、私兵たちは視線を逸らせ、気まずそうな顔をした。

それで、私たちの言ったことが本当だと悟ったっぽい。

ジャステ伯爵は、呆然とした雰囲気でつぶやいた。

「………私は、ただ、正義を行っただけなのだ」

「何言ってんの？」

思わずツッコんでしまったわー。

「旅人を私兵に襲わせて揉み消すのが正義だとは知りませんでした。騎士団に問い合わせてみますね！」

私は額に青筋を立てながら、ニッコリ笑顔でジャステ伯爵に尋ねた。

私のセリフを聞いたジャステ伯爵は私を睨み、私もこうなっては、ジャステ伯爵率いる犯罪者連中を見逃して先に進む気はしない。

さてどうしようか……と悩《なや》んでいたら、なんと！　騎士団がやってきた‼

なんてラッキーな‼

騎士団に取り囲まれて、アダンと馬車も戻《もど》ってきていた。

「アダン！」

「プリエ様！　イディオ様！　ご無事で何よりです！」

アダンが義理堅《ぎりがた》かった！　機会があったら解雇《かいこ》しよう、なんて考えててゴメンね！

馬車から降りて私たちに駆け寄ってきたアダンと再会を喜ぶ。

ひとしきり喜んだ後、アダンが経緯《けいい》を語ってくれた。

私兵に追いかけられつつも馬車を走らせていたところ、とある理由で近くまで来ていた騎士団がアダンたちを発見。無事、保護されて一緒にくることになったらしい。

アダンを追いかけていた私兵たちは、嘘八百を並べてこちらを悪者に仕立てあげようとしたらしいけど、騎士団には通じなかった。でもって、騎士団を襲おうとして返り討《う》ちにされたという。

よっしゃあ！　さすが騎士団！　どこぞの伯爵とは違うわね！

私はガッツポーズを決め、そのまま伯爵に向かってフッと鼻で笑ってみせた。ザマァ！


到着《とうちゃく》した騎士団は、テキパキと処理を進めていった。

簡単に言うと、私兵をまず拘束。いったん町の門を閉め、出入りを不可能にして残党を狩《か》り出す。伯爵と私たちに事情聴取《ちょうしゅ》をするべく屋敷に向かう、までをスムーズに行ったのだった。

いやー、すごいね騎士団！　なんというか、処置にためらいがないというか、まさか私兵を即捕《そくほ》縛《ばく》するとは思わなかったわー。

感心していたらその後、第二王子率いる本隊がやってきた！

第二王子を初めて間近で見た私は仰天《ぎょうてん》してしまった。

ひぇぇ……こう言っては怒られるけど、姫さまとは大違いの、王子様オーラの出ている礼儀《れいぎ》正しくカッコいい方だわ。

私を気遣《きづか》う言葉も優《やさ》しく思いやり溢《あふ》れている。

やっぱり騎士団の方は、イイ！　底辺オブ底辺の、貧乏男爵家の私に優しい言葉をかけてくれるのなんて騎士団の方くらいだもんなぁ。

……と、私がホワーンとしている間も事情聴取はサクサクと行われる。

「こんなに可憐《かれん》な令嬢なのに、素晴《すば》らしい魔術の遣い手なのですね。……団員から聞きましたが、パシアン……妹の侍女候補だとか」

優しく問いかけられた私は思いきりうなずいた。

「姫さまとは、イディオ……様の子分と思われたようです。実際のところ、そのようなものだったのですけれど……。姫さまの遊び相手を務めたことと、稀少魔術の遣い手だと判明したところで、姫さまの護衛と侍女を務めるよう、王命が下りました」

粛々《しゆくしゆく》と返事をすると、第二王子がうなずいた。

「……そうか。確かにその魔術は有用だ。護衛騎士に護衛の心得のある侍女をパシアンに遣わせるように再三頼《たの》まれていたが、すでに陛下が手を打ってくれていたのか」

そう言うと、私の肩を叩き、

「妹をよろしく頼む」

と言われたわ！

「はい！　お任せくださいませ！」

私は元気よく答えてしまった。

――はっ！　しまった！

つい、イケメン王子様の優しい言葉に乗せられた！

……ってちょっと思ったけれど、まぁでも点数稼《かせ》ぎして給料アップを狙《ねら》いたいし。どっちみち仕えなきゃいけないんだから、心証は良くしておきたいわよね！

横でイディオがジト目で私を見ているけれど、無視よ、無視！

第二王子は、姫さまに婚約破棄《こんやくはき》を告げたイディオを見たら、めっちゃ殺気を出して剣に手をかけた。

うん、斬り殺す気ね。せめてもの慈悲《じひ》で、一撃でしとめてあげてください……。

イディオは第二王子の形相と剣を見て生唾《なまつば》を呑んだ後、地面に手をつきそうな勢いで謝《あやま》っていた。

そして、

「――パシアン姫は婚約者を求めていたのではなく、一緒に旅立つ供を求めていた、そのために私やプリエをあのような仕打ちで試《ため》していたと、あらかじめそう教えてくだされば私も無様な真似はいたしませんでした……」

と、沈痛《ちんつう》に訴えると、第二王子が「あのような？」とつぶやき首をかしげ、私を見た。

「……私も姫さまに、一緒に旅立つ供になるべく、鍛《きた》えられました。当時は何も知らなかったので、姫さまの仕打ちに耐《た》えきれず離宮に行くことを辞退しましたら、姫さまにいじめられていると、イディオ様が勘違いしまして……」

と、私も沈痛な面持《おもも》ちで答えたら、第二王子が戸惑《とまど》った。

「……そ、そうか。妹は、かなり前から旅立つ決心をしていたようなのだ。そなたたちにも付いてきてほしかったのだろう」

と、剣から手を離してごまかした。第二王子、姫さまのやったことに心当たりがあるらしいわよ。

私たちは、ジャステ伯爵とその一味の犯罪を明るみに出すため、しばらく留《とど》まってほしいと第二王子から頼まれた。

私としても、コイツらが野放しになっているのはぜーったいイヤなので、二つ返事で引き受けたわよ。

事情聴取が進む中、町民という名の賊が、どんどん捕《つか》まっている。

連中は、

「俺は知らない」

「領主様と話をさせろ」

「領主様ならわかってくれる」

「これは犯罪じゃない」

と口々に言い、最終的には、

「この領では何をしても許される」

「悪いのは俺以外」

「領主様は俺の言うことを何でも信じてくれる」

と開き直り始めたので、ジャステ伯爵の顔色は真っ白だ。

「……そんなバカな。領民が、私に嘘をついていただと……？　私兵たちもなのか？　なぜだ？」

とか、トンチキなことをつぶやいている。

第二王子は深いため息をついた。

「……ジャステ伯爵。貴方には領ぐるみで行われた犯罪容疑がかかっている。王都へ連行し、審議《しんぎ》をしたのち沙汰《さた》を言い渡す。奥方《おくがた》は……そうそう、離婚して、ここにはもういないのだったな。失念するところだった。では、伯爵の子息が当主代理となるのか。あとで話すとしよう」

ジャステ伯爵は何か言いかけ、でも諦めたようにガクリとうなだれた。

ジャステ伯爵って初めて見たときから老《ふ》けた感じの人だったけど、日が経つにつれてどんどん老け度が進んでいて、目の下にくま、頬がこけて肌《はだ》はカサカサ、おまけに薄毛《うすげ》で、おじいちゃんみたいな容貌《ようぼう》になっていた。貧乏貴族のうちの父さんより老けて見えるわよ。……老け顔の、凝《こ》り固まっている上に間違った正義感を持つ貴族なんて、イイトコひとつもないじゃないの！　そりゃあ奥さんだって逃げ出すわよねー。

……ちなみにその後会った、ジャステ伯爵の息子であるジョゼフ・ジャステ伯爵令息って奴は、イディオとはベクトルが違うけど、輪をかけてひどかった。

イディオは『自分サイコー！　自分エライ！』って奴で、テキトーにおだて上げればおごってくれたりしたけれど、ジョゼフ・ジャステ伯爵令息は『自分がジャスティス！　自分がルールブック！』って考えの持ち主で、どんな証拠があろうとも、自分の意見と食い違えば相手が間違っていると言い張る、とんでもない奴だったのだ。父親であるジャステ伯爵とそっくり！

アイツ、なぜだか知らないけど、初対面から私を悪者にしてきたのよ。

そもそも私は会いたくなかったんだけど、向こうが「会わせろ」としつこく騎士団の方や第二王子に迫《せま》って迷惑《めいわく》をかけていると聞いたので、しかたなく会ったワケよ。

ジョゼフ・ジャステ伯爵令息、私を見るなり顔を真っ赤にして私を指さし、

「……お、お前が伯爵家を陥《おとしい》れたんだな！　男を惑《まど》わす悪女め！」

とか言いだしたのよ。アタマ湧《わ》いてんの？

スーンとした顔でジョゼフ・ジャステ伯爵令息をねめつけたら、イディオが横でため息をついた。その後も、「顔を見せるな！」とか怒鳴ってきたわりに、やたらめったら私の前に姿を現し、さらに「男を侍《はべ》らせている」「私は決して悪女に騙《だま》されない」とか、意味わかんないことを叫ぶので、マジキレそうなんですけど。

私はやさぐれるあまり、イディオに愚痴《ぐち》ってしまった。

「ちょっと、アイツなんなの？　マジムカつくんですけどー！」

「落ち着け。そして口調を改めろ。お前は仮にも貴族で、次期男爵家当主なのだろうが」

落ち着けるか！

「私の口調よりも、アイツの中身を改めてほしいわよ。早くここを出たいわ」

イディオが「同感だ」と、深くうなずいた。とはいえ、調査はまだまだ続く……。協力すると言った手前、「出発したいのですが」とは言いづらい。特に、第二王子には言えない！

あまりにアイツの態度がひどいので、最近は現れたら露骨《ろこつ》に顔をしかめて無視している。なんなら逃げる。第二王子は優しく紳士《しんし》な方なので、防波堤《ぼうはてい》にすらならないイディオなんかよりも頼《たよ》らせ

ていただいてます！

さすがにあのクソ野郎《やろう》も第二王子の前で失礼な態度をとることはないので、私は第二王子の侍女のごとく、まとわりついて世話を焼いた。なんならヨイショした。おべっかは私の特技です！

おかげで第二王子は私のことを気に入ってくれて、「君にならパシアンを任せられる」って言ってもらえたわ！

「ええ！　侍女としてお任せください！」

だから遊び相手はかんべんね！

イディオは呆れている。

「……お前って、本ッ当に権力者に媚《こ》びへつらうのが上手《うま》いな」

「貧乏貴族の必須《ひっす》技能よ。貴族の名前を全部覚えるより有用でしょう？」

得意げに言ったらますます呆れられたんですけど。


ようやく調査が終わり、ジャステ伯爵領の調査結果を教えてもらった。

残念ながらジャステ伯爵当主は首謀者《しゅぼうしゃ》ではなかった。

だけど、公平に欠ける裁判、ずさんな調査が横行し、それらで犯罪者を囲うような結果になっていたのだった。

こんな領で税金がとれるの？　って思ったんだけど、やっぱり火の車だったらしい。一部の者だけ贅沢三昧《ぜいたくざんまい》、それのしわ寄せを他の善良な民《たみ》が喰《く》らっていたようだ。

「……そんなんで、維持《いじ》出来るの……？　貧乏貴族が聞いたら『ふざけんな！』って怒鳴りたくなるんですけど？」

この屋敷だってうちとは比べものにならないくらい豪華《ごうか》だし、ジャステ伯爵もそのクソ息子も豪華な衣装《いしょう》を着ていた。

「どういうことよ⁉」

「落ち着け。人を見る目は節穴だが、伯爵本人の経営は堅実《けんじつ》だからだ。あと、執事《しつじ》がこの上なく優秀《ゆうしゅう》だな」

この地でしか採れない作物があって、それを領外の大きな商会に卸《おろ》しているそうだ。そちらの儲《もう》けで伯爵家は維持しているらしい。キーッ！

だけど、今回のことはジャステ伯爵の領地経営の腕を問われることになるので、彼《かれ》自身は爵位剥《はく》奪《だつ》になり、その息子も統治能力が無いと見られれば、ジャステ伯爵家は取り潰《つぶ》しになるだろうとのこと。ハッハッハ、ざまぁみなさい！

私とイディオには、ジャステ伯爵家から慰謝料《いしゃりょう》が支払われることになった。

あと、直接攻撃してきた者、追いかけ回した者は問答無用で魔物討伐《とうばつ》の最前線に送られるそうだ。武器は支給されず食料の分配もない、完全なる自給自足でね。

「犯罪者をわざわざ処刑する時間と手間をかける暇《ひま》など、我が国にはない」

ってことでした。

それでだいたい決着を見たのだけれど……罠《わな》に嵌められたり冤罪《えんざい》に巻き込まれたりで処罰された被害者《ひがいしゃ》が、なんと冒険者にも及《およ》んでいるということで第二王子は頭を抱《かか》えてしまった。

騎士団だけでは魔物討伐が追いつかない。

だから、我が国はギルドの誘致《ゆうち》に積極的だし、高レベルの冒険者は、貴族に多少失礼な態度をとっても許されることになっている。

そして、冒険者が犯罪に巻き込まれた場合は、その領の官憲だけでなくギルドも独自に調査して証人を集め裁判を行う。

なのに、ジャステ伯爵はギルドに話を通さず一方的に冒険者を悪と決めつけ犯罪者にしてしまったらしい。

第二王子がジャステ伯爵に怒鳴っていた。

「貴様は、我が国の貴族という自覚があるのか⁉　魔物討伐には、冒険者の存在が欠かせない。この国を支える、重要な者たちなのだ！　彼らに不当な扱《あつか》いを行った結果、ギルドが我が国を危険視し、総撤退《てったい》したらどうなると思う⁉　貴様と貴様の領民だけで、我が国のすべての魔物を討伐してまわるとでも言うのか⁉」

ジャステ伯爵は黙った。だけど、顔にはありありと『不満』って書いてあるわね。

「どうやら、王家の意見に不満なようだな？　どんな弁解をするのか聞いてやろう」

第二王子が怒《いか》りを抑《おさ》えて言うと、ジャステ伯爵も怒りを隠《かく》しつつ言った。

「……『冒険者』なる、得体の知れないならず者と、そのならず者の総元締めの調査など、捏造《ねつぞう》されているに決まっています。私は正義を行うために……」

「ならず者の総元締めはアンタでしょ？」

思わずツッコんだら、思いっきり怒鳴られた。

「たかが男爵家の娘《むすめ》が偉そうな口をきくな！」

「残念だが、彼女《かのじょ》は稀少な魔術の持ち主で、私のかわいい妹の侍女候補だ。独断で我が国を滅《ほろ》ぼしにかかっている貴様よりも、よほど価値のある人間だな」

第二王子が即座《そくざ》にかばってくれた。へへーんだ！

調子に乗った私はさらに続ける。

「町はならず者と働かないろくでなしで溢れかえっていて、善良な民は迷惑を被《こうむ》りどんどん領外へ流出している。それでも領を愛する民がしわ寄せをくらってもがんばって働いていて、でもそんな民をないがしろにして、ならず者とろくでなしが言う心地《ここち》よい言葉だけを聞いてご満悦《まんえつ》になってる。――うちなんて、より良い領にして領民にいてもらおうと、有り金のほとんどを使って必死に修繕《しゅうぜん》や改革をしているのに、アンタは一部の特権を貪《むさぼ》るろくでなしたちの言うなりで、それでもこーんな立派なお屋敷に住んでお高そうな服を着ている。こんな不公平があっていいと思う？」

「おい、論点がずれているぞ」

イディオにツッコまれたわ。しまった、つい愚痴が。

私は咳払いをしてごまかした。

「……町や村を見回りましたが、働かない人たちが昼間から酒を飲んで騒いでいました。物価はあり得ないほど高いし品質は良くないし、そもそも多くの店が閉まっています。町から外れた農家に頼んで売ってもらえましたが、そこのおかみさんは現状を嘆《なげ》いていました。お屋敷のあるこの町は、入ってすぐに、明らかに私たちを獲物を見るような目で見つめる不審者《ふしんしゃ》ばかりで、馬車から降りず通り抜けようとしましたが、それに気づいた連中に追いかけまくられ、ついには私兵が出てきて町から出るのを止めてきました。……彼ら、私が身分を明かしたら『殺しても領主サマがどうにでも握りつぶすだろ』って言ってましたけど？」

私が述べたらジャステ伯爵が鼻で笑い飛ばした。

「……フン。お前が言っていることが正しいわけがない。彼らは――」

「そう！　その発言。今言った言葉が私の発言を裏付けたということ、理解しています？」

私はジャステ伯爵の言葉を遮《さえぎ》って言った。

「私は、この国を守る貴族ですよ？　なのに、平民の言葉を信じ貴族の言葉を疑うなんて、普通の貴族ならあり得ないですよね？　ならず者の発した『領主サマがどうにでも握りつぶす』って言葉を、まさしく今！　ジャステ伯爵、貴方が証明したんですよ。わかります？」

私が見据《みす》えて言ったら、ジャステ伯爵は衝撃《しょうげき》を受けたように口を開けて止まった。

そんなジャステ伯爵を見て、第二王子がフッと笑った。

「私も貴殿《きでん》の発言をしかと聞いたぞ。墓穴を掘《ほ》ったな、ジャステ伯爵。――貴殿は領内で犯罪行為をしていた者たちの幇助《ほうじょ》をしていた。プリエ・ルミエール男爵令嬢は公正だし、元より他の被害者からも訴えがある。貴殿が冒険者や騎士団をいくら下に見ようとも、事実は覆《くつがえ》らない。我が国にとっては、貴殿よりも冒険者の方が優遇《ゆうぐう》すべき人材だ、ということもな！」

第二王子の念押しのトドメに、ジャステ伯爵は打ちひしがれたようにうなだれた。


ジャステ伯爵は連行された。

イディオは第二王子とともに冒険者の被害者名簿《めいぼ》を見て深刻な顔をしている。どうやら有名な冒険者も被害に遭《あ》っているらしいのよ。

……まぁね、この国から冒険者ギルドがなくなったら確かにヤバいわよね。

末端《まったん》貴族の私にだって冒険者の大切さはわかるわよ。あんな不安定で危険な職業をやってみようなんて思う姫さまって、ホントどうかしてる、って思うくらいに。

まぁいいわ。

それはさておき、これで一件落着！　第二王子から出立の許可あーんど「くれぐれも妹をよろしく」って頼まれたので、張り切って姫さまを追いかけるぞー！

……というわけにはいかなかった。

今度はクソ野郎もといジャステ伯爵のバカボンボンが、いちゃもんをつけてきたのよ！

「お前が父上を犯罪者に仕立てあげたんだな⁉　この悪女め！」

って、私に向かって食ってかかるのよ？

思いっきり見下したような目で見てやったら、ビビって泣きそうになっているわ。

イディオも呆れている。

「……ジョゼフ・ジャステ様。現場にはプリエ様だけでなく私もいたのですよ。わかっていますか？」

バカボンボンは、ハッとしたようにイディオを見て、ばつが悪そうに顔を逸らせた。

「……この女が、第二王子と騎士団を誑《たぶら》かして……そうか！　お前も誑かされたんだな⁉」

「私は貴方の家の私兵に殺されかけました」

バカボンボンが途中で思いついたように元気に言ったが、イディオがバッサリと斬った。

再び黙るバカボンボン。

「イディオ、行きましょう。ここで足止めをくらっていたから、ますます姫さまから離れたわ」

私はもう会話すらしたくないし、コイツがどれだけ騒ごうとも、私のせいにしようとも、ジャステ伯爵の処分は変わらない。

「……そうだな。それが使命だ」

私がイディオを促《うなが》して歩き出すと、バカボンボンが叫んだ。

「な、なんだよ⁉　……お前まで俺を無視するな‼」

追いかけてきたらしく、近寄る足音が響《ひび》いた。

私がくるりと振《ふ》り向くと奴は私の腕をつかもうとしていたらしい。が、私の顔を見てビビり、後《あと》退《ずさ》った。

私は奴の真っ正面に立って言い放った。

「私、アンタのこと、大ッ嫌《きら》い」

中指を立てて奴の眼前に突き出す。

「二度と話しかけないでくれる？　アンタと会話するくらいなら、ゴブリンと会話する方が断ッ然マシよ。このクソ野郎」

両手で中指を立てた後、踵《きびす》を返して憤然《ふんぜん》と歩き去った。

イディオは、立ち尽《つ》くしているバカボンボンの肩を、ポンポンと慰《なぐさ》めるように叩いていたようだった。

馬車に向かうと、相変わらず馬に興奮しながら世話をしているアダンがいた。変態っぽさ全開だけど、今はなんだか癒《い》やされるわー。

私たちに気づいたアダンがこちらを向き……

「ひぇえ！　すみませんお許しください！」

とか言って頭を抱えたわよ。

「何をしでかしたのよ？」

私が尋ねると、

「わかりません！」

って答えるアダン。意味不明。

「じゃあ、なんで謝ったのよ？」

私が尋ねたら、アダンが恐《おそ》る恐る顔を上げて私を見た。

「プリエ様が、まるでオグレスのような顔で私に向かってきたので、何か恐ろしい罰でも与《あた》えられるのかと……」

「アンタの今のその発言に罰を与えたいんだけど？」

花も恥《は》じらう乙女《おとめ》に向かって、なんってことを言うのよ⁉

怒りながら馬車に乗り込む。

とっとと出発したいのにイディオがモタモタして乗ってこないので、さらに怒りを煽《あお》られた。

「ちょっと！　早く乗りなさいよ！　こんなクソ伯爵領はとっとと出て、姫さまを追っかけないとなんだから！　モタモタしていると置いていくわよ！」

と、怒鳴ったら、イディオが私を見てキッパリと言った。

「置いていってくれ」

「は？」

目が点になる私に、イディオが言った。

「……勅令《ちよくれい》を無視するわけではないが、どうしても寄らなければならないところが出来てしまった。そこでの用事が済み次第《しだい》、追いかける。……申し訳ないとは思っている。だが、プリエが人並み以上に身を守れることは今回の件で分かったので、道中を私が守らなくても大丈夫だろう。……わがままを言って済まないが……どうしても行きたいのだ」

イディオはいつになく真剣な顔で言った。

「……そんなんじゃ納得《なつとく》出来ないでしょうが。ちゃんと説明しなさいよ。アンタの行方《ゆくえ》を聞かれたら私が困るの、わかるでしょ？」

困惑《こんわく》した私が言うと、イディオは逡巡《しゆんじゆん》したが答えた。

「……私に冒険者の手ほどきをしてくれた先輩《せんぱい》が、先にこの領に来ていたらしい。そのとき、ここの連中に捕まった。罪状は、『無辜《むこ》の領民を傷つけた』となっているが、そんな人ではない」

私は深刻なイディオの顔を見て戸惑う。

「……その人に会いに行く、ってこと？　でも、どうせ冤罪なんでしょ？　なら、アンタが行かなくたってそのうち釈放《しやくほう》されるし、逆にギルドから不当逮捕《たいほ》を訴えられるんじゃない？」

そう反論すると、イディオがうなずいた。

「それだ。収監《しゆうかん》された場所は、山奥の、そうそう様子の知れないような場所にしているんだ。誰にも見つからず、冒険者が不当逮捕を訴えないようにな。……そんなことをする連中が、騎士団に言われたからと、おとなしく冒険者を解放すると思うか？　私にはそう思えない」

イディオの推測に、非常に不本意ながら私も同意する。

なんなら殺して、不慮《ふりよ》の事故とか言いそう。そうすれば訴えられないからね。

理解した私は大きなため息をついた。

イディオは申し訳なさそうな顔で私に頭を下げる。

……コイツが頭を下げるなんて、初めてじゃない？

「本当にすまないと思っている。だが、私にとって恩人なのだ」

私は手をヒラヒラと振った。

「わかったから。別に、反対してもいないし呆れてもいないわよ。……とにかく、話は馬車に乗ってから！」

イディオが怪訝《けげん》な顔をした。

「いや、だから私は……」

「そんな緊急性《きんきゅうせい》が問われるのに、徒歩で行ったたってしょうがないでしょ？　どうせ今の今まで足止めをくらっていて、姫さまにはそうそう追いつけないわよ。なら、さらに寄り道したってかまわないでしょ」

私がそう言ったら、イディオが目を見開いた。

私は人さし指を立てて、さらに付け加える。

「貸しだから！　私を巻き込んで婚約破棄したことを反省しつつ、私に感謝しなさいよね！　言っとくけど、まだ許してないから！　私は、裕福な商人の息子か手堅《てがた》い商売をしている男爵家の次男坊かを捕まえようって思ってあの学園に行ったのに、すぐ退学させられて、しかもアンタがつきまとったせいで変な魔術に目覚めちゃって今ココなんだからね！　だから、私の婚活を助けなさいよ、今言った条件で良い人がいたら紹介《しょうかい》して！」

イディオが目を細めて呆れた顔で私を見たが、すぐに頭を下げた。

「感謝する！　……ではさっそく向かおう！」

頭を上げると馬車に飛び乗った。

アダンは私とイディオの成り行きを黙って見ていたが、

「えーと、じゃあ、どこへ向かいますか？」

と、尋ねた。

「分かれ道を、まっすぐではなく北へ向かってくれ」

イディオが指示すると、アダンはうなずき、馬車を走らせた。

第二王子、ごめんなさい。ちょっとだけ寄り道します。

姫さまは全くもって待っていないだろうけど……ちょっと待っててね！

エピローグ

バジルと別れ、俺《おれ》は姫《ひめ》さまに声をかけて待ってもらい、ひとまず騎士《きし》団長からの手紙を読むことにした。

手紙の中身はジルベール王子殿下《でんか》からだったけど。

内容は、

『パシアン姫に仕えたいという侍女《じじょ》候補を向かわせている。護衛も一緒《いっしょ》だ。侍女は魔術《まじゅつ》の腕前《うでまえ》がかなりのもので、複数人に囲まれても撃退《げきたい》出来る実力がある。護衛は騎士団には劣《おと》るかもしれないが、賊《ぞく》程度になら勝つ。歳《とし》も近いし、以前パシアンと遊んだことがあるということなので、貴殿《きでん》も既知《きち》かもしれない』

と、いうようなことが書いてあった。

仕えたいと言っている侍女候補か……。というか、なんか書いてある内容、非常に不穏《ふおん》だなぁ。

でもまさか、あの連中ってことはないよな？　ジルベール王子殿下は姫さまをかわいがってるし、まさか婚約破棄騒動《こんやくはきそうどう》を起こした張本人たちと知己《ちき》になり、快く紹介《しょうかい》するなんて、まさかな！

ないない、と思いつつ二枚目に目を通した。

そこには、

『侍女候補は、プリエ・ルミエール、護衛はイディオという』となっていた。

王子ィ〜〜〜⁉

アンタ、姫さまの婚約相手を、そして婚約破棄のいきさつを知らないのかよ⁉

ホンットに姫さまのことをかわいがっているの⁉

俺はすぐさま騎士団長経由、第二王子宛《あ》てに手紙を出した。


――イディオは元公爵《こうしやく》家の子息で姫さまの元婚約者。パーティ会場で姫さまに婚約破棄を告げた相手だと。

プリエ・ルミエールはイディオが姫さまと婚約破棄をして再度婚約しようとしていた相手だと。

そして、そんな幼く経験の無い二人をつけてくれと言ったのではなく、ちゃんと教育を修了《しゆうりよう》して経験を積んだ侍女と護衛をつけてくれ、と頼《たの》んだのだと。


手紙を書き終え、送って再度ため息をつく。

「……ホンットになんでなんだよ？　まともな護衛を増やしてくれっつってんのに……」

なんでそんなシンプルかつ切実な頼みを聞いてくれないんだ？

つい愚痴《ぐち》ってしまった。

そうしたら、聞いていた姫さまが俺の背中をポンポンと叩《たた》く。

「いいじゃないか。アルジャンは強いんだし、私の勇者の道具を使えば、二人でどんな敵でもやっつけられるぞ？」

「ついさっき死闘《しとう》を繰《く》り広げ、バジルとクモコの参戦がなければ危《あや》うかったのを忘れましたか？　姫さま」

俺がすぐにツッコむと姫さまはケタケタと笑った。

「でも勝ったぞ！　そして次はやられないぞ！　他にもまだまだ勇者の道具はあるんだからな！　もっとお前に見せてやる！」

張り切って言う姫さまを見て、もう一度ため息をつく。

そんなんいいから、お供を増やしてくれよ!!!

〈了〉

あとがき

はじめまして。もしかしたら、お久しぶり、という方もいらっしゃるかもしれないですね。

サエトミユウと申します。

拙作《せっさく》をお買い上げいただき感謝しております。

こちらは、『第5回ドラゴンノベルス小説コンテスト』で、ありがたくも特別賞をいただいた作品です。

そして、私としては三年ぶりとなる書籍《しょせき》となります！


この作品の前に書いていた処女作は、書籍化はもちろん小説を書いたのも初だったので勝手が分からず、当時を振《ふ》り返ってみても作品を振り返ってみても反省しきりで、ただ勢いだけで書いていました。

書き始めたきっかけが愛猫《あいびょう》の死だったので、もしも処女作が誰《だれ》からも評価されず読まれなかったなら、その一作品だけで終わりにして、もう書いていなかったでしょう。

ところが、小説投稿《とうこう》サイトであるカクヨムで急に読まれ始め、さらには書籍化までしてしまい、作家としての欲が出てしまいました。

この『やんちゃ姫《ひめ》さまの大冒険《だいぼうけん》』は、サエトミユウの〝次〟を目指した作品です。

二作品目に当たるのですが、処女作は右も左もわからないまま書きなぐったのに対し、こちらは明確に書籍になることを意識し、その前提で書きました。

とはいえ、二作品目です。まだまだ粗《あら》くつたなかったため、編集のEさんには多大なるご迷惑《めいわく》をかけてしまいましたが……（ご指導のおかげで、ｗｅｂ版とは比較《ひかく》にならないほどに完成度が上がっていると思われます！　ありがとうございます！）。

コンテストへも、（度胸試《だめ》しの気持ちがありましたが）強い意志を持って応募《おうぼ》しました。

もしも次を目指さなかったら、この作品は世に出なかっただろうな……と考えると感慨深《かんがいぶか》いです。


作品テーマとしては、『運命に負けない人たち』です。

登場するメインキャラ、サブキャラまでもが、それぞれ何かしらの運命に巻き込《こ》まれていて良い状態にありません。ですが、そこを努力で撥《は》ね返したり、逆に運命を利用したりして、前向きに歩んでいきます。

数奇《すうき》な運命であろうと折れない挫《くじ》けない、折れても立ち上がる、それって普遍《ふへん》のかっこよさがあり、そういう人物を書きたいなと思いました。

裏テーマとしては、『某《ぼう》未来からやってきた猫《ねこ》型ロボットが四次元ポケットから便利道具を出すような』感じで、最終的に『世直し行脚《あんぎゃ》に出ている印籠《いんろう》を出す御《ご》老公』的な物語となりました。


この作品は、アルジャンという男性騎士《きし》視点で書いていますが、主役はあくまでも姫さまです。

これは、主役を俯瞰《ふかん》し魅力《みりょく》を伝えたかったからそう書きました。

ゴーイングマイウェイな姫さまに振り回されるアルジャンに同情するとともに、暴れ回る姫さまを、元気に遊んでいる子猫を微笑《ほほえ》ましく見守るような心持ちで読んでいただけたらと思います！

イラストですが、姫さまは生意気かわいくて、アルジャンはとぼけた感じのイケメンに、きんし先生が描《えが》いてくださいました。

そして、主役を食うんじゃないかというほどに人気のある、ピンク髪《かみ》のサブヒロイン、プリエもまたかわいいですね！　事情を知らないアルジャンの視点ではわかりにくいであろう部分を補足するべく、ざまぁされるヒロインみたいな女の子を別視点として登場させたのですが……。思った以上に人気が出て驚《おどろ》きました。生粋《きっすい》の巻き込まれキャラですが、裏表がひどくて書いていて楽しかったです。

ヒール役のイディオですが、このまま延々《えんえん》とざまぁされていくでしょう。思えば不憫《ふびん》ですね！

それでは最後に、お買い上げいただいた皆様《みなさま》に再度厚く御礼《おれい》を申し上げたいと思います。お読みくださり、ありがとうございました。

二〇二四年処暑

サエトミユウ

本書は、２０２３年にカクヨムで実施された第５回ドラゴンノベルス小説コンテストで特別賞を受賞した「姫さまの大冒険　婚約破棄された末っ子王女が冒険者になるとか言い出したんだが？」を加筆修正したものです。

DRAGON NOVELS
ドラゴンノベルス

やんちゃ姫さまの大冒険

うちの第三王女、冒険者になるってよ

2024年9月5日　初版発行

著　　者　サエトミユウ

発 行 者　山下直久

発　　行　株式会社 KADOKAWA
〒102-8177　東京都千代田区富士見 2-13-3
電話 0570-002-301（ナビダイヤル）

編　　集　ゲーム・企画書籍編集部

装　　丁　AFTERGLOW

D　T　P　株式会社スタジオ205 プラス

印 刷 所　大日本印刷株式会社

製 本 所　大日本印刷株式会社

DRAGON NOVELS ロゴデザイン　久留一郎デザイン室＋YAZIRI

●お問い合わせ
https://www.kadokawa.co.jp/（「お問い合わせ」へお進みください）
※内容によっては、お答えできない場合があります。
※サポートは日本国内のみとさせていただきます。
※ Japanese text only

定価（または価格）はカバーに表示してあります。

ISBN978-4-04-075606-6　C0093